Il Grimorio

16.

Rosanna Spinazzola

CANTERÀ IL GALLO

flower-ed

Canterà il gallo
di Rosanna Spinazzola

© 2016 flower-ed, Roma

I edizione *Il Grimorio* settembre 2016

ISBN 978-88-97815-74-7

www.flower-ed.it

Ad Antonello
che mi cammina accanto,
nel bosco.

PROLOGO

"23 agosto 84 Nuova Era, ore 23.30.
A tre giorni dalla soppressione della rivolta non si segnalano nuove proteste.
Arrestati i due sobillatori.
Massimo della pena per loro: lavori forzati a vita. Anche per i familiari.
Ipotizzo concausa: contaminazione di idee sovversive per contatto con distretto limitrofo di produzione tessile. Quei lassisti parassiti.

Reazione. Limitare moduli didattici e offerte di baratto dal distretto N-173.
Autorizzare invio di numero due unità di vedetta ai confini.

Sono stanco. Come siamo arrivati a questo punto?
Non posso mollare. Sono l'unico padre in un mondo di orfani.
Stano gli sciacalli. Recido i rami secchi. Così salvo il mio gregge. Nessuna eccezione a questo. La giustizia ignora odio e amore. Ciò che per altri è un mondo migliore, per me è soltanto solitudine. Non posso avere amici, né nemici.
La vera giustizia è al di là di una banale dicotomia.
Sono solo.
Solo, a mantenere l'ordine nel caos che divora le leggi degli uomini.
Ma non è colpa mia. I vertici hanno pianificato male. Poco e male.
Davvero credevano di realizzare colpi di Stato simultanei nelle principali nazioni del pianeta? Creare un governo unificato dai resti di quelli precedenti, come cucire un vestito nuovo usando stracci di tessuti diversi.
Un piano raffazzonato, impreciso, debole. Da un pezzo sono note le disastrose conseguenze. Un estremo tentativo di porre freno alla crisi energetica, così riportano le testimonianze. Disperato, più che estremo: il suo fallimento non mi meraviglia.
Il Governo di Unione Continentale era un'utopia, ma l'unico binario percorribile. Abbiamo deragliato fallendo nella realizzazione, nell'aggregato indistinto di questi Governi Autonomi Locali, condotti malamente da gruppi pseudo-militari.
Come c'era da aspettarsi, i più forti hanno preso il controllo di ogni cosa. Un imperativo inevitabile della natura matrigna in assenza di un padre ordinatore.
Questi distretti delimitati da confini naturali si presentano ancora disomogenei e indisciplinati. Il mio, è una vistosa e fortunata eccezione. Mi correggo: non c'entra la fortuna.
Sono io.

Le Forze Armate Autonome, che i cittadini comuni chiamano genericamente "i soldati" sono guidati con rigore e metodo. Da me.

Sono io.

Nessun altro prefetto garantisce la distribuzione equa e imparziale della produzione agricola come faccio io, con l'esclusivo uso di un'energia pulita. *Ai cittadini che risiedono nella mia zona di competenza è* garantita *la sussistenza in un mondo ostile.*

I nemici dell'ordine non sono uomini. *Sono feccia.*

Cinquanta, anno più anno meno. Cinquant'anni infestati da moti ciechi di protesta popolare, ributtanti larve di bigattini informi su una carcassa imputridita. Guerre intempestive e sconvenienti per questo pianeta già martoriato dall'incapacità e dall'avidità degli uomini.

I conflitti non convengono più a nessuno, solo un idiota ignora questa verità.

Rozzi, fastidiosi e seccanti focolai di rivolta attizzati da gruppi instabili, le Comuni, sacche di "autonomia" disfunzionali a una società bisognosa di norme collettive.

Sopprimere, reprimere, estirpare.

Non vi è pace al di là della giustizia. Queste pecore diverranno uomini.

Che lo vogliano o no, restituirò alla natura ciò che le è stato tolto".

Estratto dal diario del Comandante del distretto N-174, scritto su fogli recuperati grattando l'inchiostro precedente con una lametta.

A nord, doveva andare a nord, seguire il muschio sui tronchi degli alberi. Dove il sole non batte è più freddo, più umido, il muschio cresce sul lato dei tronchi che danno a nord. Doveva seguire il muschio, non c'era altro modo in quel momento.

Si guardò intorno.

«Devo fare presto», sussurrò, «avanti, avanti».

Incespicò in una radice nascosta tra i cespugli e annaspò prima di recuperare l'equilibrio. Si voltò.

Non c'era nessuno. Era sola.

L'avrebbero cercata, avrebbero di certo seguito le sue tracce. Guardò il manto boscoso dietro di sé. Non c'erano orme, le foglie morte coprivano il terreno umido.

Il cane.

C'era un cane con loro.

Mi troveranno. Dio mio mi troveranno.

Era terrorizzata. Doveva trovare il ruscello e camminarci dentro e poi uscire dall'altro lato. Scrutò il bosco intorno e sollevò lo sguardo, il sole filtrava a malapena attraverso quella trama intricata di rami. Ancora cinque, sei ore di luce. Da quel poco che riusciva a capire il ruscello che tagliava il confine orientale del bosco doveva distare due ore di cammino.

Si fermò a riflettere e riprendere fiato. Faceva molto freddo. Si strinse nello scialle di lana e sistemò meglio la spilla da balia che lo chiudeva. Non c'erano sentieri tra gli alberi che crescevano addossandosi l'uno all'altro e non riusciva a capire da che parte si abbassasse il sole. Il muschio era l'unico segnale.

Riprese il cammino con passo celere. Prima, trovare il ruscello e camminarci dentro. Poi, conservare le forze. *Non correre, non ti agitare.* Doveva conservare il calore o sarebbe morta. Sì, sarebbe morta anche lei. Represse un singhiozzo. *Non piangere, stupida, non piangere.* Non doveva, il vento le avrebbe tagliato il volto umido. Fece un lungo respiro con la bocca aperta e l'aria odorosa di resina e di muschio le gelò la lingua.

Infilò la mano nella tasca e tastò le due uova e le fette di pane, non aveva nient'altro. Si voltò ancora a guardare indietro e non vide un rialzo nel terreno. Cadde affondando le ginocchia e i polsi nel terriccio cedevole. Si toccò il ventre prominente con la mano sporca di fango.

Ci penso io a te. Ci pensa mamma.

Si tirò su con fatica. Non era sola. C'era il suo bambino.

Riprese la fuga nel bosco.

GIORNO UNO

Si fermò per riprendere fiato. Le doleva il naso a ogni respiro di aria gelida, così chiuse le mani a coppa davanti al viso e inspirò l'aria tiepida che si creava nei palmi.

Si arrampicò sulla cima di una piccola altura e si voltò verso il bosco che stava alle sue spalle. Nessun altro tranne lei. Rami, spine e freddo intrecciati assieme a formare un labirinto originario, un mondo fatto di solitudine.

Quella notte l'aveva sognata di nuovo. Si era fermata sulla soglia della porta d'ingresso con la pelle incartapecorita e sottile che rivelava la ragnatela di vene bluastre, le orbite vuote. Era venuta per l'eredità, aveva detto, senza muovere mai la bocca spalancata, un abisso profondo e terribile. Ogni volta vedeva le proprie mani afferrare le sue, ogni volta stringere quelle dita ossute e fredde, cercando inutilmente di scaldarle. Ogni volta di nuovo e ancora, inutilmente. Quel mattino aveva acceso una candela e pregato per sua madre.

Sarebbe stato meglio se avesse pregato per *tutti* loro, ma non poteva saperlo ancora.

Ogni cento metri si fermava, si acquattava tremante nei cespugli o dietro grandi tronchi e guardava indietro, ma non c'era mai nessuno. Quando si rialzava, le gambe intorpidite la facevano camminare sbilenca. Incespicava anche senza ostacoli, gli occhi lucidi di febbre e di paura.

Finalmente trovò il ruscello, si tolse le scarpe e le calze sbuffando. Stringendole tra le mani, guadò rabbrividendo il rivo d'acqua che le arrivava ai polpacci. Una volta fuori, dall'altro lato, attese immobile che si asciugassero, controllando il bosco nella direzione da cui proveniva. Tamponò le gambe con l'orlo della gonna, prima di infilare le calze e le scarpe sui piedi umidi. Tre starnuti in rapida sequenza le fecero girare la testa.

Riprese il cammino.

Dopo qualche ora, la paura fece posto alla stanchezza.

Il sole bianco aveva cominciato a declinare e il freddo aumentava. S'inerpicò su un rialzo di terreno per guadagnare un punto più alto e cercare di capire in che direzione si stesse muovendo ma né una casa, né un punto di riferimento vennero in suo aiuto. Non un filo di fumo, un campanile, un fiume. Niente di niente. Solo rami spogli e, più lontano ancora, su monti lontani, alberi azzurri a perdita d'occhio.

Alberi azzurri.

L'estate in cui arrivò la siccità che distrusse più della metà dei raccolti fu l'anno in cui i loro genitori decisero che era tempo per loro di lasciare la scuola e diventare adulti.

Si sentivano voci di uomini che morivano di fame lungo tutta la valle.

Agli inizi, tanti anni prima, non era stato un problema, le aveva detto sua nonna. La gente moriva a mucchi per la grande carestia che precedette la caduta del vecchio Impero. Subito dopo, un'altra grande fetta se l'era portata via il carbonchio, a causa delle cariche batteriche di carni non controllate.

Fu anche per quello che il consumo di carne si ridusse quasi a zero. Gli allevamenti intensivi furono demoliti, i cereali divennero troppo preziosi per essere dati come nutrimento agli animali da carne e da latte. L'acqua potabile non poteva essere sprecata per l'irrigazione di coltivazioni di mangime e per la pulizia delle stalle.

La terra era usata per coltivare cibo per gli uomini.

Nel distretto N-48 gli animali erano ancora allevati in massa e il loro valore di equivalenza per il barattato era altissimo. Le bestie pascolavano libere brucando dai germogli boschivi, ma tutto il territorio era inquinato oltre i valori di tollerabilità. L'N-48 era un distretto a bassissima densità demografica, secondo solamente al ricchissimo distretto N-13, quello che aveva conservato le industrie. La gente indossava mascherine giorno e notte e mangiava nutrienti di sintesi compressi in pillole, ma non bastava. Gli operai specializzati che lo abitavano erano falcidiati dai tumori, che cercavano di curare con le medicine prodotte dalle loro stesse industrie farmaceutiche. Si diceva che non avrebbero retto ancora per molto.

Negli altri distretti, svanito il bisogno di nutrire animali, i coltivatori tornarono alla rotazione delle colture biodinamiche e il consumo della carne divenne una rarità.

Le medicine scarseggiavano. Senza anticorpi che potessero neutralizzare quell'aggressione di agenti patogeni gli uomini erano indifesi, nudi come vermi. Soltanto i più forti erano sopravvissuti e questi avevano potuto procreare un solo figlio. Il più forte.

Questa era la legge.

Una sera, mentre la sua famiglia cenava in veranda ambendo a un refrigerio che non c'era, suo fratello aveva chiesto alla nonna perché nessuno dei loro amici avesse un fratello o una sorella.

«Un solo figlio a famiglia, tesoro. È la legge».

«Perché?»

«Perché siamo troppi, e il pianeta non ce la fa a sostenerci. È la prima delle erressegiu».

Il bambino aggrottò le sopracciglia, la nonna continuò.

«Riforme per la Salvaguardia del Genere Umano, per il nostro bene».

Il padre strofinò uno spicchio d'aglio su una fetta di pane.

«Almeno, è così che ce la raccontano», disse.

«Che vuoi dire?» disse la nonna.

«Voglio dire, e se fossero solo un cumulo di stronzate?»

«La sovrappopolazione non è una stronzata».

«No, ma questo limite... bah. Eccessivo».

«Eccessivo? E l'inquinamento? Le risorse? L'acqua?»

Il padre scrollò le spalle e addentò il pane.

Il ragazzino si allungò sul tavolo e gli toccò il braccio.

«Che significa papà?»

Il padre posò la forchetta nel piatto di coccio e intrecciò le dita sul tavolo.

«Significa che quelli come voi due sono pericolosi».

Il padre lanciò un'occhiata alla suocera.

«Perché?» disse il bambino.

«Perché chi è figlio unico di genitori figli unici non ha zii, né cugini, giusto? Lo sapete com'era composta, una volta, una famiglia».

«Sì».

«E quelli che non ce l'hanno, un figlio? Quando gli muoiono anche i genitori, cosa fa?»

Il bambino scosse la testa, pensieroso. Il padre fece una smorfia.

«Senza famiglia, in uno stato di degenza come il nostro, agli uomini cosa rimane?»

Pausa.

«Ve lo dico io cosa rimane», disse. «Niente. Quindi l'unica cosa che resta da fare è identificarsi con il Regime, la grande famiglia universale, ed ecco fatto. Ma per voi due, non è così».

Il bambino allargò il palmo della mano verso il padre.

«Per questo ci odiano?»

La madre appoggiò bicchiere sul tavolo con forza.

«Chi vi odia?» disse.

«Gli altri ragazzi. Nessuno vuole stare con noi».

«Figli miei, quello non è odio», sorrise. «È invidia. Vi invidiano perché loro non hanno fratelli. La legge è severa, e chi non viene trovato in regola al censimento trimestrale, be'...»

«Cosa? Cosa, mamma?»

«Lavori forzati. Per tutti. Le terre assegnate vengono confiscate e dopo lo sfratto, le case sono affidate ad altri. Il secondo figlio, pover'anima, diventa uno "schiavo". Senza nessuna colpa, diventa uno schiavo per tutta la vita».

«Per tutta la vita».

La donna sospirò. I bambini la guardavano terrorizzati, la bocca aperta per lo stupore.

«Anche noi?»

Le zanzare ronzavano attorno alla fiamma delle lampade riempite con olio di oliva. La nonna accarezzò la bambina e le sistemò un ciuffo di capelli dietro l'orecchio.

«No. Voi no», disse. «I gemelli, tesori miei, sono un'eccezione che la legge prevede. Non siete mica come gli anarchici».

La bambina guardò sua nonna che sminuzzava una carota con la punta del coltello per poterla mangiare con i radi denti rimastile.

«Nonna, cosa significa anarchico?» disse.

La madre dei bambini lanciò un'occhiata alla nonna.

«Niente caro, niente di importante».

La vecchia nonna scostò il colletto della maglia nera con le dita smagrite e si grattò una puntura di zanzara.

«La legge prevede l'esistenza dei gemelli nella società perché ogni essere umano che nasce è forza lavoro che assicura la sopravvivenza del distretto».

«Sì, ma chi sono gli anarchici?»

La madre si alzò in piedi sbuffando, le mani sui fianchi.

«Ecco, sei contenta adesso?» disse.

«Eh, ma dovranno pur saperlo prima o poi.

«Cosa? Che cosa dobbiamo sapere nonna?»

«Gli anarchici sono degli uomini che non vivono nel distretto», disse la nonna. «In nessun distretto».

I bambini spalancarono gli occhi.

«Ma non è possibile».

«Questo è quello con cui vi infinocchiano a scuola, ma non è così».

«Shhh, mamma. Abbassa la voce».

«Cosa vuoi che mi facciano? Non so mica se ce la faccio a spalare letame, alla mia età».

«Mamma!»

Ma la vecchia cominciò a ridere e il genero nascose un sorriso dietro la mano. La donna si rivolse al marito.

«Non c'è niente da ridere. Smettetela. Che esempio date ai bambini?»

Il padre lanciò loro un'occhiata e tornò serio, posò con cura il coltello nel piatto e appoggiò gli avambracci sul tavolo. Si schiarì la voce un paio di volte. Un insetto affogò nell'insalata di pomidoro.

«Ci sono uomini che non si attengono alla legge e vivono per conto loro».

«E come fanno?»

«Si organizzano da soli, ma dato che la maggior parte dei terreni coltivabili è sotto il controllo dei soldati, a loro rimane davvero molto poco per sopravvivere».

«Ma allora perché vivono lì e non qui con noi?»

«Perché non sono d'accordo con…»

«Perché sono degli illusi», lo interruppe la moglie. «Dei vigliacchi che non vogliono mettere a disposizione degli altri ciò che coltivano o cacciano o guadagnano. Sono dei vigliacchi, ecco cosa sono. E quando vengono scovati, vengono uccisi ed è meglio per tutti quanti noi».

La madre cominciò a sparecchiare. I bambini sembravano confusi. Il padre disegnava figure astratte spalmando con la punta del coltello l'olio che era rimasto nel piatto. Quando parlò la sua voce era grave.

«I disertori, gli uomini disperati, o illusi, come dice vostra madre, che vengono catturati mentre cercano di andare via dal distretto verso una Comune, non vengono uccisi. Diventano schiavi a vita, picchiati e impiegati nei lavori più umili, funzionali al Sistema. Come spalare letame dai pozzi neri, ecco a cosa si riferisce vostra nonna. Senza manutenzione, le reti fognarie si occlusero e non funzionarono più. Quando il carburante si esaurì i sistemi di pompaggio divennero impraticabili. Gli escrementi umani dovevano essere rimossi a mano. All'inizio furono utilizzati per fertilizzare i campi di ortaggi, prima che la gente cominciasse ad ammalarsi».

«Perché?»

«Perché mentre le malattie del bestiame non erano tutte trasmissibili all'uomo, quelle umane sì. Furono dedicate vaste aree al deposito delle feci contadine, potenzialmente fonti di malattie mortali e di scarso valore proteico».

Il padre si schiarì la voce, lanciò un'occhiata ai due bambini e continuò.

«Invece, gli escrementi dei soldati divennero oro. Tutt'oggi, coloro che possono nutrirsi meglio, di forte costituzione e salute di ferro, vendono i loro escrementi. Letame e urina vengono messi a fermentare in botti di rovere, come si fa con il vino. Senza acqua o prodotti di sintesi come i detersivi, sono un concime preziosissimo per gli ortaggi e gli alberi da frutto. Tutti i contadini hanno una concimaia ripiena di puzzolente merda dell'esercito, mentre la loro viene spalata e portata via dai prigionieri. Povera gente, detenuta su grossi carri merci che si spostano di paese in paese. Per i soldati del distretto sono "i prigionieri" ma il termine "schiavi" è quello con cui li chiamiamo noi. Di notte rientrano nelle prigioni del distretto. I maschi con i maschi, le femmine

14

con le femmine. È negato il diritto alla procreazione, alla casa, alla famiglia».

La nonna si soffiò il naso e si asciugò gli occhi. Il genero fece una pausa, poi continuò, con voce cupa.

«Un uomo del genere non è più nemmeno una bestia, ma una pietra. Un liscio sasso levigato senza voce, preso a calci da chiunque. È peggio che essere morti, è esistere senza vivere».

La madre li guardò negli occhi con aria severa.

«Non dovete mai, e dico mai, disobbedire alla legge, mi avete capita bene?»

Inciampò su una radice esposta e annaspò nell'aria per non cadere. Si appoggiò a un tronco premendosi una mano sul petto, scossa dai brividi. L'aria umida odorava di foglie marce e una impalpabile foschia smussava i contorni di quel mondo ostile.

Doveva cercare un riparo, una buca, un macchieto. Si voltò a destra e poi a sinistra. Le dolevano tutte le ossa, la febbre stava salendo di nuovo. Lo stomaco brontolò.

«Tre fette di pane e un paio di uova, e dobbiamo farcele bastare almeno fino a domani, amore di mamma».

Sollevò il viso al cielo semicoperto dai rami degli alberi ma la nebbia lo rendeva come ovatta sporco. Quel cielo lattiginoso e gelido, in quel momento, era il suo peggior nemico. Coprì meglio la testa, il naso e la bocca. Non doveva mai lasciarli scoperti, soprattutto all'imbrunire. Mai. Un ramo si spezzò poco più lontano.

Si voltò di scatto. Il bosco scricchiolava, ogni rumore palpitava, era vivo. Un gufo alle sue spalle, il rapido passaggio di un piccolo roditore tra le sterpaglie, in fuga verso il nido. Si passò una mano sugli occhi. A casa sua, quell'anno terribile, i colori erano altri. Tra le spighe splendenti le cicale frinivano persino di notte e si udivano a enorme distanza tanto era profondo il silenzio in casa.

Una sera in cui il caldo impediva a lei e a suo fratello di dormire, sentirono rumori in cucina. Origliarono muovendosi scalzi, con l'orecchio accostato a un bicchiere poggiato sulla parete. Nella stanza accanto la loro madre piangeva.

Aveva paura, e lo odiava, diceva. Avrebbero dovuto fare come tutti gli altri perché in quel distretto le cose funzionavano in quel modo e basta.

Trascorse mezz'ora nella quale si udiva solo il pianto che si smorzava poco a poco. I bambini trattenevano il fiato. Poi sentirono i passi pesanti del padre attraversare il corridoio e uscire nella notte buia chiudendo piano i battenti. Tornarono a letto ammutoliti, stendendosi sulle lenzuola bollenti.

«Dormi?»

La sorella gli dava le spalle.

«Ehi, dormi?»

La bambina finse un respiro regolare e lui smise di chiamarla. Nessuno dei due prese sonno, né quella notte né molte altre successive.

Quando non ne potevano più uscivano a passeggiare nei campi aridi, a giocare.

Nel frutteto c'era un ulivo centenario alto più di tre metri con i rami artritici e il tronco gigantesco, accerchiato da una siepe di cipressi alti e dritti, con i rami stretti lungo il tronco come un esercito di soldati sull'attenti. Cercavano di abbracciarlo nella sua interezza da lati contrapposti ma per quanto si sforzassero, le loro mani non si toccavano.

«Il prossimo anno», diceva il bambino. «Vedrai che ci riusciremo l'anno prossimo».

Lei si arrampicava solo fino al ramo più basso e contorto e si coricava con le gambe raccolte in grembo nascondendosi in quel luogo magico e segreto che nessuno avrebbe potuto trovare mai. Giocava con i raggi di sole che si infilavano tra le folte fronde che la nascondevano. Lui saliva fino in cima e osservava le toppe di colore sul vestito della campagna circostante, il verde e il giallo e, più in là, in fondo, il rosso e il viola. Gli alberi lontani sembravano piccole stanghette azzurro cupo. «Gli alberi lontani da qui sono blu», diceva.

La bambina aveva chiesto alla madre che le aveva risposto che no, erano tutti verdi ma lui giurava e spergiurava che oltre la loro campagna e le campagne intorno, dove iniziava il bosco, gli alberi fossero azzurri.

Quella mattina suo fratello le chiese di arrampicarsi con lui, se non gli credeva, ma lei non ne aveva il coraggio, così le disse che un giorno l'avrebbe portata fin laggiù e glieli avrebbe mostrati. Poi, salì da solo fino in cima e fu allora che li vide.

Dapprima lo sbuffo di polvere gli sembrò una carovana di carri di baratto provenienti da chissà quale distretto e lo urlò eccitato alla sorella che guardava in su dov'era lui e non capiva. Coprendosi con la mano gli occhi strizzati, vide poi che erano solo due cavalieri che alzavano un insolitamente grande spettro di polvere. La siccità aveva reso la terra argillosa più leggera del fumo.

I due cavalli si avvicinavano velocemente. Un uomo calvo e tarchiato, con grossi baffi grigi e una profonda cicatrice sul cranio lucido precedeva un ragazzino dai capelli rossi, poco più grande di un bambino. Indossavano entrambi una divisa chiara. Quando riuscì a scendere dall'albero, i due soldati erano già davanti casa sua, e suo padre li stava guardando con le mani poggiate sui fianchi.

Il sole si rifrangeva su uno dei porta cd riciclati con cui era stata costruita la piccola serra che campeggiava tra gli alberi da frutto, accecandoli. La bambina si accovacciò dietro il tronco rugoso per ripararsi dal riflesso. Si sentiva solo il garrito delle rondini che sfrecciavano nel cielo e il frinire delle cicale in lontananza.

Il ragazzino con i capelli rossi si voltò verso di loro. Si appiattirono di più contro il tronco. L'uomo con la cicatrice abbassò lo sguardo verso il contadino, la sua voce era rauca come quella di un vecchio fumatore.

«Testa di cazzo».

Il padre serrò la mandibola e allargò le braccia prima di abbandonarle lungo i fianchi.

«Che cosa c'è?»

«Lo sai».

«Cosa?»

Il Luogotenente tossì.

«Togliti il cappello», disse.

Il contadino se lo levò reggendolo poi sul petto con entrambe le mani, i capelli arruffati e sudati. Si guardarono per alcuni istanti, poi l'uomo con la cicatrice parlò.

«Tu lo sai a chi devi tutta questa bella roba qua?» disse.

«Sissignore, certo che lo so».

«A chi devi essere "riconoscente" per tutto quanto? Eh, lo sai?»

«Sì».

«Sai cosa sei tu?»

«No. Cosa sono».

«Una testa di cazzo».

Il contadino sollevò il mento. L'uomo a cavallo l'ignorò.

«Quanto ti tocca?» disse.

«Lo so».

«Ho detto, quanto ti tocca».

«La metà».

«La metà di cosa?»

«La metà di tutto».

Il cavaliere raccolse il muco in bocca dopo averlo raschiato via dalla gola e scatarrò lì accanto un grumo appiccicoso. Il contadino fece un passo in avanti.

«Ma la siccità, è che...»

«E perché, cosa credi che agli altri ci piova in casa?»

«Non lo so».

Il Luogotenente corrugò la fronte.

«Che fai, lo spiritoso?»

«No. Intendevo solo dire che se vi do la metà di quello che ho coltivato, la mia famiglia morirà di fame».

«Non è colpa mia se il buon Dio ti ha dato la grazia di due figli».

17

Il contadino si asciugò il sudore del viso tamponandolo con un lembo della maglietta di cotone a maniche corte, slabbrata e logora. Il Luogotenente fece un cenno con la mano al ragazzino dai capelli rossi. Il ragazzo tentennò.

«Papà», disse. «Forse potremmo tornare il mese prossimo».

L'uomo con la cicatrice rispose senza voltarsi.

«Gli ordini sono ordini. Non si discutono. Ora vai».

Il ragazzino spinse il cavallo verso il retro della casa. I due uomini rimasero a fissarsi per un tempo che ai due bambini parve lunghissimo.

Da dove si erano nascosti non potevano vedere il ragazzino con i capelli rossi ma sentivano il trambusto e un paio di porte che sbattevano. La loro madre dovette sentirle anche lei, perché uscì con le mani bagnate. Appena vide l'uomo a cavallo, capì. Si fermò e fece due passi indietro, incassando la testa nelle spalle.

Il contadino rifece il nodo alla corda che teneva stretti i pantaloni in vita, si asciugò le palme delle mani sudate contro il retro dei vecchi jeans impolverati e fece per rimettersi il cappello, ma si bloccò e lo usò per farsi vento.

«Come sta tua moglie?»

Nessuna risposta.

«Si è ripresa dalla febbre?»

Il Luogotenente si passò il dorso della mano sul mento sudato e gettò lo sguardo verso il pollaio dietro il quale era sparito suo figlio.

«Sì», disse.

Le rondini afferravano insetti al volo sopra le loro teste.

«E tua madre come sta?»

Il Luogotenente si chinò, scatarrò di nuovo e si rialzò. Lo guardò sollevando solo il lato destro del labbro superiore in una smorfia.

«Con me non attacca», disse. «Non ci provare. Non funziona. Non faccio favori a nessuno. Io non ho amici, e nemmeno tu. Nessuno ne ha».

Il contadino sospirò.

«Ma tuo padre e il mio lo erano. Erano amici. Suonavano il violino insieme, te lo ricordi?»

«Mio padre è morto».

«Anche il mio, ma certe cose non si dimenticano».

«Io non me le ricordo».

«Tutti lo ricordano. Fu lui a fondare questo distretto. Fu lui che ci diede tutto ciò che tu...»

«Io, cosa?»

«Ci togli».

18

Il Luogotenente scoppiò in una risata che si trasformò in tosse. Scatarrò di nuovo, questa volta dall'altra parte del cavallo e si pulì i baffi grigi con il polso.

«Io non ti tolgo proprio niente, faccio solo il mio dovere».

Il contadino allargò le narici e sollevò il mento.

«Tuo padre, lui sì che era un esempio», disse.

«Un esempio».

«Sì. Era un esempio per tutti noi».

«Stronzate».

«Ma tu, tu fai quello che faceva lui. Anche tu sei un soldato».

«Questo è ciò che ho trovato e ciò che c'è ora. Non ho smanie di salvare il mondo».

«Tutti abbiamo la responsabilità di salvare la terra, perché da essa verremo salvati. È questo ciò che tuo padre e quelli come lui ci hanno insegnato. Cosa direbbe se…»

«Se, cosa».

«Se ti vedesse ora?»

«Oh, non sai cosa darei per ritrovarmelo davanti, ora. Per fortuna mia è crepato presto e ha finito di scassarmi le palle con quel violino del cazzo».

Il contadino fece un passo indietro.

«Non puoi pensarlo davvero», disse.

«No? Lo sai come me la sono fatta questa cicatrice?»

«Sì, lo so».

«Te lo ricordi, o ti ricordi solo la musica e le stronzate?» Pausa. «Perché io questo, invece, me lo ricordo benissimo».

«Fu un incidente».

«Un incidente un corno. Quel figlio di puttana non se ne rese nemmeno conto da quanto era ubriaco marcio. Sarei potuto morire dissanguato. Mi ricucirono con un filo di cotone e un ago da cucina anche se poteva avere un kit completo direttamente dalla clinica ma lui no, non volle. Eravamo tutti uguali. No, dico, riesci a immaginare il dolore durante e dopo? E l'infezione, Cristo. Quaranta punti. Quaranta fottuti punti di sutura in faccia a un bambino, senza anestesia».

«Fu un incidente».

«Sì, era questo che diceva, più o meno».

«Era un brav'uomo».

«Ecco chi mi ricordi. Mi ricordi quel vecchio bastardo di mio padre. Dimmi un po', se tuo figlio stesse morendo di fame tu saresti disposto a fare qualunque cosa per farlo mangiare, o no?»

«Che cosa c'entra?»

«Rispondi».

«Io lavoro sodo e non ho mai chiesto…»

«Lo sapevo. Sei solo uno stupido coglione. Come mio padre e tutti quelli come lui. Altro che esempio da seguire. Lui ha costruito questa merda e ora ti becchi quello che c'è, punto».

Il contadino aprì la bocca per dire qualcosa, e la richiuse. Cicale, cicale in lontananza, e caldo. Un calore ondeggiante nell'aria secca del giorno.

In quel momento il ragazzo con i capelli rossi sbucò dal retro della casa trascinando la loro unica capra con una corda ricavata annodando insieme vecchie cravatte.

«Fai prima se ci spari», la voce del padre tremava. «Fai prima se spari a me o ai miei figli».

«Se mi costringi si può anche fare».

«Fallo».

La donna avanzò verso il marito, gli afferrò un braccio e glielo tirò.

«Torniamo dentro».

«Sparami».

«Ti prego, torniamo a casa».

Lui si divincolò dalla stretta continuando a fissare con gli occhi sbarrati l'uomo a cavallo. L'uomo si passò la mano sulla cicatrice e strizzò l'occhio sinistro accecato dal sole.

«Se proprio insisti».

Estrasse il fucile dalla fondina e lo puntò dritto in mezzo agli occhi del contadino. La moglie urlò correndo verso il cavallo e afferrò i polpacci dell'uomo.

«No! Per favore, per favore ti prego».

Il cavaliere la allontanò con un calcio e la bambina si alzò in piedi.

«Mamma».

Il fratello la strattonò riportandola giù e le tappò la bocca con la mano.

«Zitta. Stai zitta e non avere paura».

Il ragazzino con i capelli rossi guardava suo padre e guardava il contadino.

«Dai, papà, vieni. Abbiamo fatto il nostro dovere. Andiamo via».

Ma l'uomo con la cicatrice non si mosse. Il ragazzino guardò i due gemelli nascosti dietro il tronco dell'ulivo.

«Andiamo. Si fa tardi», disse.

Spronò il cavallo strattonando la capra che belava disperata. Il Luogotenente rilassò le spalle, si succhiò i denti un paio di volte e poi mise a posto il fucile.

«Non te lo dimenticare», disse.

Voltò il cavallo e si allontanò anche lui sul sentiero di terra battuta raggiungendo al trotto il figlio già parecchio avanti.

I due bambini li guardarono allontanarsi finché non diventarono un miraggio palpitante, niente più che un tremolio giallo nell'aria bollente del mattino.

La sorella sentiva sua madre singhiozzare, il volto nascosto tra le mani. Il padre non si mosse né abbassò mai lo sguardo, nemmeno quando i due soldati non si vedevano più da un pezzo.

Quanto mancava ancora? Alle cinque faceva buio giù in paese. Nel bosco, già alle quattro sarebbe stato impossibile distinguere qualsiasi cosa. Aveva ancora un paio d'ore, poi avrebbe dovuto fermarsi da qualche parte per dormire. Si accarezzò la pancia gonfia.

«Ce la faremo. Ti porterò al sicuro, fuori di qui».

Proseguire verso nord per un altro giorno, forse due. Fuori da quell'intrico selvaggio di rami e da quel freddo. A nord c'era un antico monastero e dentro il monastero un orfanotrofio. Lei lo sapeva perché lo aveva visto una volta, da bambina. Sentiva ancora la voce acuta e stridula di sua nonna.

«Vai su al monastero, più velocemente che puoi! Corri!»

Un posto stabile. Un posto sicuro, caldo e accogliente.

Mentre camminava vide un dislivello nel terreno, semicoperto da una roccia. Si arrampicò tra un anfratto e l'altro. Sembrava un buon posto per dormire.

Sradicò la sterpaglia nel punto più basso, poi con i piedi spostò foglie secche e marce per scavare una piccola buca e decine di insetti minuscoli aprirono come una ferita infetta davanti a lei, scappando in tutte le direzioni. Strinse i denti e con le mani gonfie e rosse spezzò dei rami spinosi e li ammucchiò ai lati della bassa cavità.

Uno starnuto violento l'accecò per un istante. Si soffiò il naso con un fazzoletto di cotone bagnato di muco. Il continuo sfregamento le aveva arrossato le narici.

Raccolse i rami rinsecchiti e li affastellò tutto intorno, lasciandosi un minuscolo spazio per passare. Alla fine sembrava un nido e avrebbe trattenuto un po' di calore. A una decina di metri due cespugli crescevano tra gli alberi. Provò a strapparne uno afferrandolo con forza alla base. Le radici erano ficcate in profondità e non si smuovevano.

«Anche le radici hanno freddo, bambino mio».

Faticosamente avvitò la pianta su se stessa. Ad ogni torsione provava a tirare.

«Sono andate giù a cercare calore».

Il fusto si staccò all'improvviso dalle radici, facendola sbilanciare all'indietro. Barcollò ma riuscì a mantenere l'equilibrio. Tornò al riparo e sistemò la ramaglia dalla parte opposta alla roccia. Un tetto rado e precario, che mantenesse il calore il più possibile.

Si appoggiò a un tronco. Tastò le fette di pane nella tasca e decise di conservarle per la mattina successiva. Prese invece un uovo e con i denti ne bucò il guscio prima in alto e poi in basso, e lo bevve con estrema lentezza. Quando finì, aveva gli occhi pieni di lacrime. Portò una mano alla fronte e trattenne un singhiozzo. Gettò lontano il guscio vuoto e si guardò attorno per l'ultima volta. Era sola.

Si posizionò con cura nella buca, tirando sopra di sé il cespuglio recuperato poco prima. Prese alcune manciate di foglie e le sparpagliò sugli strati di gonna, raggomitolandosi nello scialle che le copriva anche la testa. Il muco le chiudeva il naso e perciò faceva respiri rapidi e brevi con la bocca, come un animale preso in trappola.

Rimase lì, gli occhi sbarrati, mentre il bosco cambiava colore e si incupiva. In quel momento sentì un fruscio sulla sua sinistra. Avrebbe dovuto voltarsi a controllare ma le mancò il coraggio. Chiuse gli occhi appoggiando la mano sulla pancia gonfia sotto lo scialle e bisbigliò per il suo bambino.

«Ninna nanna ninna bella, il lupo vuole la pecorella
ninna nanna ninna oh, la pecorella non gliela do.
Ninna nanna come farà, se nessun la proteggerà
Ninna nanna ninna bella, corri veloce mia pecorella».
Silenzio.

Le foglie stormivano all'imbrunire, agitate da piccoli uccellini che cercavano riparo volando veloci da un ramo all'altro. Sopra di lei, un continuo frullare di ali.

Il sonno lentamente si fece strada e, come spesso accade nell'istante che separa la veglia dall'oblio, serpeggiarono verso di lei le verità che nascondeva a se stessa, le scomode verità rintanate nel profondo del proprio cuore. Le succedeva sempre, lo chiamava "l'angolo di Dio". Non fece in tempo ad afferrarne nessuna che il sonno soffocò la labile scintilla divina, come ogni volta, con il suo mantello pesante.

Si addormentò di colpo, sfinita. Non sentì gli ululati e non vide la notte buia e fredda scendere sulla sua casa di rami secchi.

GIORNO DUE

La mattina successiva si svegliò per via della nausea. Aprì gli occhi su un'alba grigia e fredda mentre la febbre ardeva nelle sue giunture doloranti.

Le gambe erano intorpidite a causa della posizione scomoda, i piedi gonfi. Portò le mani sotto il ginocchio sinistro, lo sollevò e lo massaggiò, ma ogni movimento le costava una fatica enorme. Il seno le doleva. Si aprì i vestiti sul collo e scostò il reggiseno. Un liquido colloso si era addensato sui capezzoli. Provò a pulirsi con le dita, ma erano sporche di terra, e ci rinunciò.

Fu afferrata da un conato che trattenne serrando le labbra e respirando a fondo. Avvertì un formicolio. Migliaia di aghi le correvano sui piedi, le caviglie e l'inguine e ogni movimento ne aumentava l'intensità. Rimase immobile, gettata per terra come un foglio di carta stropicciato e sporco, finché quella sensazione sgradevole non passò. Il respiro affannato disegnava nuvole biancastre davanti al suo viso.

Si mise seduta a fatica e poi si alzò in piedi, mentre le foglie intorno crepitavano, frantumandosi. Non fece in tempo a fare un passo che lo stomaco si contorse e si rivoltò. Si inginocchiò dentro la buca e vomitò, gemendo, un succo verde e appiccicoso con il naso tappato, e le parve di soffocare. Indugiò in ginocchio a lungo, tossendo e sputando, aggrappata al proprio ventre.

«Aiuto», sussurrò. Gli occhi bagnati di lacrime, «aiuto».

Quando riuscì a mettersi in piedi l'alba stava rischiarando il bosco. Aprì e chiuse la bocca e la sentì impastata da quel liquido rancido. Raccolse saliva nelle guance e sputò per terra un altro paio di volte. Avrebbe voluto spazzolarsi i denti.

Con delicatezza stirò le braccia, batté le mani su tutto il corpo pestando forte i piedi e sentì un po' di calore invaderle le membra intirizzite.

Liberò la vescica nella buca in cui aveva dormito, accanto al vomito.

Ficcò una mano in tasca e afferrò le fette di pane infagottate. Erano tre, di cui una molto sottile. Prese quella media e riavvolse le altre, conservandole in tasca. Addentò la crosta dura e masticò fino a ridurre il boccone in un bolo semiliquido che ingoiò trattenendo il respiro. Quando finì raccolse le briciole che le erano cadute sul petto pinzandole con le dita e le leccò dal palmo della propria mano mentre si guardava attorno.

Un vecchio tiglio alto una ventina di metri si ergeva diritto a pochi passi da lei. Gli si avvicinò e lo toccò. Alla base, i polloni che nascevano dalla radice erano completamente coperti di muschio. Girò attorno al tronco senza staccare la mano dalla corteccia grigia e screpolata che si sgretolava al suo tocco. Il muschio che cresceva sul terreno invadeva in modo uniforme tutto il tronco fino a circa un metro da terra. Strizzando gli occhi ne osservò la parte superiore.

Su un lato soltanto il muschio si arrampicava fin quasi alla cima, invadendo anche i rami. Gli alberi attorno mostravano la medesima lunga sfumatura verde che colorava i tronchi su quello stesso lato. Il muschio cresceva dove è più umido e questo significava che quel lato era più umido, perché meglio riparato dal sole e dunque, quel lato era esposto al nord.

Starnutì. Usò il fazzoletto ma intorno al naso si sollevavano pezzi di pellicine indurite e arrossate. Pulirsi il muco con quella pezza bagnata le procurava dolore, così lo mise via e tirò su col naso.

Forza amore di mamma, andiamo.

Con gli occhi lucidi si incamminò verso la fitta boscaglia seguendo le indicazioni del muschio. Continuando ad andare verso nord prima o poi avrebbe trovato la costruzione solida del monastero.

Dopo qualche ora di cammino, davanti a lei si parò un tratto di bosco disseminato da grosse rocce irregolari. Pensò di superarlo arrampicandosi, ma il rischio di slogarsi una caviglia la dissuase.

No, bambino mio. Non ci conviene passare di là.

A sinistra, a un centinaio di metri, il passaggio sembrava sgombro. Si incamminò in quella direzione per aggirare il tratto impervio.

Suo fratello era lì, dentro il bosco. Così le aveva detto.

C'erano voci di fuggiaschi accolti altrove e sopravvissuti. Cosa sapeva fare lei? Cosa poteva offrire? Se avesse proseguito verso oriente, da quelle parti avrebbe ritrovato la strada che la riportava alla civiltà. Avrebbe potuto fermarsi in qualche altro centro abitato.

Ad alcuni paesi era saltata la rete elettrica e nemmeno i più esperti erano stati in grado di ripararla senza materiali e strumenti idonei. Ovunque c'era una decadenza costante della manutenzione ordinaria degli edifici e delle strutture, ma avrebbe trovato una situazione confortevole, prima o poi. Passare di paese in paese, come facevano gli accattoni, senza dover spiegare niente a nessuno, e con un po' di fortuna sarebbe potuta sfuggire ai soldati-vedetta di ronda sui confini e raggiungere un altro distretto. Altre leggi, altre abitudini, altre usanze. Una nuova vita.

Cosa poteva offrire in quelle condizioni? Era quasi al termine della gravidanza. Doveva fermarsi da qualche parte, almeno per un po'.

Superare le città fantasma, squallidi centri in rovina sfasciati dal degrado, e provare a raggiungere la capitale. Poteva riuscirci.

La capitale. Spopolata durante le guerre, come ogni altro centro metropolitano, offriva ancora un rifugio discreto negli appartamenti-alveare dei quartieri residenziali delle città. Non s'era mai visto grano crescere sull'asfalto. Nessuno coltivava. Avrebbe potuto trovare una tana dove schiumava la feccia dell'umanità, ladri, assassini, spacciatori. Un luogo in cui nessun soldato si arrischiava a entrare. Non c'erano barriere per arginare quel fango. Non ce n'erano abbastanza. Un luogo pessimo in cui vivere, ma ottimo per nascondersi.

Poteva trovare lavoro in qualcuna delle rare *ipienne*, Industrie di Produzione Necessaria, e sperare nell'assegnazione di una abitazione in periferia. Impieghi che valevano oro, ottenuti con raccomandazioni e sotterfugi. Da escludere. In città però poteva nascondersi, sì. Procurarsi cibo senza lavorare.

Una donna giovane, anche con un bambino, non avrebbe mai avuto nessuna difficoltà a procurarsi da vivere. Da nessun parte del mondo, con nessuna condizione politica.

Rabbrividì.

Non poteva farlo.

In città sconosciute, dove vigevano regole diverse, chi l'avrebbe aiutata senza pretendere ciò che non era disposta a concedere? Chi si sarebbe preso la responsabilità di una donna e di un neonato improduttivo? Conosceva la risposta.

Se fosse riuscita a vivere con l'accattonaggio, senza fermarsi mai, sarebbe potuta arrivare fino al porto.

E il freddo? E la neve? E la pioggia e la febbre?

Arrivare al porto, sfuggendo ai soldati, sì ma se era lenta avrebbe partorito prima di arrivarci. *Dove, e come.*

Andando sempre avanti, lì avrebbe preso una nave che l'avrebbe condotta clandestinamente fino a quel distretto oltre il mare di cui aveva sentito parlare tanti anni prima. Sarebbe bastato proseguire dritto invece di andare verso nord. La voce di sua nonna nella testa.

Vai più velocemente che puoi.

Sì nonna, ma dove.

Doveva essere pressappoco mezzogiorno quando dinnanzi a lei si aprì uno slargo illuminato dal sole. Sospirando, si inginocchiò per terra. Le foglie erano tiepide. Si stese tremante qualche minuto sulla terra cedevole e si lasciò riscaldare le membra anchilosate. Non c'era vento, in quella radura, e qualche uccello si spostava da una cima all'altra, in alto, senza far rumore. I raggi penetravano oltre i vestiti sollevando un odore denso e cupo. Il suo.

Si addormentò.

Sete. La lingua graffiava il palato secco e le labbra screpolate si muovevano senza suono. Un raggio di sole le saltellava sugli occhi. Cercò di mettere a fuoco le foglie marce e sbriciolate tutte attorno a lei. Smarrita, si guardò intorno sollevando solo la testa.

Il bosco, alberi centenari disposti uno accanto all'altro come guardiani antichi e temibili. Sentì pulsare una vena sul collo e un brivido di freddo la risvegliò del tutto.

Il bosco, la fuga, il suo bambino. Ci mise molto tempo a tirarsi su, respirando a fatica. Gli alberi le ondeggiavano davanti. Aveva sete.

Dio che sete.

Non sapeva dire quanto tempo avesse dormito. L'ombra degli alberi si era allungata e assottigliata, e il sole si era abbassato. Si toccò la fronte con la mano. Le doleva tutto, perfino il cuoio capelluto. Non le conveniva fermarsi troppo a lungo in un posto solo. Non in una radura all'aperto, comunque. Non avrebbe sbagliato di nuovo.

Sete. Zigzagava tra gli alberi. Si affacciava sugli incavi dei tronchi più larghi e continuava a guardare per terra. Si fermava spesso per orinare. Poche gocce ogni volta, ma in continuazione.

Il fogliame ricopriva il terreno con uno spesso strato di putredine. Nessuna buca dove l'acqua poteva raccogliersi senza trasformarsi in fanghiglia maleodorante.

Resisteva. Le labbra incollate fra loro, la lingua ruvida e secca. Resisteva e si faceva forza. Non perdersi, non morire. Tutto qui.

Non devo perdere l'orientamento. Attenta, devo stare attenta.

Avrebbe potuto provarci, a raggiungere il distretto oltre il mare, ma di certo avrebbe partorito prima di arrivare al porto e l'alternativa sarebbe stata anche peggiore, partorire sulla nave. Non aveva mai visto il mare. E cosa c'era ad aspettarla oltre quella enorme distesa di acqua? Suo padre. Il pugno chiuso appoggiato al tavolo, in quella caldissima estate.

«Non avere paura», le aveva detto suo fratello stringendole la mano.

Che succede?

Gli aveva chiesto, ma lui continuava solo a dirle di non avere paura e basta. L'uomo con la cicatrice, il Luogotenente, aveva colpito sua madre. Un calcio in faccia, con gli stivali pesanti, proprio tra il mento e il naso.

Se n'erano andati così, portando via la capra belante e lasciando il padre immobile con quello stupido cappello in mano.

Anche più tardi, a casa, la madre aveva continuato a piangere mentre suo padre si era seduto tenendosi la testa tra le mani. Suo fratello invece aveva preso la pistola e si era diretto verso la porta solo in quel momento il padre aveva sollevato finalmente la testa dal tavolo.

«Che fai?» aveva detto.

«Vado a riprendermela».

«Ma dove vai? Torna qua».

«Non ho paura».

«Torna qua ho detto».

«Glielo faccio vedere io, glielo faccio vedere».

Suo padre si era inginocchiato per terra per essere alla sua altezza e lo aveva guardato dritto negli occhi.

«Ora ascoltami bene, figlio mio», aveva detto. «Non ti puoi ribellare».

«Perché?»

«Perché loro sono più forti e più numerosi».

«Ma noi siamo tanti».

Il padre scuoteva la testa.

«Non abbiamo scelta, sono queste le regole».

Il bambino aveva riflettuto in fretta guardandolo in viso.

«E chi lo dice? Chi le ha fatte queste regole?»

«Lo sai. I generali e poi i loro figli e i figli dei loro figli. Tutto questo territorio è gestito da loro, per il nostro bene. Lo sai».

«Sì, ma noi no».

«Noi no, cosa».

«Noi non siamo gestiti da loro».

«Lo siamo anche noi, per il nostro bene».

«Non è vero».

«È così».

«Bugiardo. Quell'uomo non ci ha fatto del bene».

«Devono farlo, sono soldati. Devono garantire che il distretto funzioni e che si produca in un certo modo, e che poi tutto sia distribuito in parti uguali. Non c'è altra via».

«Ma quello lì ha detto che il padre, suo padre, era cattivo».

«No, non lo era. Si sbaglia, era un brav'uomo. Loro hanno fatto quello che hanno potuto, ma poi l'esercito si è frantumato. C'è stata la guerra. Gli ordini non venivano rispettati».

Il padre aveva sorriso senza gioia.

«Dobbiamo contribuire tutti, non c'è alternativa».

«Ma dove vanno queste cose?»

«Te l'ho già spiegato. Vengono ridistribuite».

«A chi?»

«Alla gente».

«Anche noi siamo la gente».

«Anche noi riceviamo. Questa casa, la terra, gli utensili e tutto il resto, ci è stato dato. Nessuno possiede niente, tutti usano le cose. E si devono pagare le tasse e questo è quanto».

«Ma perché noi non possiamo decidere da soli, per noi?»

«Perché sarebbe il caos. Sarebbe la legge del più forte, e noi non lo siamo».

Con gli occhi stretti a fessura, il bambino aveva fatto un passo in avanti.

«Io sì».

Il padre lo aveva guardato negli occhi piegando le labbra in un sorriso triste.

«No che non lo sei».

Il padre aveva cercato di strappare la pistola dalle mani del bambino, le nocche bianche per lo sforzo.

«Lasciala».

Il bambino aveva stretto i denti arricciando le labbra.

«No».

«Ho detto lasciala».

«Ho detto no».

E allora il padre aveva sollevato il braccio, fulmineo, colpendo il bambino in pieno viso, la voce dura.

«Tu fai quello che dico io», aveva detto.

Ma il bambino non aveva mollato la presa.

«Perché non fai anche tu il soldato, papà?»

«Perché io non sono così. E non posso essere un altro uomo».

«Ma loro comandano».

«Loro lavorano, come noi. E basta».

«Loro sono forti, loro decidono tutto, loro hanno tutto quello che vogliono».

«Io non sono "loro". Io sono diverso».

«Ed è per questo che ci odiano, papà? Perché tu sei così?»

Con una gota arrossata e le lacrime agli occhi, il bambino aveva urlato con tutto il fiato che aveva in corpo.

«Io non voglio essere come te!»

Il rumore acquoso del secondo ceffone aveva fatto sobbalzare sua madre.

«Basta, basta per l'amor di Dio. Lascialo stare, è un bambino».

Ma il padre l'aveva ignorata. Guardava il bambino dritto negli occhi.

«Tu non puoi essere un soldato. Quelli come noi non possono essere soldati», aveva detto.

«Perché?»

«Perché se lo diventano, muoiono».

«Che significa?»

«È così e basta, ora lascia questa pistola».

Il padre gliel'aveva strattonata dalle mani. Il bambino si era asciugato le lacrime con il dorso del polso parlando con voce stridula.

«Loro sono meglio di te», aveva detto, timoroso.

Il respiro del padre si era fatto affannoso, ma la voce era rimasta pacata.

«Quindi vuoi diventare come loro?»

«No, papà. Io li voglio uccidere».

«Se li uccidi diventi un assassino».

«Papà».

«Vuoi essere messo ai lavori forzati per tutta la vita? Vuoi passare tutta la vita a spalare letame? È questo che vuoi?»

«Papà».

«Dimmi, lo capisci quello che ti dico?»

«No, papà».

La mano del padre si era sollevata di nuovo ma suo figlio gli si era aggrappato al braccio e con il volto rigato di lacrime aveva gridato con tutto il fiato che aveva in gola

«Aiutami, papà!»

La mano si era fermata a mezz'aria. Suo fratello aveva cominciato a piangere con la voce incrinata e gli aveva afferrato la camicia.

«Come facciamo? Come facciamo, papà?»

Il viso del bambino era deformato dai singhiozzi. Il padre aveva abbassato lentamente il braccio e appoggiando l'arma a terra gli aveva messo entrambe le mani sulle spalle.

«C'è Dio. E finché c'è Lui in qualche modo faremo. Ora basta. Vai fuori a giocare. Andate tutti e due. Devo parlare con vostra madre».

Si erano seduti sui rami più bassi dell'ulivo, e il fratello aveva tirato su con il naso per parecchio tempo. Il pomeriggio si era consumato nell'attesa. L'imbrunire aveva allungato le ombre e aveva dipinto di blu cobalto gli utensili abbandonati per terra.

Poi sua madre li aveva chiamati e loro erano rientrati, con il cuore in subbuglio che batteva all'impazzata.

Suo padre sedeva accanto al tavolo.

Era quello il momento che ricordava più di tutti gli altri. Suo padre seduto a tavola, con il pugno chiuso appoggiato al legno grezzo.

«Venite, vi devo dire una cosa».

Avevano aspettato in silenzio.

«Dovrò emigrare».

«Che significa?»

«Significa andare in un altro distretto. Avete presente gli scambi commerciali tra i distretti, quando si barattano oggetti di plastica, acciaio, acqua potabile, medicinali. Giocattoli».

«Sì».

«Bene. Alla stessa maniera si scambiano gli uomini».

«Che significa?»

«Si chiamano "unità produttive". Un uguale numero di uomini viene scambiato tra i distretti, uomini che sanno fare cose diverse».

«Ma perché?»

«Perché conviene a tutti. Scambiandosi le competenze, tutti i distretti si arricchiscono».

«E tu? Cosa sai fare, tu?»

«Mio padre era un marinaio, e aggiustava le barche. Io non sono nato qui. Sono stato scambiato già una volta e fummo noi, mio padre e io, a riparare i vecchi mulini lungo il fiume quando si ruppero le canalizzazioni che portavano l'acqua alle ruote. Qui ho conosciuto vostra madre».

«Non è vero».

«E invece è così».

«Ma perché non ci hai mai detto niente, papà?»

«Così».

«Perché?»

«Non volevo turbarvi».

La moglie gli dava le spalle. In silenzio, pelava patate.

«Non volevamo farvi sentire diversi».

Il bambino dondolava sui piedi, le mani in tasca, la testa incassata nelle spalle.

«Dove andrai?»

«Al distretto di mio padre. Quello da cui sono venuto».

«E dov'è?»

«Oltre il mare, non molto distante da qui. Produzione ittica, alberi da frutta».

«Perché?»

«Perché lì è tutto diverso».

«Diverso come?»

«Lì la forza dei militari non è così… opprimente. L'Ammiraglio non ne ha la forza. La vita è più semplice e tranquilla. Il problema vero, lì, è la siccità. La gente si è organizzata diversamente».

«Quanto tempo starai via?»

Il padre aveva tentennato a lungo, prima di rispondere.

«Non tornerò più», aveva detto.

«E noi?»

«Voi mi raggiungerete».

«Quando?»

«Molto presto».

«Come?»

«Se dimostrerò di essere indispensabile, potrò avanzare delle richieste e giustificare il vostro trasferimento».

«E se non ci riuscirai?»

«Ci riuscirò».

«Perché non ci porti ora con te?»

«Non si può».

Il bambino aveva unito le mani davanti al viso di suo padre.

«Non te ne andare, papà», diceva. «Mamma diglielo anche tu. Mamma diglielo ti prego».

La madre piangeva, ma non si era mai voltata. Con un cucchiaio rimescolava le patate nella terrina distribuendo in modo uniforme il condimento. La voce del figlio si era fatta disperata.

«Mamma!»

Aveva supplicato, ma il braccio di sua madre si era fermato a mezz'aria per un solo istante, e nient'altro. Il bambino si era appoggiato a un angolo della stanza, con le braccia conserte, piangendo a singhiozzi.

«Io non voglio andare via, non voglio che papà vada via», diceva.

La figlia si era avvicinata al padre.

«È davvero diverso, laggiù?»

Il padre l'aveva guardata senza vederla.

«Sì. È più piccolo, la pressione dei militari è minore. Ma tra la gente non c'è molta collaborazione. Meno di qui. È oltre il mare. Fa più caldo laggiù e c'è poco grano, il clima è torrido, ma non si sta così male».

«E allora perché sei venuto qui?»

«Vi ci porterò ve lo prometto».

«Sì, ma perché allora sei venuto in questo distretto, papà?»

«Dovete fidarvi di me».

La voce del padre era diventata di vetro.

«Dovete».

E poi si era frantumata.

«Papà», la bambina lo aveva abbracciato finché il padre non aveva smesso di piangere. Aveva parlato ancora, e molto. Aveva detto dove sarebbe sbarcato, cosa avrebbe fatto, che li avrebbe mandati a prendere. Che lo avrebbero raggiunto. Dovevano solo avere un altro po' di pazienza.

Quella sera avevano mangiato in silenzio, ascoltando le parole del padre cadere come macigni sulle loro teste. La bambina non aveva pianto, non in quel momento.

La sera, mentre sua madre le accarezzava le trecce, nel buio della stanza illuminata dalla lampada a olio, aveva chiesto:

«Quanto si può sopportare, mamma, nella vita?»

«Tutto ciò che si deve», aveva risposto sua madre con un sospiro, «tutto ciò che si deve».

«Per quanto tempo? Dimmi solo questo, fino a quando?»

«Sempre sempre sempre».

«Fino alla morte?»

«Sì».

«Perché?»

«Perché in mezzo ai giorni brutti ci sono quelli belli. Per quelli devi sopportare tutto il resto».

Sua madre le aveva asciugato le lacrime.

«Devi lottare per quelli belli. A te non li regala nessuno, te li devi guadagnare. Ricorda tesoro di mamma, per i giorni belli».

«Per i giorni belli».

«Sì. E adesso dormi».

Per i giorni belli. Adesso camminava nella boscaglia e rivedeva il pugno chiuso di suo padre. Un passo dietro l'altro, uno dietro l'altro e a ogni passo, come una cantilena, si ripeteva: «per i giorni belli. Per i giorni belli».

I soldati avevano tagliato i cavi telefonici. Gli apparecchi accessibili erano tre, sotto la stretta sorveglianza dell'esercito. Quando suo padre partì, ne funzionava soltanto uno.

Fecero una lunga trafila, chiesero e ottennero un permesso speciale per mettersi in contatto con il distretto N-170 ma c'erano difficoltà burocratiche e suo padre risultava irrintracciabile. Non riuscirono mai a parlare con lui.

Suo padre partì e non tornò mai più.

Si fermò a riprendere fiato.

«Sopporterò tutto ciò che si deve, per i giorni belli», sussurrò. Il pensiero volò a sua madre. «Riposa in pace, mamma».

Fuggire non era servito a nulla. Non era *mai* servito a nulla. Non aveva nessun senso cercare la felicità sempre lontano, da un'altra parte, in quell'altrove irraggiungibile che è solo un luogo della mente. Lei lo sapeva.

Niente nave, niente accattonaggio.

Non sapeva quanto spazio avesse percorso, le parvero kilometri e kilometri, non ricordò da quanti giorni stesse camminando.

«Vai su al monastero, più velocemente che puoi». *Sì nonna.*

Trovò un riparo. Bassi cespugli attaccati l'uno all'altro a formare una parete vegetale naturale. Mancava ancora un bel po' alla notte ma non volle rischiare.

Raccolse delle foglie secche e costruì una piccola parete dall'altro lato rispetto al cespuglio, alta mezzo metro. Aveva la forma di un nido caduto a terra.

Mangiò l'altro uovo rimasto, di nuovo succhiandolo crudo. Gettò il guscio lontano. Poi prese il fagottino dalla tasca e mangiò la fetta di pane, la più piccola. Quando ebbe finito, fece per chinarsi nella fossa ma le ginocchia scricchiolarono e la testa le girò così tanto che cadde con le mani che artigliavano il vuoto.

«Scusa figlio mio, scusa», disse.

Nessuna risposta. Si sistemò meglio che poté, abbandonandosi con un gemito. Lo stomaco gorgogliava. Piccoli uccelli neri sfrecciavano su di lei e si rifugiavano tra le fronde degli arbusti. Guardò i rami scheletrici dondolanti ed ebbe un brivido. Starnutì e si asciugò il muco sulle labbra con la manica del cappotto. Chiuse gli occhi. Quella era l'ora in cui a casa preparava la cena sul fuoco scoppiettante.

Una lacrima superò le palpebre abbassate. Domani, domani sarebbe stata al sicuro. Si morse la mano chiusa a pugno, il corpo scosso dai singhiozzi.

Dovette smettere perché non riusciva a respirare. Aprì gli occhi e contro il cielo di prugna, bassi e veloci, riconobbe pipistrelli neri.

Aiutami mio Dio. Dammi la forza, conducimi in salvo fuori di qui. Io ti prego, mio Dio, ti scongiuro. Esaudisci le mie preghiere. Fammi uscire sana e salva fuori di qui.

GIORNO TRE

Si svegliò di soprassalto, stringendo tra le braccia il corpo senza vita di suo padre. Abbassò gli occhi in grembo e non c'era nessuno. I fantasmi della notte fuggivano alle prime luci del giorno.

Gli alberi erano grigi, grigia la terra, grigie le foglie. Senza sole, il mondo scoloriva come un abito lavato troppe volte. Un vento umido e freddo spirava da sud-ovest, portando odore di pioggia.

Sentiva la lingua coperta da veli di saliva indurita e le gengive rese ruvide da un panno di sporcizia. Afferrò un lembo pulito della gonna e si strofinò i denti per eliminare quel deposito granuloso prima che il contatto con l'aria lo irrobustisse.

Faceva crescere le piantine di menta sui davanzali di ogni finestra, ne staccava un paio di foglie ogni giorno, le bagnava e le intingeva nel bicarbonato. Le strofinava sui denti fino a far sanguinare le gengive. Sciacquava la bocca con l'acqua pulita, tutti i santi giorni.

Era terrorizzata dall'idea di finire sotto i ferri dei figli inesperti di medici che si improvvisavano dentisti. Men che meno intendeva sottoporsi ai trattamenti dei mastri ferrai, a metà tra medici e fabbri, cui si rivolgeva la maggior parte delle persone tormentate da ascessi gengivali per farsi sradicare inutili speroni di molari.

Prese l'ultima fetta di pane. La mollica era diventata gialla e dura, un unico pezzo solido. Lo addentò e lo masticò ma non riuscì a deglutirlo. Lo sputò nel fazzoletto e lo conservò insieme al resto.

Acqua, Dio mio un po' d'acqua.

Sul terreno intravedeva orme indurite di animali selvatici e, una volta, zoccoli di cavalli non ferrati.

Superò una mezza dozzina di brevi pendii notando che sui lati dei versanti rivolti nella stessa direzione il terreno si faceva più accidentato.

Il tacco di gomma delle scarpe da ginnastica lise e sbrindellate affondava nel terreno malleabile. Ci mise un po' a capire che dipendeva dalla presenza di decine di piccoli cerchi scuri che bucavano il terreno in modo irregolare. Erano tane di talpe, rifugi di topi, cunicoli bui di roditori che perforavano il terreno cedevole con decine di lunghi tunnel.

Quella parte di pendio doveva essere più tenera e umida, e avvolta com'era da una guaina di alghe verdastre, era di certo rivolta a nord.

Il sole bianco era sfumato dietro una cortina di foschia. Con un cielo coperto come quello, stabilire quanto mancasse al tramonto era impossibile. Doveva sbrigarsi a trovare il monastero, prima che il crepuscolo rendesse impossibile vedere dove metteva i piedi.

Lo avrebbe riconosciuto certamente. Ci era andata con sua madre camminando a piedi per sentieri appena battuti e seguendo la vecchia strada asfaltata per l'ultimo tratto.

Le monache raccoglievano i vestiti più vecchi, elemosinandoli insieme a tutto ciò che era troppo consunto per poter essere riutilizzato o riciclato, li riparavano e li scambiavano con poco. Era per questo motivo che sua mamma non voleva che se ne parlasse.

Lo sentì anche da una signora che lo diceva alla nonna al mercato, una signora con lo smalto rosso sulle unghie delle mani e anche dei piedi, e una maglia a scacchi marroni e neri con su scritto *Louis Vitton*. Diceva che alcune persone ricorrevano alle suore per procurarsi i vestiti, e che se ne dispiaceva molto, anche se non sembrava particolarmente triste mentre lo diceva.

Quando andarono a una festa di matrimonio della figlia di un'amica di sua madre, stette tutto il tempo con le braccia attaccate ai fianchi per via di un paio di macchie di ruggine sulla vecchia camicia di seta appartenuta a sua nonna. Rifiutava tutti gli inviti a ballare, anche se a lei piaceva tanto, e non le sarebbe importato niente di far vedere quei cerchietti arancioni, se avesse potuto volare al ritmo della musica. Ma si era frenata perché sua madre le aveva fatto notare come una ragazza invitata come lei, si stesse dimenando a ballare il twist con una scarpa di tela sfondata e un imbarazzante alluce a vista.

Sua madre ci andava di nascosto. Non prendeva né il carro del lunedì, che trasportava massimo venti persone alla volta, trainato da due cavalli e che bisognava prenotare per tempo, né l'autobus elettrico, di solito sovraffollato e lentissimo, che faceva una fermata nei pressi del monastero il mercoledì e il venerdì mattina.

Ci andava a piedi.

La prima volta che accompagnò sua madre era estate. Strizzava gli occhi, accecati dal sole che si rifletteva sull'asfalto lucidato dall'usura. La struttura era imponente e stabile. Il campanile si ergeva maestoso sopra gli alberi. Lei si aggrappava alla mano ruvida di sua madre e faticava a tenerne il passo.

Accanto al portone di legno pesante, tra le grigie pietre del monastero, aveva notato una ruota enorme fissata orizzontalmente con dei grossi perni a una finestra lasciata vuota. L'aveva indicata con un dito.

«Mamma, cos'è quella?»

«La culla degli orfani. Alcuni bambini vengono appoggiati sui raggi di legno e fatti passare dentro girando la ruota».

«Quali bambini?»

«Quelli che nascono "in più"».

«Ma non è vietato?»

«Sì, lo è. Ma qualcuno scappa, che ci vuoi fare. E i genitori li portano qui per evitare, almeno loro, i lavori forzati».

«E qui cosa ne fanno?»

«Schiavi. Tranne qualcuno che, si dice, viene selezionato dalla Commissione Mondiale per il Riordino. I migliori, dicono».

«Cos'è la Commissione Mondiale per il Riordino?»

«Un Ente che cerca di coordinare i distretti. Provano a uniformare almeno le regole del baratto, delle Emigrazioni e cose così. A volte ci riescono, altre no».

«E cosa gli succede, poi?»

«Non hanno casa, né famiglia, e allora diventano Controllori. È gente senza scrupoli, gente che non ha nulla da perdere. Li usano come vedette ai confini. Li usano anche per controllare i soldati. Li allevano da piccoli a uccidere, questo e nient'altro».

«Tu ne hai mai visto uno?»

«Sì, più di uno».

«Mamma ma allora è per questo che li portano qui?»

«Sì».

«Ma perché non li portano direttamente a questa Commissione Mondiale per il Riordino?»

«Te l'ho detto. Per non essere messi ai lavori forzati. Li abbandonano al loro destino, e basta».

Le suore coltivavano piante utili all'impiego tessile cercando di individuare dei validi sostituti ecologici alla lana e al cotone, che scarseggiavano.

Ginestre, lino. Tentavano di creare fogli vegetali sostitutivi della carta, con scarso successo. Con una deroga speciale, coltivavano la canapa, da cui separavano i principi psicoattivi per inviarli alle cliniche specializzate e ai presidi distribuiti in numero equo tra i paesi e le città del distretto.

Quella volta, le trovò che lavoravano l'ortica per farne tessuti. Gli steli fatti macerare in acqua e poi decorticati esalavano un odore di erba fresca. La suora più anziana, con indosso un lungo grembiule, le spiegò che i fusti così ricavati venivano fatti asciugare e stigliati per ottenere le fibre che venivano cardate e sfilacciate. Dopo aver scartato gli steli più corti o irregolari, si passava alla torcitura. I fili sottili diventavano resistenti. Solo allora potevano essere intessuti tra loro. Un procedimento lungo e faticoso, ma sempre più economico del cotone proveniente dal distretto N-173, specializzato in produzione tessile.

Il problema era che la siccità richiedeva un uso massiccio dell'acqua per irrigare, togliendola agli ortaggi, ai cereali e agli alberi da frutto.

Produrre quella fibra tessile in quantità industriale non conveniva. Loro lo facevano solo per coprire il loro fabbisogno.

Sua madre offrì un accendino per una maglia di fibra d'ortica, grigia e lucida. La suora lo mise controluce e lo reclinò, glielo restituì dicendole che non era completamente pieno. Allora propose un paio di occhiali per la presbiopia, ma per due maglie e due paia di mutande da bambino. Lo scambio avvenne senza problemi.

La sua maglia l'indossò subito. Quella che aveva indosso era talmente lisa e sbrindellata da essere diventata trasparente ma sua nonna, invece di gettarla via, la tagliò in strisce di dieci centimetri circa e le cucì insieme, l'arrotolò e la conservò per farne bende da fasciatura.

Sulla via del ritorno non smetteva di toccare quell'indumento che le sfiorava la pelle in modo nuovo.

«Ma lo devono per forza lasciare, il figlio in più?»

«Sì, per forza».

«E se lo scoprono i soldati puniscono tutti?»

«Sì, è così».

«Ho capito, allora, perché li portano qui».

La madre l'aveva accarezzata sul braccio scoperto.

Davanti a lei notò un albero morto, cavo. Coprì di corsa la distanza che la separava dalla carcassa di legno, si appoggiò con le mani al tronco maculato e sbirciò all'interno. Eccola, una tinozza naturale piena di acqua dolce, coperta in superficie da foglie secche e ramoscelli. Allungò le braccia verso quell'acqua salvifica ma riusciva appena a sfiorarla. Si guardò intorno, trovò un grosso sasso, lo liberò dal muschio che lo tratteneva sul terreno e lo fece rotolare fino alle radici del tronco. Spazzò via il coperchio di foglie e rami e chiudendo le mani a coppa finalmente bevve. L'acqua era fredda. Beveva e respirava, beveva e tossiva.

Si calmò, respirò a fondo e riprese a bere.

Bevo anche per te, figlio mio.

Quando fu soddisfatta si mise seduta sul masso tondeggiante.

Hai visto che buona che è? Fresca e pulita.

Aspettò un poco, poi si rialzò e bevve ancora e ancora anche se non aveva più sete. Si lavò il viso, si sciacquò e risciacquò i denti rumorosamente, sputando quella fastidiosa sensazione di sporco.

Si risedette e mangiò il pane bagnandolo nell'acqua fredda, e tre passeri svolazzarono fino a lei, saltellando poco più lontano. Quando ebbe finito, volarono via. Bevve ancora, poi riprese il cammino.

Dopo una ventina di metri, si voltò, corse al tronco, e bevve di nuovo.

Ora basta, figlio caro, ora dobbiamo andare. Forza, siamo quasi arrivati.

Il vento le tamponava il volto umido e freddo mentre si allontanava.

Proseguì dritta ancora e ancora, senza più fermarsi. Aveva fretta di arrivare. Lentamente, il vento si ingrossò ansimando tra i rami sottili e le foglie vorticavano sollevate da terra. Attraversò la parte del bosco che degradava lentamente verso settentrione. Controllava che la direzione fosse quella giusta. In alto il cielo si scuriva e alle sue spalle i tuoni brontolavano cupi. Banchi di uccelli si alzavano in volo emergendo dalle fronde.

Forse dovrei girare a destra. O no.

Sperò di stare andando bene. Percorse gli ultimi due chilometri quasi correndo, ignorando gli spasmi di dolore, il mal di testa e il bruciore che avvertiva nelle parti intime.

Al confine di un considerevole querceto, improvvisamente vide un guard rail arrugginito e contorto che curvava verso sinistra, allungandosi fino a dove riusciva a guardare.

Con un gridolino mise un piede sull'asfalto crepato e mezzo coperto da erbacce e rovi, continuando verso nord. Di tanto in tanto si guardava alle spalle mentre le raffiche disordinate di vento le gettavano negli occhi sabbia e briciole di foglie. Il sole era nascosto da nubi scure, che solo a tratti si aprivano per mostrare un cielo d'argento vivo.

Non incontrò nessuno.

Superò quel che restava di un ponte e di alcune case abbandonate, fermandosi per svuotare la vescica una volta soltanto, nascondendosi dietro un parapetto coperto di erbacce e muschio. Tossendo e starnutendo, coprì l'ultimo mezzo kilometro in discesa, pregando sottovoce e combattendo con il vento di libeccio che voleva strapparle via lo scialle.

Il rumore del tuono quasi si sovrappose al bagliore del lampo. L'aria fremeva, vibrava, sfrigolava. Il cielo era diviso in due. Alle sue spalle un tetto di nubi grigie avanzava velocemente contro un cielo illuminato da una luce giallastra. I monti a settentrione che si intravedevano tra le cime degli alberi si stagliavano netti e scuri contro quel cielo tremolante. Capì di essere arrivata dall'odore di legna bruciata.

Non lo riconobbe.

Lo ricordava più grande, più pulito, più resistente. Sembrava una vecchia masseria, con le imposte di legno e il muschio tra le pietre. Rallentò senza fermarsi fino a pochi metri dall'entrata. Se non fosse stato per il fumo dal comignolo sarebbe sembrato deserto. Il cielo anticipava l'imbrunire. Salì sui gradini e bussò alla porta principale. Non rispose nessuno. Vecchi cd appesi con fili di lana ad alti pali di legno scintillavano sul campo di grano, agitati dal vento.

Fece il giro del monastero, guadandosi indietro un paio di volte, finché non le vide. La suora più minuta che passeggiava nell'orto spingendosi gli occhiali sul naso fu la prima a notarla.

«Madre santa».

L'altra suora, più alta e grassa, che si stava drappeggiando addosso una sorta di saio pesante, si voltò a guardare nella stessa direzione.

In quell'istante le gambe cedettero e si sedette per terra, mentre le due suore le correvano incontro.

«Signore benedetto, che succede?»

La donna si coprì il volto con le mani sudicie

«Aiuto», disse.

Le suore odoravano di cavoli stufati.

«Figlia mia, cosa c'è? Vieni su cara, alzati».

«Non ce la faccio. Aiutateci».

La più alta le toccò la fronte.

«Ha la febbre».

«Il mio bambino, aiutate il mio bambino».

«Quale bambino?»

«Sono incinta», disse.

La suora più minuta si portò le mani alla bocca e soffocò un grido guardando la consorella. La suora grassa guardò quella figura miserevole inginocchiata per terra e la prese in braccio.

«Va tutto bene», disse, «ora ci siamo qui noi».

«Mi dispiace, non abbiamo altro posto in cui andare».

La suora che la sorreggeva assentiva con la testa.

«Shhh, hai fatto bene... vi aiuteremo noi».

Si diressero tutt'e tre verso la scalinata che dall'entrata posteriore dava direttamente sul tinello. Una grossa goccia tiepida le cadde sulla mano e ripararono all'interno appena in tempo. Iniziò a piovere.

L'adagiarono davanti al camino, nella cucina semibuia che sapeva di fumo, di cavoli e di cipolle. Lei chiuse gli occhi, lottando contro il sonno. Le due suore la guardavano ammutolite.

«Ho fame, per favore avete qualcosa?»

Borbottando tra sé e sé, la suora con gli occhiali le riempì un piatto di zuppa di spinaci e lenticchie. Si sollevò dal divano sfondato reggendosi in equilibrio con il gomito e ingoiò cucchiate di cibo bollente senza masticare, scottandosi la lingua e il palato.

Nel frattempo l'altra suora aveva staccato un mucchietto di foglie da tre diversi mazzi di erbe secche che penzolavano dal soffitto basso, e le pestava in un mortaio di marmo nero. Da una bassa pentola di acciaio uscivano veli di vapore.

Fuori, i tuoni si susseguivano sempre più vicini. Qualche porta ogni tanto sbatteva. Nella stanza di sopra uno scalpiccio indicava che non erano sole. Quando le erbe furono messe a bollire, nella stanza si liberò un odore di menta e liquirizia.

La suora le filtrò, mise la tisana in una tazza di latta alla quale mancavano diversi pezzi di smalto, e gliela porse dopo averci sciolto dentro un abbondante cucchiaio di miele.

«Cos'è?»

«Corteccia di salice, e qualche altra erba. Per la febbre».

«Farà male al mio bambino?»

«No, cara, starai bene».

La donna si tranquillizzò, abbandonandosi sui cuscini.

«Da dove vieni?»

«Dal primo paese che s'incontra, verso ovest».

«Sei un'anarchica?»

«No».

«Cos'è successo?»

«Sono scappata».

«Perché?»

La donna bevve un sorso di tisana calda. Un ciocco di legno cadde e liberò delle scintille che saltellarono sul pavimento.

«Per... per paura».

«Paura di cosa?»

«Di morire».

La suora le appoggiò una mano sulla sua. La donna continuò:

«Qualcuno ha ucciso il Comandante e molti sono fuggiti per paura delle ritorsioni. Io sono innocente, davvero. Dovete credermi».

La suora minuta assentì con la testa:

«Ma certamente cara, certamente. Qui sei al sicuro. Questo posto è sicuro. Puoi starne certa».

Le fiamme del focolare brillarono su una lacrima.

«È buona», disse sollevando la tazza.

«Bevi».

«Barattate erbe medicinali?»

«Anche. Abbiamo l'orto, gli ulivi. Pecore. Ripariamo i vestiti».

«Avete un allevamento?»

«No, certo che no. Il poco terreno che abbiamo ci serve per coltivare i cereali e gli ortaggi per noi. Chi ne ha anche per tutti quegli animali? No, ne abbiamo solamente quattro. Ne avevamo cinque ma una ce l'hanno rubata. Le tosiamo per la lana e le mungiamo».

«Ma per avere gli animali non ci vuole un permesso speciale?»

La suora grassa annuì.

«C'è una legge che ci permette di tenerli perché siamo comunità religiosa. Non le mangiamo».

«Nemmeno quando muoiono?»

«Le vengono a prendere i soldati».

La ragazza sorseggiava la bevanda dolce.

«La carne la distribuiranno, credo. Non sappiamo. Le teniamo per la lana».

«Non prendete i tessuti dal distretto tessile?»

«Pochi. Pochissimi. Facciamo da noi, recuperando il recuperabile».

«Sarte?»

«Anche. Alcune di noi lavorano con i ferri e la più anziana ci ha insegnato a cardare la lana e a filare. Abbiamo anche degli aghi di acciaio».

«Credevo non ne facessero più».

«Li abbiamo trovati in un casolare abbandonato giù a valle. Li custodiamo gelosamente. Sono molto più comodi di quelli di osso».

«Immagino. Io non ne ho mai visto uno. Dal vivo, intendo. In foto sì. Su qualche rivista vecchia».

«Hai delle riviste?»

«Qualcuna».

«E dove le hai trovate?»

«Una era alla scuola. Un'altra… be' è stata un regalo. Mi sono sembrati oggetti utili».

La donna assentì.

«Sono piccoli e sottili. Veloci da usare. Peccato non se ne trovino più».

La legna nel camino scoppiettava.

«Non ci sono bambini, qui?»

«No, non più».

«E da quanto?»

«Da qualche anno».

«Perché?»

Le due suore si scambiarono un'occhiata fugace.

«Sono stati richiamati dalla Commissione Mondiale per il Riordino».

«In che senso "richiamati"?»

«I bambini migliori vengono richiamati e addestrati e istruiti per diventare Controllori».

«Ah sì, lo sapevo. All'inizio credevo valesse solo per i bambini normali».

«Gli orfani sono bambini normali».

«Sì, certo. Ovvio. Intendevo quelli con una famiglia».

«I bambini che abbiamo educato noi sono diventati dei bravissimi soldati. Hanno fatto tutti carriera. Li abbiamo tirati come Nostro Signore comanda, per il bene della società. Ora prestano servizio nell'esercito, per il popolo, per i più bisognosi e per tutti noi. Senza di loro, il nostro distretto sarebbe in costante pericolo. Si sacrificano per il nostro bene e noi preghiamo per loro tutti i giorni».

Le suore avevano uno sguardo compiaciuto. La donna sorseggiò la tisana.

«Quante siete qui?»

«Nove».

«Tutte suore?»

«Sorelle».

«Tutte sorelle?»

«Sì».

«Cosa diranno le altre?»

«Diranno che, ora, siamo dieci».

Quando ebbe finito, la suora minuta le tolse la tazza dalle mani e l'aiuto ad alzarsi.

«Vieni ti portiamo nella tua stanza. Ci sarà tempo per conoscere le altre».

Salirono le scale di pietra consumata e perciò concava al centro. Il monastero era buio per il maltempo e gli scuri quasi tutti chiusi. Una porta sbatteva ritmicamente da qualche parte fuori.

Da sotto il saio rammendato più volte la suora bassa prese un anello cui erano attaccate delle chiavi tutte graffiate e lo infilò rumorosamente in una grande toppa. Il ferro contro il ferro provocò un rumore che echeggiò giù per le scale. La suora la precedette nella piccola stanza con la candela in mano e si sedette su una panca sotto una finestra con le sbarre.

Indugiò sulla soglia della stanza. La suora alta dietro di lei le appoggiò una mano su una scapola.

«Entra pure».

La donna entrò e si guardò attorno con fare incerto. La tintura bianca che ricopriva le pareti era quasi completamente screpolata, e lasciava intravedere un altro strato, precedente, color giallo paglierino. Un vecchio calendario ingiallito dell'anno 2024, secondo la datazione dell'Era precedente, riportava le fasi lunari e i consigli per la semina e la raccolta. Un grosso frate rubicondo e sorridente campeggiava sul bordo inferiore. Sulla parete opposta un rametto di ulivo secco e impolverato era piegato sul legno di un crocefisso inchiodato storto. In un angolo, un secchio di plastica pieno d'acqua con un pentolino agganciato all'orlo affiancava un tavolo di legno grezzo sul quale erano piegati degli strofinacci sfilacciati e lisi, e una sedia di ferro dalle gambe arrugginite.

«Ti piace? È un po' umido ma riparato qui, starai bene».

La stanza non era calda. Il vento si lamentava, infilandosi tra gli stretti spiffieri degli infissi.

«Va benissimo, meglio del bosco».

Si sedette sul letto notando che le molle erano sfondate. Accanto alla porta un vecchio televisore era stato sventrato e veniva usato come secchio per la spazzatura, attraverso il monitor trasparente poteva vederne il contenuto. La suora alta fece scorrere l'anta di un armadio a muro, scoprendo molte coperte di lana, dei piumoni macchiati e rattoppati e delle lenzuola bianche ordinatamente messe una sopra l'altra. Prese un piumone e lo appoggiò sul tavolo.

«Qui ci sono le coperte. Prendine pure altre, se hai freddo».

«Grazie».

«Se vuoi lavarti con l'acqua calda dovrai aspettare domattina, quando accenderemo la caldaia».

«No no, va bene così. Magari, però…»

«Cosa?»

«Avete anche uno spazzolino per i denti?»

«No, mi spiace, non siamo mai riuscite a recuperarne».

«Qualcosa di simile?»

«Uhm. La spazzola per i vestiti ma è grande. Lo scopettone non è il caso… non saprei. Forse posso procurarti dei pennelli non troppo usati, hanno un po' di colore sulle setole ma sono puliti».

«Andranno benissimo».

«Va bene».

Un brivido le scosse le spalle e si strinse nello scialle.

«Avreste dei vestiti puliti? Caldi? Ma non ho nulla con cui barattarli».

«Ma certo. Non preoccuparti».

La suora minuta saltò in piedi e uscì dalla stanza.

«Ci penso io».

I suoi passi risuonarono lungo il corridoio, perdendosi dopo poco. Le due donne rimasero sole.

Dietro la testiera del letto, agganciata a un chiodino, l'immagine di bimbi sorridenti tra due castelli di sabbia su una spiaggia tropicale sovrastava la pubblicità di un'agenzia di viaggi, con numero di telefono e sito internet accanto a un aeroplano stilizzato. Mucchietti di intonaco polveroso accanto al battiscopa.

La suora si passò le dita tra i capelli tagliati cortissimi e incrociò le braccia sul petto. La pioggia ticchettava contro le pareti. La donna si schiarì la voce.

«Posso stendermi?»

«Certamente».

Le molle stridettero e la donna sospirò di piacere.

«A che mese sei?»

«Ci sono quasi. Dovrebbe essere l'ottavo».

«Capisco».

«Si vede, eh?»

«Ti ingombra?»

«Un po'. Sì, mi ingombra».

«Ti… ti fa male?»

«No. Un po', ogni tanto, mi fanno male le reni».

«E la pancia?»

«No».

Il volto della suora era in penombra e lei non riusciva a decifrarne l'espressione.

«Scalcia?»

«Sì, tanto».

«Da quando sei in viaggio?»

«Tre giorni».

In lontananza, un ticchettio di legno su pietra: gli zoccoli della suora che tornava.

«Cos'è successo, prima?»

«Prima di partire?»

«Sì».

«È una storia lunga».

«Qualcuno ti ha fatto del male?»

«Sì. Sì, a me e alla mia famiglia».

«E sei scappata direttamente nel bosco? Senza andare da nessun'altra parte?»

«Sì, direttamente».

«Dovresti tenerti fuori dal bosco. È pericoloso».

«Lo so, ma non avevo scelta».

«Non hai parenti, amici?»

L'ingresso della suora minuta interruppe la conversazione. Aveva l'affanno.

«Ecco qua, spero ti vadano bene, ti ho portato anche dei vecchi scarponi. Li abbiamo presi da un carico di abbigliamento e articoli militari usati. Sono ancora in buono stato, guarda: hanno la punta in ferro e la suola in gomma antiscivolo. Dovrebbero essere della tua misura».

La suora appoggiò un fagotto di vestiti sul tavolo.

«Ci sono mutande e calze e ho preso dei pantaloni sia di jeans, ma sono un po' freddi, che di velluto. Spero che ti vadano bene».

La donna prese un paio di pantaloni consunti di velluto nero a costine e glieli srotolò davanti. La donna si sporse sul letto appoggiandosi sul gomito e piegò la testa da un lato.

«Sono stretti».

«Dici?»

«Sì, in vita. Ho il pancione».

La suora rimase interdetta. Cercò nel mucchio e tirò fuori un vestito di lana pesante con delle stampe a fiori.

«Forse questo allora ti andrà bene».

La donna sorrise e la pelle ai lati degli occhi si raggrinzì in piccole rughe.

«Sì, grazie».

«Prego, figurati».

La donna si distese di nuovo e sbadigliò.

«Domani, domani vedremo cosa è meglio per te. Ah! ho preso anche il pennello».

Tirò fuori da una tasca del grembiule un piccolo e spelacchiato pennello per dipingere.

«Grazie, davvero non so come ringraziarvi, saprò ripagarvi vedrete. Lavorerò sodo».

Mentre parlava gli occhi le si chiusero. Li riaprì con uno sforzo.

«Davvero», disse.

«Oh, non preoccuparti. Qui ci accontentiamo di poco. Sono piccole e semplici regole da rispettare. Anche noi paghiamo le nostre tasse al distretto, ma siamo bene organizzate, vedrai».

La donna non rispose.

«Tutto bene?»

La suora con gli occhiali fece un passo incerto in avanti e si sforzò di vedere nel buio. Entrambe sentirono russare e capirono che si era addormentata. La suora alta spiegò il piumone che aveva appoggiato sul tavolo e la coprì con quello.

«Povera piccola», disse la suora minuta, «che peccato. Così giovane».

«Si sistemerà tutto, vedrai. Ci sarà tempo per farle capire che non potrà esserci nessun bambino, qui».

Scuotendo la testa, prese la candela.

«Ora andiamo, deve riposare prima di tutto. Domani affronteremo la questione e lo capirà, vedrai».

«Ne dubito».

«Lo capirà, a tutti i costi. Non avrà alcuna scelta».

«Povera cara».

La luce della candela si spostò verso il corridoio, la porta della piccola cella si richiuse alle loro spalle e il rumore dei passi si affievolì lungo il corridoio.

GIORNO QUATTRO

Le ci volle qualche secondo per rendersi conto di dove si trovava. Stiracchiò le braccia e spostò il piumone. Non ricordava di essersi messa a letto. Si guardò attorno. Alla luce del giorno la stanza le sembrò meno sinistra e più miserevole.

Si accarezzò il pancione con gesti concentrici.

Buongiorno amore di mamma, buongiorno.

Poi si alzò rotolando su un lato e fece qualche passo sentendosi profondamente riposata. Non pioveva più, il vento si era calmato e un grande silenzio regnava nel monastero. Sul tavolo di compensato scheggiato e gonfio di umidità era poggiata una vecchia bibbia marcata da cinque nastri colorati come segnalibri. Aprì la pagina che segnava il nastro rosso. Salmo centoventinove. Lo lesse bisbigliando quattro o cinque volte prima di richiuderlo.

Si piegò sul secchio di plastica adagiato lì accanto, immerse le mani nell'acqua pulita e bevve, sospirando di piacere.

Osservò da vicino il pennello che le avevano portato la notte prima. Le setole erano macchiate di un verde che diventava giallognolo sulle punte. Lo intinse nell'acqua e lo strofinò su un pezzo di sapone che era appoggiato su un piatto sbrecciato finché le setole scolorite non furono ricoperte di schiuma. Insaponò i denti e spazzolò fino a farsi sanguinare le gengive.

Al piano di sotto si sentivano rumori. Qualcuno armeggiava con delle pentole. Guardò la pila dei vestiti e li passò in rassegna, poi si spogliò completamente. Bagnò una federa di cotone nel secchio e strofinò tutta la pelle del corpo con acqua fredda.

Qualcuno, dabbasso, rideva. L'acqua sgocciolava sul pavimento consunto e sentiva freddo ai piedi. Si sciacquò il viso, le ascelle e i capezzoli con delicatezza. Si lavò le parti intime piegando le ginocchia sul secchio e strofinando il sapone sui peli pubici. Brividi di freddo le facevano accapponare la pelle.

Alcune voci femminili la raggiunsero mentre si asciugava. Non ne distingueva le parole. Si rivestì con mutande pulite, scegliendo le calze di *pile* e la canottiera di cotone e lana. Strati su strati, come le cipolle. Una pesantissima gonna di lana lunga fino ai piedi, una sciarpa fatta ai ferri e un cappello, infine un piumino di vere piume d'oca, un po' lungo di maniche e rattoppato con pezze di colori sgargianti sotto le ascelle e laddove era stato sottoposto a usura.

Pensò a sua madre e alla donna con lo smalto alle unghie.

Il piumino le andava un po' stretto sul punto vita ma non troppo. Gli scarponcini erano un paio di numeri più grandi del suo e con le suole lisce, ma meglio delle scarpe da ginnastica sdrucite e bucate. Si infilò due paia di calzini di lana, uno sopra l'altro. Gli scarponcini le calzarono meglio.

Quando ebbe finito aprì la finestra e usò il vetro per specchiarsi. Fu allora che li vide, ancora lontani ma distinguibili, giù in fondo alla strada che lei stessa aveva percorso appena il giorno prima: due ragazzi bene equipaggiati con giubbotti imbottiti di ottima qualità, gli scarponi ai piedi e i fucili a tracolla. Uno dei due calzava un cappello giallo limone che riconobbe. I soldati scomparirono alla sua vista.

La donna si portò una mano al petto per calmare il battito del cuore e camminò avanti e dietro per la stanza su gambe malferme. Calma, doveva stare calma. Le suore non l'avrebbero tradita, ne era sicura. No, non l'avrebbero tradita.

Aprì la bibbia e la richiuse. Si riaffacciò alla finestra e sotto di lei, seminascoste da un pagliaio costruito con mattoni forati, vide le suore zappare nell'orto e distribuire mangime alle galline. L'aria era carica dell'olezzo delle pecore. Tornò al tavolo, si sedette e riaprì la bibbia, facendo scrocchiare le pagine che scorrevano a gran velocità.

Arrotolò le maniche del piumino beige fino ai polsi. Zappare, allevare, produrre, condividere. *Se salveremo la terra, la terra salverà noi.* Accarezzò il pancione. Rimase immobile per un lungo istante a fissare il calendario appeso alla parete.

Dieci, quindici minuti al massimo, questo il tempo che i soldati avrebbero impiegato per arrivare.

Le sarebbero bastati.

Corse verso la porta della stanza, l'aprì e si affacciò cautamente nel corridoio. Non c'era nessuno. Silenziosamente, si portò in cima alla rampa di scale e si affacciò. La suora minuta che riconobbe essere quella che la sera precedente le aveva portato i vestiti attraversò velocemente il disimpegno. Indossava un cappotto di lana e un buffo cappello rosso con un bon bon.

La donna fece due passi indietro per non essere vista, nascondendosi dietro una colonna di marmo. Una madonna di ceramica le sorrideva da una nicchia. Ai piedi della statua c'era un mazzo di fiori finti. Il suo sguardo si fissò per un istante sulle stelline di plastica bianca che le incoronavano il capo, poi sulla porta della sua stanza e le scale che conducevano al piano di sotto.

Un cigolio sinistro, e la suora uscì, seguita dal tonfo della pesante porta d'ingresso che si chiudeva alle sue spalle e che rimbombò su per gli alti soffitti.

La donna sgattaiolò in camera sua e si affacciò ancora una volta alla finestra. Niente. Col suo volo appuntito una gazza si iniettava nel cielo terso e freddo.

Dal piano di sotto, non giungeva più alcun rumore.

Prese un lenzuolo robusto dall'armadio, mise in tasca il pennello e si affacciò sul corridoio. Nessuno. Silenziosamente lo attraversò e scese le scale, cercando di non fare rumore con gli scarponi pesanti. Si affacciò in cucina e rimase in ascolto. Nessuno.

Sgattaiolò dentro, distese a terra il lenzuolo, si diresse verso la credenza e prese quello che c'era. Presto, doveva fare presto. Una caciotta di formaggio, tre mele, una decina di panini. Rovesciò una scatola di latta piena di biscotti e li mischiò insieme a tutto il resto. Aprì in fretta cassetti e ante. C'erano poche cose da mangiare crude. Prese quello che poteva. Pomodori, qualche peperone secco, delle cipolle. Per due volte le parve di sentire dei rumori e per due volte si bloccò tendendo le orecchie.

Chiuse il lenzuolo a fagotto e lo legò. Provò a sollevarlo, non pesava troppo e se lo caricò sulle spalle. Silenziosamente raggiunse il tinello che dava sul retro. Si affacciò prima di uscire. Nessuno.

A testa bassa si lanciò fuori dalla porta, scese la rampa di scala quasi volando e si allontanò sulla strada asfaltata e bagnata, pregando che i due uomini fossero sufficientemente lontani e le suore ancora intente a lavorare sul retro del monastero.

Percorse la distanza che la separava dal bosco quasi correndo sull'asfalto scolorito e spaccato.

Scavalcò il guard rail nel punto in cui lo aveva superato il giorno prima, dopo una grande curva.

Mentre si inoltrava nel bosco, sentì in lontananza dei rintocchi di campane. Accelerò il passo con il sole che l'accecava finché gli alberi si chiusero sopra di lei.

Quando fu dentro al bosco, al sicuro da occhi indiscreti ed estranei, abbassò gli occhi sul pancione.

«Ce la faremo, tesoro. Lo giuro», disse.

Continuò a camminare ingobbita per via del sacco mentre il freddo umido si insinuava anche sotto gli strati di lana. Riprese a tossire. Sola, caparbia, stanca. Un passo dietro l'altro e la testa vuota. Ogni mezz'ora si fermava per riprendere fiato e massaggiare le reni doloranti. Una ragnatela che non vedeva le solleticò il viso. Tremante, stringeva a sé la sua pancia gonfia e contemplava il suo respiro brumoso nell'aria fredda.

Calpestava con riguardo il manto di foglie infradiciate dalla pioggia, per non scivolare e non inciampare nelle radici sporgenti.

Seguendo una mulattiera abbandonata da anni, vide che sul bordo destro la vegetazione era più folta e più rigogliosa, più avara di sole. Gli arbusti proiettavano un'ombra sul sentiero, al riparo della quale l'acqua piovana del giorno prima si mescolava alla terra in una insidiosa fanghiglia putrida. Sull'altro bordo, invece, il terreno era quasi completamente asciutto, nonostante le innumerevoli muffe che lo chiazzavano. Questo significava che il sentiero si snodava in direzione est-ovest, perché il lato più asciutto riceveva la luce solare che non era ostacolata dagli arbusti, e quindi era quello in direzione nord.

Si diresse a est.

E ora che cosa faccio? Dove vado?

Freddo e ancora freddo. L'unico calore era quello che sentiva in grembo, e lo stringeva forte a sé, l'unico calore che poteva salvarla. Cercò di ricordare quando tutto aveva avuto inizio. Meno di dieci anni prima, questo era sicuro.

Al compimento della maggiore età i ragazzi dovevano obbligatoriamente prestare un servizio di manovalanza presso qualche Ufficio del distretto. Per un intero anno. A suo fratello era toccata la nuova ferrovia, che di ferro aveva solo il nome.

I treni erano mostri su pagine ingiallite di vecchie foto e su dipinti ammuffiti. Le persone si spostavano a piedi o a cavallo e, se c'era acqua, in barca. Le rare navi rimaste trasportavano materiali essenziali da barattare tra i vari distretti, compresi gli "emigranti".

Le acciaierie funzionanti erano ben poche, e tutte molto lontane. L'acciaio prodotto nel distretto N-13 serviva per la creazione di strumenti da lavoro, aratri, zappe, pale, pentole e armature del calcestruzzo per la costruzione di piccole dighe che preservassero la poca acqua potabile rimasta, laddove si potevano ancora costruire.

Quello esistente era stato razziato, rubato, strappato via dalle fondamenta delle case e dai telai delle macchine nel corso dell'ultimo secolo. Il *nuovo* costava caro, troppo caro.

Era stato studiato un sistema diverso per il trasporto di merci. Il loro distretto, l'N-174, era stato diviso in una griglia. La nuova ferrovia era costruita con binari di legno impregnato di resine e vernici che ne impedivano il rapido deterioramento. Le travi divenivano ignifughe dopo essere state imbibite con cloruro di ammonio, fosfati fusibili e antimonio, sostanze che, a contatto con le fiamme, sprigionavano anidride solforica e ammoniaca, soffocandole. Per la loro costruzione i capi cantiere seguivano pedissequamente indicazioni per la costruzione scritte decenni prima, ultimo contributo accademico di nozioni ingegneristiche.

I ragazzi zappavano livellando il terreno e liberandolo dalle erbacce, poi montavano queste rotaie di legno pretrattato creando un leggero piano inclinato sufficiente a permettere il raggiungimento di una certa inerzia.

Questi binari di legno facilitavano il trasporto di slitte trainate da bestie da soma.

La rete funzionava abbastanza bene ma nonostante le premure avevano vita breve. Gli sbalzi di temperatura, l'umidità, e le forti sollecitazioni strutturali deterioravano il legno, che andava sostituito ogni anno. Si rendeva necessaria una forza lavoro costante, e per questo fu proclamata la legge dell'obbligatorietà del servizio di manovalanza per i ragazzi maggiorenni.

Le vecchie rotaie decomposte venivano riciclate come legna da ardere.

Fu in uno di quei cantieri che suo fratello incontrò l'informatore. Non aveva un nome, né una identità. Il fratello si riferì a lui usando sempre e solo questo termine. La sorella non riuscì nemmeno a strappargli una descrizione fisica, le disse solo che aveva i capelli biondi. Il motivo era ovvio, gli anarchici erano ricercati.

Una notte del terzo mese di lavoro alla ferrovia, il fratello fu svegliato da terribili fitte alla schiena. Pur essendo abituato a lavorare nei campi, l'umidità di quella palude che stavano costeggiando per costruire quella dannata ferrovia gli impregnava le ossa.

Si alzò lentamente, trattenendo il fiato. Il dolore pulsava tra le vertebre lombari.

I vetri spaccati della finestra brillavano, illuminati da una luna che non riusciva a vedere. La brezza che penetrava dal telaio divorato dalle termiti del vecchio dormitorio portava nello stanzone il profumo pieno dell'estate. Il tipo accanto a lui russava disperatamente, e non era l'unico. Si mosse piano, per non svegliare nessuno. Quando uscì fuori dalla porta, due guardie alzarono lo sguardo verso di lui.

«Che succede?»

«Ho mal di schiena, non riesco a dormire».

«Ti passerà».

Il ragazzo fece un paio di penosi passi verso l'esterno.

«Dove vai?»

«Vado a sgranchirmi le gambe, non riesco a stare seduto né steso».

L'uomo barbuto tirò fuori un pezzo di pelle di pecora conciata approssimativamente.

«Come ti chiami?»

Il ragazzo lo guardò per un istante, poi glielo disse.

«Bene».

La guardia bucò con un punteruolo uno spazio sulla pergamena su cui erano annotati i loro nomi all'interno di una complessa griglia.

«Puoi andare».

I due tornarono a giocare prima che lui potesse fare un solo passo.

Lontano dal capannone l'aria gli sembrò più pulita. Fece qualche allungamento della schiena, stirando le gambe. Un rumore dietro di lui. Si voltò più in fretta che poté, ma una fitta lancinante lo bloccò proprio a metà della torsione.

«Stai tranquillo, amico. Non voglio farti del male. Anzi, direi che non voglio farti proprio niente».

Un ragazzo biondo, un manovale come lui, lo guardava da sotto in sopra seduto a gambe incrociate sulle grosse radici di un albero.

«Oh, scusa. Credevo di essere solo».

Il ragazzo biondo sorrise.

«Continua pure».

«Mi stavo sgranchendo un po'».

«Sì, ho notato».

«Vado via».

«No, perché? Non ti intimidire. Mi fa piacere un po' di compagnia, vuoi?»

«Va bene».

Si mosse impacciato verso di lui fino a quando riuscì ad appoggiare la mano al tronco dell'albero.

«Tu cosa ci fai qui?»

«Lavoro alla ferrovia, come te».

«No, voglio dire qui ora, di notte, seduto per terra».

«Rifletto. E prendo aria. In quel capannone si soffoca. Vuoi sederti?»

«No, magari. Ho mal di schiena e non riesco a stare seduto».

«Capisco. Sei un contadino?»

«No, falegname. Riparo il legno. Navi».

«Anche mio padre».

«Anche tu?»

«No, io no. Sono un contadino. Sei un marinaio?»

«Non proprio».

«Non proprio?»

«Non viaggio».

«Perché?»

«Non ne ho bisogno».

Il volto del ragazzo in piedi si contrasse. Strizzando gli occhi portò una mano alla schiena. Il ragazzo con i capelli biondi lo notò.

«Ti faranno lavorare anche domani. Non gliene importerà molto del tuo mal di schiena».

«Dici?»

«La settimana scorsa un ragazzo ha vomitato sulle traverse dei binari. Quando ha finito, gli hanno fatto pulire il vomito e lo hanno rimesso a lavoro».

Il ragazzo in piedi fece una smorfia.

«Magari aveva vomitato apposta per non lavorare».

L'altro lo guardò senza commentare.

Se ne accorse. «Scherzo», disse.

L'altro non rispose.

«Dovrebbero lavorarci loro, piegati tutto il giorno nella melma, per un mese soltanto. Basterebbe per capire quanto sia dura».

S'interruppe e guardò di nascosto il ragazzo seduto per terra. Con un filo d'erba tra le labbra, questi rispose con parole smozzicate.

«Parole sacrosante. È quello che dico anch'io».

Entrambi i ragazzi guardavano nella stessa direzione, il campo aperto e la valle ai loro piedi. In quel preciso istante una stella cadente sottolineò la luna a falce sulle loro teste.

«Esprimi un desiderio», disse ironicamente il ragazzo in piedi.

L'altro esitò un poco prima di dire.

«Vivere del proprio senza che qualcun altro ordini come gestirlo».

Il silenzio che seguì a questa frase fu lunghissimo. Il ragazzo con i capelli biondi trattenne il fiato finché l'altro non disse: «Vai avanti».

Il biondo respirò a fondo prima di continuare.

«Ti pare giusto dividere sempre e comunque la metà di ogni cosa anche quando si produce poco? Siamo tutti in grado di gestirci da soli, non abbiamo bisogno di balie».

Il ragazzo in piedi aveva il cuore che gli batteva forte nel petto. Appoggiò la mano sulla spalla del ragazzo con i capelli biondi e la tenne così. Sotto le dita sentì che l'altro era completamente sudato.

«Dove?»

«Dentro il bosco».

«In che direzione?»

«In inverno, dove sorge il sole. In estate, il contrario».

«Continua».

«Si dice che gli anarchici non siano stanziali. Gruppi di nomadi che si spostano da un luogo all'altro. Per non essere intercettati».

«È vero?»

«Sì. Li chiamano "gli invisibili"».

«Quanti sono?»

«Più di quanti si creda».

«Hanno armi?»

«Certo. Come potrebbero difendersi sennò?»

«I capi?»

«Non li chiamerei così. Nessun capo. C'è un Consiglio di saggi, uomini piuttosto avanti con l'età. Aiutano, suggeriscono il da fare, raccontano come andò veramente. Per il resto, le cose vengono decise in assemblee comuni, con l'unanimità».

«Le risorse. Sono sufficienti per tutti?»

«Sì. Sì, ma non abbondanti. Hanno solo le briciole. I terreni fertili sono occupati quasi interamente dai soldati del distretto».

«Sono... siete poveri?»

«Né ricchi né poveri».

Il ragazzo in piedi staccò la mano dalla spalla di quello con i capelli biondi e se la passò tra i capelli.

«Né ricchi né poveri», disse il ragazzo che era seduto per terra.

«Lo sapevo che c'erano».

«Ci sono, ma sono fantasmi».

«Perché?»

«Chi viene trovato fuori dalla Comune, viene catturato dai soldati».

«E che fine fa?»

«Sparisce».

«Dove?»

«Fantasmi, anche dopo».

«Perché non li vanno a cercare e non li uccidono?»

«Non ne hanno la forza. O controllano voi, o controllano loro. Una scelta obbligata. Finché non si danneggiano, non si rompono le palle a vicenda. Tranne quando gli facciamo saltare la rete elettrica. In quel caso si incazzano parecchio, devo dire».

«Com'è, vivere laggiù?»

«E me lo chiedi? Sarebbe meglio vivere quaggiù, ma non come vogliono i soldati. Riprenderci ciò che ci è stato tolto e non sottostare a questa dittatura. Questa organizzazione, chi l'ha decisa? Di certo non io. Chi ne beneficia, davvero? Loro. I soldati. E per mantenere i loro privilegi io mi devo spaccare la schiena? Obbedire a una gerarchia che mi hanno imposto? Nossignore, non io. Tu che ne dici?»

«Dico che hai ragione. Da vendere. Ma che ci fai qui, con noi, a costruire questa ferrovia?»

«Devo rubare un paio di cellulari a qualcuno dei soldati della truppa che ci fanno la guardia. E sto cercando qualcuno capace di riparare un server».

«Un che?»

«Un server. Ci si è rotto, e i nostri tecnici esperti non ne vengono a capo».

«Mi spiace. Io non ci capisco niente».

«Lo so. Tutti gli elettricisti e i tecnici sono ipercontrollati. Loro, e i loro figli a cui viene insegnato il mestiere, e anche gli apprendisti. Tutti maledettamente selezionati dalle guardie tra i fedelissimi al regime. E non riusciamo nemmeno a far saltare i loro stramaledetti ripetitori. Presidiati giorno e notte. Tutto, tutto si sono presi. Satelliti, cavi, reti. Bastardi».

«Cosa ve ne fate di questo… server?»

«Per metterci in contatto con un'altra comunità anarchica più a nord. Abbiamo saputo che anche loro hanno dei computer, ma per scambiarci informazioni in modo rapido e sicuro abbiamo bisogno di un server. Abbiamo già trovato un punto debole nella difesa dei soldati, un punto dove i cavi della rete telefonica non sono presidiati. Difficili da raggiungere, ma non per noi. Hanno fatto saltare tutte le infrastrutture di comunicazione, come prima azione della guerra. Non ve lo dicono questo, a scuola, eh? Tutte, tranne quelle che occuparono loro. All'inizio i distretti che erano in buoni rapporti comunicavano tra loro, avvisandosi dell'arrivo di contingenti di materiali per il baratto. Poi ognuno puntò all'autarchia, e la paranoia dilagò. I collegamenti si ridussero al minimo indispensabile per timore di una invasione per l'approvvigionamento di risorse dai distretti limitrofi. I soldati non si fidano nemmeno tra di loro».

Non c'erano rumori nella notte, solo cicale e un nastro di vento che li avvolgeva entrambi.

«Perché mi dici queste cose?»

L'altro raccolse uno stelo di erba secca e lo masticò un po'.

«Diciamo che non mi piacerebbe vederti raccogliere il tuo vomito, un giorno di questi».

Il ragazzo in piedi si voltò a controllare che fossero soli, nel buio.

«Mi chiedevo…»

«Cosa?»

«Perché rimanere nascosti?»

«Cosa vuoi dire?»

«Intendo, perché non realizzare ovunque questa vostra realtà? Perché nascondersi? Dovreste portare questa vostra organizzazione a tutti, per il bene di tutti».

«Per il bene di tutti, dici. Tu lo faresti?»

«Io? Sì, credo di sì».

«Non sai nulla di come siamo organizzati ma porteresti comunque il nostro modello alla società?»

«Be', si sentono molte voci».

«Sono voci». Il ragazzo seduto tossì. «Non puoi convincere qualcuno a liberarsi, se sta comodo nella gabbia in cui sta».

«Basta indicare la via d'uscita».

«No, non basta».

«Perché?»

«Chi lo farebbe? Chi ci appoggerebbe? No, dobbiamo fare tutto da soli. Noi, e chiunque voglia unirsi alla nostra causa».

«Chi è libero deve liberare gli altri».

«Puoi provarci, sì. Puoi provare ad aiutarli, se ti fa stare meglio. Ma non aspettarti miracoli se i prigionieri non sono disposti a evadere».

«Cosa vuoi dire?»

«Che il tunnel per scappare dalla prigione non puoi percorrerlo tu per loro. Indichi la via, ma è sulle proprie gambe che dovrebbe reggersi ognuno. E non ci scommetterei che basta indicare la via d'uscita da questo carcere. No, non ci scommetterei proprio».

Il ragazzo sospirò.

«Mi sono sempre chiesto se tornare al voto potrebbe significare qualcosa».

«Non significherebbe proprio un bel niente».

«Sarebbe democratico».

«Sarebbe stupido».

«Perché?»

«Le "guerre del voto" finirono senza vincitori né vinti. Non c'era nessun politico disposto nemmeno a fingere di poter risolvere la crisi. Né di avere la forza per farlo. Quando parlano le armi, la politica non ha voce».

«Allora usare la forza è l'unica strada».

«La forza? Intendi una guerra?»

«Se è necessario, sì».

«E chi la combatterebbe?»

«Tutti».

«Sei pazzo».

Il ragazzo in piedi si irrigidì, poi si portò una mano alla schiena.

«Me lo diceva anche mio padre».

Il biondo scosse la testa nel buio.

«Le guerre sono un ricordo del passato, non convengono a nessuno. I contadini sono più necessari dei soldati. Senza interessi economici, le guerre non esistono. Al massimo, qualcuno che cerca di difendere ciò che ha in ogni modo che conosce. Ma non è guerra quella. È sopravvivenza».

Sputò un pezzo di stelo.

«Sai, conosco un tizio che non fa che ripetere una frase».

«Quale?»

«La guerra è nella mente degli uomini».

«Dice così?»

«Sempre. A volte dice "la rissa", altre "il conflitto", e così via. Ciò che rimane fisso è che, di qualsiasi contrasto si tratti, è sempre nella mente degli uomini».

Rimasero entrambi in silenzio a lungo.

«Ora è meglio che io vada». Il ragazzo biondo si alzò in piedi, lo stelo d'erba penzolante tra le labbra. «Non vorrei che pensassero male di me».

«Una cosa soltanto».

«Dimmi».

«Se io, un giorno o l'altro…»

«Se tu, cosa?»

«Se io volessi, diciamo, incontrarti di nuovo».

Il ragazzo alto e snello lanciò un'occhiata rapida verso il dormitorio.

«Se ho ben capito da dove vieni, c'è un tizio che porta sempre i capelli lunghi legati in una coda, basso e tarchiato, che vive alla periferia del tuo paese. Di fronte a casa sua ha un largo spazio occupato da solide gabbie di rete, recintate per bene. Addestra cani. Cani da caccia. Ce l'hai presente?»

«Di vista».

«Sai dov'è?»

«Sì, so dov'è. Ho capito».

«Se un giorno o l'altro ti venisse voglia di bere qualcosa insieme a me vai da lui».

«E cosa gli dico?»

«Digli che cerchi un cane da tana e quando ti chiede per stanare cosa, tu digli "la volpe". Non dirgli una volpe, digli "la" volpe. E se ti chiede che tipo di cane, tu digli un bassotto a pelo lungo. Lui ti dirà che non ne possiede, allora tu rispondigli che a quanto ti risulta il bassotto è lui. Capirà».

«Cane da tana, la volpe, bassotto a pelo lungo che è lui. Va bene. Suppongo che la volpe sia tu».

Il ragazzo sollevò le spalle e sorrise. Poi tornò serio per dire:

«Bada, non è una strada a doppio senso. Si va solo avanti, puoi immaginare perché».

«Sì, chiaro».

«Be', vado. Magari ci si rivede, chissà», e senza salutare si incamminò verso il capannone con la testa china, poi si fermò e tornò indietro.

«Tu non mi hai detto che desiderio hai espresso».

«Quale desiderio?»

«La stella cadente di poco fa. Qual è stato il tuo desiderio?»

«L'altro si guardò la punta dei piedi».

«Che non mi facciano lavorare domani». Si passò una mano sulla nuca e la lasciò lì. «Troppo banale come desiderio?»

Il biondo si allontanò senza rispondere.

Nel pomeriggio, sentì delle voci, scalpiccio di zoccoli e ruote di un carro cigolante e capì di essersi avvicinata troppo alla strada che costeggiava il bosco. Si trascinò sbuffando dietro un muro di rovi e si nascose. Le voci non si sentivano già più. Con una mano sulla pancia e un'altra che stringeva il sacco si rifugiò nel bosco incamminandosi in mezzo agli alberi più fitti, per nascondersi meglio.

Si fermò che era pomeriggio inoltrato, affamata e stanca, la testa che le scoppiava e le reni che si spezzavano. Non riusciva ad orientarsi. Si era persa.

Non avere paura tesoro mio. Nessuna paura, ci penso io a te.

Strappò bocconi di formaggio salato a morsi, masticando con foga. Aveva sete. Realizzò all'improvviso che non aveva preso acqua, né una bottiglia o una borraccia per riempirla nel caso in cui l'avesse trovata, e nemmeno un coltello.

Addentò una mela succhiando tutto il succo che si produceva dal morso. Masticò e ingoiò i semi gettando solo il torsolo.

L'acqua corrente costava cara. A casa la usavano in casi estremi per cose indispensabili. Nel cortile sul retro, accanto alle galline, c'era l'acqua che loro chiamavano "economica". Un piano rialzato, fatto di canne legate insieme da un grosso spago, reggeva tre cisterne per l'acqua piovana. Su ognuna c'era un tetto di lamiera per evitare che l'acqua evaporasse subito o si sporcasse con foglie secche. O escrementi di uccelli.

Tutte le mattine qualcuno di loro, a turno, ci attaccava una scala arrugginita e pompava a mano quell'acqua contenente Dio solo sa cosa in due secchi che portavano a casa. Quella era tutta l'acqua di cui disponevano per la giornata. Due secchi per cinque persone. Per lavarsi, andavano al fiume più a nord, se faceva caldo. Altrimenti era sufficiente intingere delle pezze di cotone in una bacinella d'acqua tiepida e strofinarle sul corpo.

Se l'acqua scarseggia, ci si attrezza senza. Capitava non di rado che facessero i loro bisogno fuori, soprattutto nella bella stagione. In mezzo alle proprietà condivise c'era una lunga siepe di cespugli incolti. Era diventata la loro latrina a cielo aperto. Si faceva per risparmiare l'acqua dello scarico, e per diradare l'intervento costoso dell'espurgo del pozzo nero. Erano anni che parlavano di sostituire il pozzo con una fossa biologica, ma non se ne era mai fatto niente.

I vicini ne avevano fatta costruire una monoblocco a sezione circolare, in cemento armato e a tenuta stagna, da installare sottoterra, con tanto di condotta di efflusso pronta a recapitare tutti i liquami in una trincea drenante posta esattamente al di sotto delle loro colture.

Erano combattuti se continuare a barattare le feci ricavandone qualcosa, oppure concimarci il terreno per avere un orto più *consistente.*

Se ne era parlato, finché un giorno, spazientita, sua madre non aveva chiesto a suo fratello: *allora? Lo facciamo o no?* E suo fratello aveva risposto, arricciando le labbra*: le zucchine alla merda te le mangi tu.* E con un *buon appetito* di sua madre, il discorso era stato chiuso per sempre.

Costruì un giaciglio come aveva già fatto, con foglie asciutte ammucchiate sotto la chioma di un albero e si stese usando il sacco come cuscino. Dalla stoffa di cotone trapelava odore di biscotti.

Le stelle palpitavano tra i rami. Se solo fosse riuscita a individuare la stella polare o Cassiopea, avrebbe saputo con certezza in che direzione muoversi la mattina successiva.

Quella sera non parlò al suo bambino, per la prima volta da quasi otto mesi.

Si addormentò piangendo.

GIORNO CINQUE

Suo figlio la svegliò che era ancora notte, con un calcio. Si mise seduta nel buio e posò entrambe le mani sulla pancia. Un uccellino frullava nella boscaglia con un cinguettio intermittente. «Sono qui», disse.

Quando riaprì gli occhi l'aurora già schiariva i contorni del bosco. Si alzò in piedi aggrappandosi al tronco di un albero per non cadere. Che giorno era?

Formiche in fila camminavano sul suo polso destro. Se le scrollò di dosso battendo le mani una contro l'altra, si sfilò il giubbotto e lo agitò nell'aria e prima di indossarlo controllò rabbrividendo che non ce ne fossero altre nelle maniche.

Sciolse il laccio che chiudeva il fagotto, prese tre biscotti e li mise in una tasca, una mela nell'altra e lo richiuse strettamente. Si spazzolò gli incisivi con il pennello cercando di produrre saliva. Lasciò perdere e mangiò una delle due mele. Mentre sgranocchiava, un ammasso di peli grigio-bruni si mosse a un paio di metri più in là. Una lepre.

Si immobilizzarono entrambe.

L'animale era perfettamente mimetizzato con il manto erboso. La donna distinse le orecchie mobili e un fiocco bianco e nero come coda. Avvicinò il pennello all'altezza del viso reggendolo tra pollice e indice e, puntandolo verso la lepre, prese la mira socchiudendo l'occhio sinistro.

Bang!

La lepre spiccò un balzo di un metro e mezzo, zigzagando tra i cespugli e sparendo con un crepitio tra le foglie secche.

Esaminò lo spazzolino scuotendo la testa.

La strada diventava man mano più ripida. Le caviglie e le ginocchia le facevano un male cane. Vagava a caso, per trovare un punto di riferimento e riprendere la direzione corretta. Le uniche pause che si concedeva erano quelle per orinare. Doveva andare verso est, "d'inverno dove sorge il sole", aveva detto suo fratello. Lui era scappato prima, doveva essere certamente già arrivato. Doveva essere così.

Andiamo da zio, eh? Amore di mamma. Andiamo a trovare lo zio.

Mangiò i biscotti masticandoli a lungo e riducendoli in poltiglia prima di deglutirli. Le venne la nausea e smise di mangiare. Le bruciavano gli occhi e la vista si annebbiava. L'aria non odorava più di pioggia. Sotto gli scarponi le foglie e i rametti scricchiolavano, induriti dal freddo e dalla brina.

Forse dovrei tornare indietro e cercare un punto di riferimento. Ma quale?

Dopo qualche ora dovette fermarsi per i continui capogiri. Aprì il sacco e addentò un peperone secco, dopo aver tolto tutti i semi con i polpastrelli. Un pomodoro. Un panino. Era indecisa se mangiarne un altro, poi chiuse di nuovo il fagotto strozzandolo in cima.

Nel pomeriggio vide delle tracce di cinghiale. L'acqua si era raccolta nelle impronte e si inginocchiò a lapparla. Gusto di fango e piante marce. Si tappò il naso pinzandolo con le dita e continuò a bere, poi fece un passo avanti e bevve l'orma successiva finché non ne ebbe abbastanza.

Quel giorno non riuscì ad orientarsi in nessun modo. Stava solo perdendo tempo finché non intravide, lontane, le bianche e scheletriche pale del parco eolico che rotavano ad alta velocità. Doveva spirare un bel po' di vento, lassù. Le turbine erano state collocate sui colli ventosi che si stendevano nella zona nord-est, oltre il monastero. Si orientò mettendo gli aerogeneratori dietro la sua spalla sinistra. Si tenne lontana dalla strada asfaltata arrancando con una lentezza snervante. Nausea, mal di testa, torcicollo. Le venne in mente una canzonetta che canticchiava sua madre quando era ancora giovane e sbrigava le faccende domestiche. Si sforzò di ricordare la prima strofa:

Chiodi nelle carni per sentirsi viva, faceva la vittima e poi ne gioiva. Sempre piangeva, ma mai per amore, commiserandosi amava il proprio dolore. Di sogni e speranza del tutto priva, si lagnava e basta, e la vita sfioriva.

Forse fu per quella distrazione o per il bruciore agli occhi, che non vide subito la buca tra un albero e l'altro. L'imboccatura visibile era poco più larga di un piede. La sua mente ne registrò la presenza ma non fece in tempo a elaborarla. Sotto di lei, lo strato di terra sottile che copriva con un tetto fragile una buca più grossa si frantumò non appena vi spostò sopra il peso del corpo. Non fece nemmeno in tempo ad abbassare gli occhi per vedere cosa stava accadendo.

Sprofondò nel fosso, carambolando con dei tonfi sordi. Avvertì il vuoto nello stomaco e sbatté il gomito, il ginocchio e il fianco destro atterrando poi sul coccige. Una scossa elettrica si scaricò su tutta la colonna vertebrale.

Buio. Con un lamento si issò in piedi. Sollevò lo sguardo sul bordo irregolare della buca, un paio di metri sopra di lei. Più su, in alto nel cielo, le nuvole si spostavano velocemente spinte da un vento che non udiva. Sbarrò gli occhi in quell'oscurità e protese le mani tremanti in avanti. Con il respiro accelerato calcolò un'area poco più ampia della misura corrispondente alle sue braccia divaricate.

Un brivido le corse lungo la schiena.

«Oh Gesù», singhiozzò.

Laggiù non era freddo, ma umido e fetido. Sotto i piedi sentiva scricchiolare qualcosa. Abbassò lo sguardo senza riuscire a distinguere nulla nella penombra. Puzza di foglie marce e di qualche animale in decomposizione. Si appoggiò alla parete e le mani affondarono nella terra morbida. Quando le ritirò, nel terriccio rimasto attaccato ai palmi avvertì il solletico di piccoli lombrichi che si agitavano.

«Aiuto!» urlò, «Qualcuno mi aiuti!»

Si accovacciò, poi si rialzò e fece un piccolo passo in avanti, poi un altro e andò a sbattere contro la parete di terra. Si accovacciò di nuovo, appoggiò le mani infangate sulla fronte e pianse. Un vortice di mosche si posò sul suo corpo. Le sentiva ronzare e solleticarle il volto. La paura, con ganasce invisibili, le schiacciava i polmoni: avvertì un senso di oppressione al torace e boccheggiò, il fiato corto e il respiro sibilante. Aria, aveva bisogno di aria. Prese fiato e urlò a squarciagola. Sentì gli uccelli librarsi in volo dagli alberi in superficie. Urlò ancora, finché la voce non le divenne roca.

Era inutile, tutto inutile. Avrebbe marcito là dentro, morendo di fame e di sete senza che mai nessuno ne avesse saputo nulla. Sepolta viva. I vermi che aveva appena toccato avrebbero banchettato sul suo cadavere. Quelle mosche corteggiavano già il suo corpo, in attesa. Le scacciò con una mano ed esplosero in volo ma solo per un istante. Le sentì avanzare di nuovo, così le scacciò con entrambe le braccia e ancora e ancora e urlò. Sentiva i vermi strisciare sulla testa e sotto i vestiti, e con urla strozzate si dimenò arruffandosi i capelli con le mani, poi le batté su tutto il corpo fino a farsi male ma non c'era niente.

Suo figlio sussultò nella sua pancia e lei smise di farsi del male, si afferrò il pancione e si avvinghiò a sé stessa, sussurrando con la voce grattata via dalle urla precedenti: «Figlio mio, perdonami. Scusami, non volevo farti male. Scusami». Pianse di nuovo a singhiozzi. Il muco le colava sul labbro superiore e non provò nemmeno a pulirselo, finché le lacrime non si prosciugarono e rimasero solo i singhiozzi e poi nemmeno più quelli.

Rimase lì, stremata, accucciata per terra. Trascorse così quasi un'ora. Quando gli occhi si abituarono alla penombra riuscì a distinguere l'ampiezza della buca che era approssimativamente di due metri e mezzo per un metro circa, e profonda quasi tre. Doveva ragionare. Mantenere la calma e ragionare.

La buca era una sacca provocata dalla pioggia, quindi il terreno era argilloso. Nel punto in cui era caduta non c'erano radici, per cui la terra non era stata trattenuta e aveva creato quello slargo sotterraneo, invisibile dall'alto.

Si issò in piedi asciugandosi le lacrime. Era completamente coperta di fango.

Pensò a qualcosa che l'aiutasse a risalire. La sciarpa, ma non sapeva cosa avrebbe potuto ricavarci. Il pennello. Se avesse avuto qualcosa di stretto e lungo, una corda o una sciarpa meno ingombrante, avrebbe potuto legarla al pennello e avrebbe potuto provare a lanciarla oltre il bordo della buca, nella speranza che si fissasse a qualcosa. Scartò questa soluzione. Se avesse chiamato aiuto qualcuno, forse, l'avrebbe sentita. Forse. Nell'ultima settimana non aveva incontrato nessuno, improbabile che passasse qualcuno proprio allora, e proprio da quella parte di bosco. E poi, quale parte? Non aveva idea di dove fosse. Ai suoi piedi un misto di fango, foglie, ciuffi di peli e ossa. Nella semioscurità distinse una cassa toracica sulla quale era ancora attaccata una pelliccia rinsecchita. Controllò la parte anteriore dove c'era un teschio dal muso allungato. Un lupo, un cane.

Quanti giorni poteva resistere laggiù prima di morire di fame e di sete? Una settimana. Poco più, forse. Era scivolata, eppure non c'erano buche.

Doveva riflettere, e in fretta.

Ricominciamo. Cosa aveva visto? Solo una piccola apertura larga quanto un piede tra due alberi. Quella era l'apertura visibile. La buca era una sacca vuota tra le radici di due alberi. Camminandoci sopra, aveva sfondato il tetto fragile di argilla.

Di nuovo. Cos'era? Una sacca vuota tra due alberi. Si girò e si guardò attorno. Argilla che scivolava via trasportata dall'acqua, non trattenuta da radici. Fece due passi avanti finché non incontrò la parete cedevole. Spinse appena le dita della mano destra nel terreno umido. Vermi mollicci e umidi le solleticarono la pelle del palmo. Li ignorò e affondò fino al polso.

Deglutì, tirò fuori la mano e a tentoni tastò tutto il perimetro della buca. Su un lato toccò qualcosa di solido. Scavò nella parete finché non trovò delle radici che si intrecciavano. Le afferrò con la mano aperta e provò a tirare con forza, qualcuna si spezzò ma le altre tennero. Erano attorcigliate tra di loro e fissate nel terreno. Sollevò il viso sporco di fango verso l'alto.

Aiutami, mio Dio. Aiutami.

Sollevò entrambe le braccia e scavò nel punto più alto al quale riusciva ad arrivare finché non trovò la parte superiore dell'intreccio di radici: sì, continuavano certamente fino al tronco in superficie. Si piegò verso il pavimento. Sondando il terreno con le mani ebbe la conferma che era malleabile. Ne spinse una grossa quantità verso quella parte della parete, creando una montagnetta di fango e ossa usando le mani come pale. Aveva l'affanno. Si fermò per riprendere fiato. Salì su quel dosso e sollevando ancora le braccia sulla testa vide che aveva guadagnato mezzo braccio di terreno. Scavò ancora nella parete verticale finché non trovò di nuovo il prolungamento delle radici. Con un gemito scese e si riposò.

Mio Dio, mio Dio, aiutami.

Quando si sentì di nuovo in forze si aggrappò con la mano sinistra alle radici più basse, poi con la destra a quelle più alte che sporgevano e si issò. Le braccia tremavano mentre la mano destra sollevata sopra la testa affondava nella parete e scavava per riacciuffare le radici. Le trovò e si aggrappò ad esse e spingendo con i piedi che slittavano sulla parete, si issò ancora e fu il turno della mano sinistra.

Il suo corpo era tutto un tremito. Il fango le cadeva sul viso, nei capelli, in bocca. Lo scrollava via agitando la testa. Continuò così per qualche secondo, ma le braccia tremavano, tutto il corpo tremava, e la mano destra perse la presa. Scivolò fino al pavimento e lì rimase per alcuni minuti a riprendere fiato. Le girava la testa. Guardò l'uscita in alto e le venne in mente sua madre, nel giorno in cui l'avevano seppellita, in una buca poco più stretta di quella ma ugualmente profonda. Sentì in bocca il sapore del fango. Stava mordendo il proprio pugno chiuso. Doveva uscire di lì, e subito. Si alzò e ricominciò.

Ammucchiò altro fango molliccio finché non ebbe bisogno di fare uno scalino per salirci su. A ogni tentativo guadagnava qualche centimetro, a ogni tentativo scivolava di nuovo verso il basso e tornava sul fondo.

Scavava la parete di fango alla ricerca di radici cui aggrapparsi. Ogni volta che cadeva giù, faceva delle pause per riprendere fiato. Con il passare del tempo le pause diventavano più lunghe finché dall'apertura in alto non filtrò quasi più luce. Sopraggiungeva la notte ed era stanchissima.

Dopo l'ennesima caduta rimase per terra, senza nemmeno provare a rialzarsi. Appoggiò un avambraccio sulla fronte e si rannicchiò di lato in posizione fetale con la guancia sul palmo della mano aperta e infangata. Notò una macchia bianca a pochi centimetri da lei. Allungò un braccio e prese il sacco di cotone sporco di fango. A tentoni afferrò qualcosa di morbido e portò alla bocca un pomodoro. Succhiò l'acqua interna prima di mangiarlo. Ne cercò altri e li mangiò tutti. Sentiva caldo. Allentò la sciarpa sul collo e si sistemò più comodamente che poté ignorando le mosche che ronzavano, saltellando sul suo corpo.

Il fango che si era seccato sulla pelle le prudeva. Portò una mano al naso per grattarlo e non la vide avvicinarsi. Nessun rumore tranne quello del suo respiro. Qualche ramo che si spezzava sopra, in alto, nel mondo. Sentì ululati lontani. Lupi. Laggiù era al sicuro da loro. *Dentro il bosco*, aveva detto suo fratello.

«Oltre il bosco. Dentro il bosco».

«Cosa?»

Un calzino era infilato come un guanto sulla sua mano sinistra mentre con l'altra reggeva un ago di osso. Lei cuciva sempre sulla sedia a dondolo. Suo fratello riparava una vecchia lampada, seduto al tavolo.

«Devo andare a vedere cosa c'è».

«Come, cosa c'è. Si sa cosa c'è. Se prendi il carrobus e segui la mulattiera, ti ci vuole una settimana per arrivare dall'altra parte. Ma poi, perché? Cosa ci devi fare?»

«Non ci voglio passare attorno. Ci voglio passare in mezzo. Dentro».

Lei sollevò la testa dal rammendo e si rivolse al gatto che poltriva nel cestino dei fili

«È pazzo, completamente».

«Non può risponderti».

«Non può rispondermi ma capisce. E anche io ti ho capito sai? Ho capito tutto. Ma perché non fai come tutti? Perché non ti sposi?»

«Per favore, smettila. Smettila. Non far finta di niente. Non fare come mamma. Se hai capito, non far finta di non aver capito, intesi?»

«Lo dico per te».

«Grazie, ma chi t'ha chiesto niente».

«Sei il solito presuntuoso. Non guardi in faccia la realtà».

«Quale realtà?»

«Questa».

La sorella allargò un braccio con fare teatrale.

«"La Contea non appartiene solo a voi, disse Gildor. Altri l'hanno abitata prima degli Hobbit, ed altri ancora l'abiteranno quando non ci sarete più. Il mondo si estende tutt'intorno a voi: potete rinchiudervi in un recinto, ma non potete impedire per sempre al mondo di penetrarvi"».

«Eh? Che hai detto? Chi diamine è Gildor?»

«È una frase del libro che mi ha regalato…»

«Ancora con questo benedetto libro, e basta».

«Però è vera, no?»

«Stronzate».

«Non capisci niente. Non hai mai capito niente».

Il fratello non rispose. Pensieroso, seduto con le braccia conserte, la guardava rammendare. Si riscosse.

«Allora?»

«Allora cosa? Che hai detto?»

«Ho detto perché non emigri come papà?»

«Dove. Dove devo andare».

«Ovunque, se non ti piace qui. Trova qualche altro distretto, vai a informarti negli Uffici. Lascia tutto e parti. Vattene e comincia da un'altra parte».

«E se non mi piace l'altra parte? Me ne vado di nuovo? Lascio tutto e riparto?»

Lei si mosse sulla sedia.

«Be', sì».

Il fratello scosse la testa e allargò le braccia e urtò un bicchiere di plastica vuoto che cadde a terra rotolando sotto il tavolo. Nessuno dei due si chinò a prenderlo.

«E fino a quando dovrei fare questa cosa, sentiamo. La tua mente geniale riesce a capire che non c'è un posto dove posso stare meglio? Non esiste per nessuno e non esiste da nessuna parte, e se ti sposti ti porti dietro sempre quello che hai dentro. Lo porti altrove perché tu sei altrove».

Lei si sporse dalla sedia, il suo volto serio e rigido.

«Allora cosa vuoi fare? Ammazzare tutti?»

Fece una smorfia.

«No. Tutti no».

La sorella si sfilò il calzino dalla mano tesa.

«Vattene. Vai via. Parti, cerca la fortuna ovunque vuoi se qui non ti sta bene. Ma non puoi dettare tu le regole, possibile che non lo capisci?»

Lui strinse gli occhi.

«Non capisci tu. Le regole ci sono ovunque e se passi la frontiera, cosa cambia? È come una malattia che devi combattere, se te ne vai da un'altra parte, la malattia te la porti dentro, da un'altra parte. Oltre il confine non c'è nulla di diverso da qui. Ci sono uomini e donne come te e me. Amano, ridono, piangono, cagano e dormono come te e me».

«E allora che vuoi fare, cambiare il mondo intero? Perdere tutto quello che hai e che sei?»

Il fratello chinò il capo e abbassò il tono della voce.

«Se non cambio solo perché ho paura di perdere tutto, sarei come un pulcino che non vuole distruggere il suo uovo perché lo ha abbellito con dei quadri, un bel paio di tende di mussola e una stufetta nuova. Se vuoi rinascere devi distruggere un mondo. Non c'è nessun altro sistema».

«Ma cosa vuoi fare, si può sapere?»

Il fratello appoggiò il cacciavite sul tavolo e allungò le gambe sotto la sedia.

«Non lo so ancora. Ma credo che devo raggiungere un posto».

«Dove?»

«Vicino a noi. Dentro il bosco, verso est».

Lei si alzò di scatto e la sedia strisciò sui mattoni ruvidi. Il gatto balzò via.

«A est del bosco c'è un altro paese, altre case, città, altri uomini. Estranei, certo, ma sempre uomini sono, non l'hai appena detto tu? Che differenza c'è?»

Lui la guardò da sotto in su.

«C'è che oltre il bosco non significa alla fine del bosco, ma dentro. Non devi arrivare a superare nessun confine dopo quegli stramaledetti alberi. Non c'è un segno bianco che qualcuno ha tracciato col gessetto per terra che ti indichi dove sono i buoni e dove i cattivi. Quel segno è dentro di noi».

Lei incrociò le braccia davanti al petto.

«Allora che c'è oltre il bosco?»

«Dentro».

«Dentro il bosco, cosa c'è?»

Lui esitò un istante, poi si alzò anche lui e andò verso il camino, appoggiandosi alla mensola di pietra. In una tazza decorata con il banale disegno di un gatto rosa stilizzato e sorridente alcuni germogli crescevano tra pezze di cotone bagnate. Accanto alla tazza una carcassa di un vecchio cellulare grigio e azzurro fungeva da base per delle vecchie custodie di CD trasparenti, al cui interno sua sorella aveva attaccato alcune foto di famiglia. Passò il dito su una foto di sua nonna da giovane, vestita con un camice bianco.

Parlò con lentezza.

«C'è quello che sei veramente. Altri come te che hanno superato quella linea bianca».

Lei gli guardò le spalle cadenti e notò una macchia di sporco sulla camicia che avrebbe dovuto lavare.

«Hai appena detto che non c'è».

«No, ho detto che non c'è fuori».

«Non ti capisco. Fai discorsi senza senso. Non ti capisco».

Lui si girò e sorrise con accondiscendenza.

«Non fa niente. Non importa».

Lei si avvicinò e gli appoggiò una mano sul braccio.

«Quindi non te ne andrai?»

«Sì, me ne andrò», rispose guardandosi la punta delle scarpe. «Me ne andrò, ma non come pensi tu. Un giorno di questi non mi vedrete più».

Tutta la dolcezza sul suo viso svanì.

«Sono tutte stronzate. Queste Comuni belle e buone e perfette, sono tutte stronzate. Nel bosco non si coltiva. I cani sono lupi, e i maiali diventano cinghiali. Chi entra nel bosco da solo, non torna più. Non puoi più tornare indietro. Se ti scoprono i soldati, ma ci pensi? O morire in qualche fosso, di freddo, fame o chissà cos'altro. Questo c'è nel bosco, morte, morte e ancora morte».

I ciocchi di legno scoppiettavano, lanciando scintille sulle piastrelle di cotto lesionate.

«Se rimango, sono già morto. Me ne devo andare. Qui tutti sanno esattamente chi io sia senza avermi mai fatto una domanda. Voglio vedere con i miei occhi se quello che dicono è vero».

Lei supplicò.

«Cosa ti hanno raccontato. Chi? Dimmelo, dimmi chi?»

«Non importa chi. Ma so che nel bosco ci sono altri come me, che c'è un altro modo di vivere, un'altra via. Voglio vederlo, lo capisci? Voglio anche solo vederlo e poi posso morire in pace».

«Non c'è niente da vedere. Non c'è niente di niente. Devi tornare in te e rimanere qui, e rimanere vivo».

Lui le prese la testa fra le mani e la costrinse a guardarlo dritto negli occhi.

«Non è vita questa. Mi capisci? Non mi importa di morire, se quando muoio sono vivo. Vivo!»

La sorella lo afferrò per le spalle e lo scosse senza parlare, e continuò a scrollarlo finché lui non le bloccò le mani. La voce di lei tremò.

«Non puoi farlo. Non puoi farmi questo. Non puoi».

Lui l'abbracciò e la strinse forte contro il suo petto.

«Ti prego, ti prego non andare. Non andare».

«Zitta adesso. Basta. Non parliamone più, a cosa serve? Sarà quello che sarà».

Il fratello l'accarezzò finché smise di piangere. Le prese dell'acqua e la costrinse a bere. Lei si soffiò forte il naso. Fuori, nel rettangolo della finestra, un crepuscolo rosso esplodeva nel cielo. Nessuno dei due riprese più l'argomento. Mai più.

L'anca sinistra le doleva. Spostò il peso del corpo più indietro, ruotò il mento sollevandolo dal braccio piegato che le faceva da cuscino e guardò in alto. Le stelle tremavano nella stretta striscia di cielo sgombra dalle cime degli alberi. Poggiò il palmo della mano sul ventre e chiuse gli occhi. Inspirò aria nei polmoni finché non ne furono riempiti al punto da farle male, poi espirò rumorosamente. Lo fece altre due volte. Andava meglio.

«*De profundis clamavi ad te, Domine*. Signore, ascolta la mia voce».

Salmo centoventinove. Si raggomitolò, si strinse nel giubbotto e ben presto si addormentò.

GIORNO SEI

Si svegliava nel cuore della notte, in preda al terrore, urlando per la paura. Scoppiava a piangere quando apriva gli occhi e si spaventava per la sua cecità. In sogno vedeva scene raccapriccianti e terribili, cadaveri che tornavano in vita e mucchi di serpenti intrecciati e sibilanti in pozzi profondi e bui.

Era sveglia quando una luce pallida schiarì i ciuffi d'erba in superficie.

Da bambina aveva avuto un vestito di quel colore, verde pallido, con delle strisce gialle sui polsi e sull'orlo della gonna. Prese l'ultima mela e la succhiò prima di masticarla.

Forza, mangia.

Non aveva fame.

Dai, mangia. Dai. Forza, forza.

Mangiava la polpa mista al fango di cui erano ricoperte le sue mani.

Le braccia le dolevano. Aprì e chiuse i pugni e ad ogni movimento una miriade di pungiglioni si muovevano sotto la pelle delle braccia. Si sentiva così debole. Con un dolore lancinante alle reni, finalmente, si alzò e guardò verso l'alto. Lassù il fascio di luce si ispessiva.

Strizzò gli occhi nella semioscurità e vide che le radici che aveva pulito dal fango il giorno prima distavano circa un metro dalla cima.

Il rialzo di terra era franato sotto il suo stesso peso. Lo ricostruì trascinando altra terra che ammonticchiò con cura, definendo un paio di scalini per salirci sopra.

Si aggrappò alle radici e risalì con le braccia doloranti che tremavano. Scavò e scavò ancora dentro la parete di fango indurito, con la terra che si infilava sotto le unghie lacerandole la pelle delicata. I polpastrelli, ricoperti da una poltiglia di creta, sanguinavano.

«Forza, su, forza», si ripeteva ad alta voce».

I singhiozzi rimbalzavano in quello spazio angusto. La pancia la ingombrava e si sentiva debole. Scivolò altre tre volte verso il basso con i piedi che tremavano slittando sulla parete liscia. Si fermava per riposare, le mani sui fianchi e il fiatone. Si piegava un poco in avanti per quanto glielo permetteva la pancia gonfia per stirare la schiena, e poi ricominciava, digrignando i denti.

«Mamma» diceva, «mamma, aiutami».

La terra le cadeva sulla faccia, dentro gli occhi e il naso. Serrava le labbra e socchiudeva gli occhi, spostando il viso verso il basso per scrollare il fango.

Accecata dal terriccio sollevò al di sopra della sua testa la mano destra e percepì qualcosa di sottile e solido ancora prima di affondarla nella parete. Si raddrizzò e vide che l'ultima parte delle radici fuoriusciva dalla terra dura e si offriva a lei, nuda come un serpente di legno. Urlando per il dolore e la disperazione, le afferrò e si issò in alto a meno di mezzo metro dall'uscita. I muscoli delle braccia urlarono di dolore, la schiena le si spezzò. Tremando si arrampicò finché non riuscì ad aggrapparsi all'orlo della buca.

Riprese fiato per un istante, le mani sul bordo e le gambe penzoloni nel vuoto.

Ansimando, con un ultimo, disperato sforzo, avvinghiò il braccio sinistro al tronco dell'albero le cui radici aveva usato come corda e si trascinò fuori finché il ginocchio sinistro non riuscì ad agganciarsi al bordo e a fare leva. Tremando e urlando, serrò i denti e con una spinta ruotò faticosamente il busto fino a mettersi in posizione supina, e fu fuori.

«Va bene», disse. «Va tutto bene».

Rimase stesa sull'erba coperta di brina, piangendo e ridendo insieme.

Senza staccarsi dal tronco, si inginocchiò e si alzò in piedi. Le gambe tremavano. Si sporse a guardare la buca. In piedi, dritta sulla bocca dell'inferno, vide giù in fondo, tra i solchi che lei stessa aveva scavato nel fango, la sacca con il cibo. Portò la mano alla fronte.

Dio, no.

Ebbe un capogiro. Si allontanò rapidamente dal fosso per una decina di metri, si ripulì il volto con la manica del giubbotto lercio e si abbandonò sulle foglie con gli occhi chiusi.

Va bene. Va tutto bene.

Anche suo fratello si era abbandonato sul divano alla stessa maniera, così inerme, quella volta in cui era tornato a casa, ubriaco come non lo era mai stato.

Aveva socchiuso così delicatamente la porta dietro di sé che lei non lo aveva sentito entrare.

Quando il piede urtò la sedia lei ebbe un sussulto.

«Ehi, mi hai messo paura».

Barcollando verso il divano, si era lasciato cadere di peso. Puzzava di vino. Con la testa riversa all'indietro e gli occhi sbarrati verso il soffitto suo fratello non rispose.

«Tutto bene?» gli aveva chiesto.

Gli si era avvicinata e gli aveva sfiorato il braccio, ma lui si era spostato di scatto.

«Lasciami in pace».

La camicia bianca era macchiata di viola sul collo e anche le labbra erano color prugna. La sua testa era rimasta lì nel pub. Ma come, si chiedeva, proprio io? Proprio io?

Il fratello aveva appoggiato l'avambraccio sugli occhi chiusi ma il mondo aveva preso a vorticare sotto di lui costringendolo a riabbassarlo di scatto.

Era già brillo quando il Comandante era entrato nel pub. Si era accorto della sua presenza prima di voltarsi verso la porta, perché il brusio della sala si era interrotto di colpo. Seguendo lo sguardo dei suoi amici lo aveva visto, alto e asciutto, stagliarsi nitidamente sulla parete verde acqua. Quella specie di divisa di tessuto nero che indossava abitualmente lo rendeva ancora più austero di quanto non facesse la sua espressione seria.

Il Comandante aveva lanciato un'occhiata coprendo tutta la sala, e con il sigaro stretto tra i denti e l'occhio sinistro un poco socchiuso aveva retto quelle decine di sguardi puntati contro di lui con imperturbabile freddezza.

Cazzuto, era l'unica parola che era venuta in mente al ragazzo. *Cazzuto*, e nient'altro.

Il Comandante non era solo. Un soldato dallo sguardo torvo, corpulento e sudato, era rimasto sulla porta rollandosi del costoso tabacco con le dita tozze e callose mentre il Comandante si era diretto verso un tavolo vuoto, sedendosi da solo.

Il brusio era aumentato gradatamente e gli uomini nella stanza erano tornati alle carte, alle sigarette e al vino.

Tutti tranne il ragazzo brillo con la camicia macchiata di viola. Tutti, tranne lui. Non riusciva a togliergli gli occhi di dosso. Poi pensò a suo padre e una fitta di rimorso gli trafisse il petto. Si vergognò di ciò che aveva pensato e si sentì in colpa.

«Ehi, tocca a te».

L'amico attendeva con le carte in mano. Il ragazzo lo guardò con occhi assenti, afferrò il bicchiere che aveva accanto, lo vuotò di un fiato e se lo riempì di nuovo, prima di mettere giù un asso di bastoni. Resisteva all'impulso di guardarlo, ma ne avvertiva la presenza anche senza vederlo.

Poi successe.

Sentì i toni che si alzavano e la voce di una donna che sovrastava tutte le altre.

Si voltò di nuovo verso il Comandante, giusto in tempo per vedere la giovane cameriera bionda con la brocca in mano che faceva un passo indietro mentre il vino gocciolava dall'elegante divisa dell'uomo fino al pavimento.

Nella sala calò un silenzio pesante come una coperta bagnata. Il Comandante si sfilò dalle labbra il sigaro fradicio con estrema lentezza. Chissà da quale distretto lo faceva arrivare, e chissà quanti passaggi di distribuzione erano fatti prima di essergli consegnato.

«Di nuovo tu».

La sua voce era roca e profonda.

«Non l'ho fatto apposta».

Gli occhi della donna sfavillavano.

«Non lo fai mai apposta».

«Davvero, lo giuro, mi scusi signore».

«È la terza volta».

La ragazza alzò il mento.

«Non è vero».

Il Comandante sollevò il braccio per colpirla con un manrovescio, la donna si coprì il volto con l'avambraccio ma lui cambiò idea e colpì il tavolo con un pugno.

«Prendi uno strofinaccio, muoviti».

La ragazza rimase immobile a guardarlo con aria strafottente, mentre il vino gocciolava dal mento del Comandante. Lui ruotò la testa e con sguardo feroce scandì lentamente:

«Ho detto, muoviti».

Niente. La ragazza rimase lì dov'era. Il ragazzo l'ammirò. Il Comandante e la cameriera si fissarono per un lungo istante, finché il Comandante la afferrò per le spalle e la scaraventò sul tavolo, sopra le posate, il bicchiere e il cibo e la schiaffeggiò. Il ragazzo fece per alzarsi ma una mano gli afferrò il braccio.

«Stai giù».

Guardò quella mano ruvida che lo bloccava.

«Lasciami».

L'amico non lo fece.

«Quella lì non paga le tasse. Lo sanno tutti».

«E quindi? È sufficiente questo per essere picchiata?»

«No. Per essere picchiata è sufficiente fare la stronza».

Il Comandante la schiaffeggiò ancora e ancora, ma nessuno intervenne. Solo la voce della ragazza squarciava quel silenzio denso.

«Basta, basta!»

L'amico che lo tratteneva scosse il capo.

«Non farlo. Stanne fuori».

«Così l'ammazza».

«Due ceffoni non hanno mai ammazzato nessuno».

«Ma io, devo…»

«Tu devi farti i cazzi tuoi».

«Io non sono come te».

«No, infatti tu sei ubriaco e io no. Stai buono, dammi retta».

In quell'istante il Comandante si fermò.

«Alzati».

La voce della ragazza tremava.

«Basta, per favore».

«Alzati».

Malgrado il tremore la donna si sollevò senza mostrare alcuna remissività.

«Vai».

La cameriera non si mosse.

Di nuovo si fronteggiarono, e il Comandante socchiuse l'occhio sinistro e si passò il dorso della mano sul mento. Dopo un lungo silenzio, afferrò la camicia della donna e con un solo gesto gliela strappò dal collo alla vita. Lei lanciò un urlo ma l'uomo non ci badò. La guardava dritto negli occhi, tenendo stretto tra le dita il pezzo di stoffa con cui si puliva il volto, il mento e infine il vestito. Non cessò mai di guardarla mentre lei cercava inutilmente di coprirsi con le mani il seno quasi nudo.

«Non ti affannare a coprire una cosa che ho visto molte volte».

Il Comandante le lanciò lo straccio in faccia. Il pezzo di stoffa svolazzò e si accucciò ai piedi della cameriera. Qualcuno rise. La ragazza arrossì e abbassò, finalmente, la testa. Le risate aumentarono.

Il Comandante si passò una mano sui capelli brizzolati e poi si voltò, dirigendosi verso l'uscita. Con passo deciso varcò la soglia e sparì tra le ombre della sera, seguito dal suo scagnozzo, senza salutare nessuno.

Solo allora il ragazzo percepì la mano dell'amico che gli artigliava ancora il braccio. Sollevò il gomito facendo allentare la presa. Il ragazzo si alzò, e l'amico scosse la testa.

«Mettiti seduto, se l'è meritata».

Il ragazzo non si sedette, fissava la ragazza quasi nuda che si era chinata a raccogliere il pezzo di camicia strappato. Fu allora che la ragazza se ne accorse e, sostenendo il suo sguardo, con voce alterata, disse: «Cos'hai da guardare?»

Fu il suo turno. Decine di sguardi furono su di lui. Deglutì. Gettando uno sguardo fugace sugli uomini presenti nella stanza, senza pensarci, rispose con la voce più ferma che possedeva.

«Stavo cercando di ricordare se noi due avessimo mai fatto affari insieme, qualche volta».

La ragazza aggrottò le sopracciglia. Lui deglutì di nuovo.

«Non mi spiacerebbe avere un credito con te», disse indicando la porta dalla quale era appena uscito il Comandante, «come li ha lui, se ho ben compreso il pagamento».

La stanza intera scoppiò in una sonora risata. La ragazza arrossì di nuovo e corse via. L'amico, ridendo a crepapelle, lo strattonò di nuovo verso il basso.

«Siediti, siediti, brutto pazzo».

Gli amici gli versarono altro vino, riferendosi per tutta la serata alla sua battuta, e che sarebbe stato meglio non avere debiti con lui per non essere sodomizzati. Lui rideva e non parlava, e pensava che la cameriera aveva i capelli dello stesso colore di quelli di sua sorella, e che avrebbe voluto che il Comandante fosse rimasto per sentire la sua battuta.

Fu allora che iniziò a odiarlo.

Il ragazzo sentì il bisogno di vomitare. Sua sorella stava strizzando lo strofinaccio sul secchio pieno di acqua e sapone. Una spallina della canottiera le era scivolata dalla spalla. Il fratello si riscosse dai suoi pensieri e si sollevò dal divano su gambe incerte. Vacillando inciampò su una sedia e lei gli corse incontro afferrandolo prima che cadesse. Lui si divincolò dalla sua presa, allontanandola come se scottasse.

«Copriti».

Lei abbassò lo sguardo, notò la spallina e la risollevò. Lo vide sparire ondeggiando verso il bagno e lo sentì vomitare.

Quella notte qualcosa cambiò in lui. Se ne accorse da come scuoteva la testa quando sentiva fischiare il vento dalle imposte sconnesse o da come annusava l'odore della casa appena varcava la soglia, irritandosi ad ogni scricchiolio del pavimento di legno.

Forza, alzati ora, si disse. Fece molta fatica a rialzarsi. Forza, andiamo. Doveva essere quasi mezzogiorno, ed era infreddolita e assetata. Si rimise in cammino su gambe malferme. Prestava la massima attenzione a dove metteva i piedi e questo rallentò ancora di più l'andatura.

Raggiunse la cima di un piccolo rialzo e fece un giro su se stessa, ma fu inutile. Alberi, e nient'altro. Si era persa. Scese dal rialzo e seguì una direzione a caso.

«Vedrai che andrà tutto bene, amore di mamma. Fidati di me», diceva. «Tutto bene».

Dopo alcune ore notò che gli alberi si diradavano e sterpi dritti e puntuti si rizzavano dalla terra. Su un terreno del genere eventuali buche sarebbero state coperte per bene. Un bastone, ci voleva un bastone. Si guardò attorno, e ne vide uno poco più lontano, ricurvo e coperto di licheni, ma solido. Debole com'era non sarebbe riuscita a proseguire in quel groviglio di piante.

Il vento che soffiava alle sue spalle era gelido, doveva essere tramontana e, dunque, giungere da settentrione. Se il ragionamento era corretto, aveva sbagliato direzione e stava proseguendo verso sud. Sentiva di nuovo odore di pioggia.

Dio mio ti prego fa' che non piova.

Umido e terra bagnata. Freddo che aumentava.

Stanca, sono troppo stanca, mi devo fermare, ora.

Cercò un riparo benché fosse ancora pomeriggio. Fu in quel momento, mentre strascicava i piedi sul terreno, che si sentì osservata.

Si fermò voltando la testa di scatto e intravide un'ombra lontana tra gli alberi alla sua destra. Un cane. Un'ombra, forse di cane. Ferma dritta immobile. Fece un passo indietro senza perderla di vista, poi si ricordò delle buche e si voltò rapidamente per vedere dove appoggiava i piedi. Quando si voltò di nuovo, cercò di rimettere a fuoco l'ombra tra gli alberi, ma non c'era più. Deglutì. Si voltò a guardare in ogni direzione, e le parve che un'ombra sbucasse ora di fronte a lei, ma in un battito di ciglia non c'era di nuovo più.

Si allontanò nella direzione opposta più velocemente che poté. Guardò in alto, ma gli alberi erano tutti troppo alti per lei. In quelle condizioni non sarebbe mai riuscita ad arrampicarsi. Ampi brividi le correvano giù per la schiena.

Dopo un paio d'ore di cammino, poco prima dell'imbrunire, fu fermata da un ingombrante tronco coperto di muschio che le sbarrava la strada. Con il palmo della mano ne sfiorò la corteccia rugosa. Nerofumo sul tronco, spaccato in due verticalmente da un fulmine. Lo aggirò tutto in tondo finché non trovò un punto perfetto tra le due metà e, scavalcandolo, si rannicchiò al riparo dal vento.

Si stava bene. Aveva tenuto con sé il ramo appuntito e si distese al riparo stringendolo forte tra le mani. Dormì poco e male, si svegliava in continuazione. Il bosco sembrava animato da ombre fugaci. Le faceva male lo stomaco ma con gli occhi spalancati sull'oscurità che l'avvolgeva, non pensò al freddo, né alla fame. No.

Stretta a se stessa nel cuore della notte, pensò che era fortuna.

Perché non pioveva.

GIORNO SETTE

Si svegliò con un gran mal di testa. Le dita erano cianotiche e le dolevano. Sul tronco dell'albero caduto un velo di brina creava strani effetti di macchie bianche. Si sollevò a fatica sui piedi gonfi. Il braccio destro non le obbediva e il fianco sinistro era un unico pezzo di dolore. Fece qualche passo per sgranchirsi improvvisando, flessioni, torsioni, un po' di stretching che le avevano insegnato a scuola. Ogni volta digrignava i denti trattenendo un lamento.

Quando doveva orinare, cercava un cespuglio. Si nascondeva dopo aver controllato che alle sue spalle non ci fosse nessuno.

Si accucciò. Non sentiva quasi più le dita. Il vapore dell'urina si sollevò dalle sue gambe. Notò che le dita delle mani erano grigie. Strofinò palmo contro palmo e massaggiò il dorso. Erano intorpidite e non ne avvertiva completamente il tatto. Ricordò di aver sognato acqua calda. Un'enorme tinozza fumante di acqua calda proprio al centro di una stanza surriscaldata dal fuoco di un camino. Immergeva le mani e le ritirava arrossate, palpitanti, con le dita gonfie. Bollite.

Il ginocchio era annerito. Seguì il livido con lo sguardo, si sollevò il vestito sul fianco e vide una enorme macchia, viola e gialla sul gluteo e su tutto il fianco destro. Sotto il primo strato di pelle e sopra quel lago viola, minuscole vene rosse disegnavano una fitta ragnatela di sangue.

Il vento si era calmato. Camminò a casaccio, strofinandosi le mani in continuazione, finché non notò due pendii sui quali si estendeva un campo di colchici rosa-violetto semi nascosti dalla copertura vegetale delle piante boschive. Un versante era più colorato dell'altro, nella stessa direzione di entrambi i pendii. Piante più fitte e più alte. Si fermò a riflettere. I fiori cercavano il sole, così il pendio con più fiori doveva essere quello più soleggiato. Raccolse un colchico. I pendii più soleggiati erano quelli rivolti a sud.

Andiamo piccolino mio. Diamo retta ai fiori.

Seguendo quella bussola naturale, si orientò verso est.

Dopo qualche ora le dita iniziarono a pruderle in modo irrefrenabile. Gettò il fiore floscio. Erano diventate gonfie, rosse e completamente ricoperte di vesciche. Si grattò e alitò sulle mani continuando a camminare. Era il freddo. Non sapeva quanta strada avesse percorso, quanto ancora avrebbe dovuto camminare. Se non avesse trovato un riparo, del cibo caldo, non ce l'avrebbe fatta. Le mani avevano già iniziato a morire.

Lo stomaco brontolava.

Che fame, figlio mio, sì. Tanta. Troppa.

Sete. Le labbra erano spaccate dal freddo e dalla disidratazione. Faceva fatica a deglutire. Guardava con attenzione il terreno sul quale appoggiava i piedi, strascicandoli sull'erba e solcando le foglie secche. Le girava la testa.

In fondo a sinistra, davanti a lei.

Si fermò.

Qualcuno stava ridendo.

Si avvicinò senza far rumore, il corpo tremante. Quando fu abbastanza vicina notò che da un certo punto in poi gli alberi si interrompevano: doveva esserci una strada lì sotto. Non si trovava in una posizione vantaggiosa. Guadagnò alcuni metri e si fermò di nuovo. Qualcuno parlava, non più lontano di una decina di metri.

Vide delle teste coperte da berretti di lana che si muovevano avanti e dietro. Quante? Cinque, forse sei. La pendenza del terreno la poneva più in alto di loro. Lo stomaco brontolò. Coperta di fango secco dalla testa ai piedi, si domandò se avessero dei cani. Non sentiva abbaiare ma questo non significava niente.

Camminò piano, quasi carponi, superando quelle voci finché non le udì alle sue spalle, poi arrancò verso la strada. Quando arrivò a un varco che si apriva tra il fogliame si acquattò tra i cespugli e strizzando gli occhi sull'asfalto grigioperla spaccato per tutta la lunghezza, ne intravide le sagome. Uomini armati a un posto di blocco.

Cercò di cogliere i loro movimenti laggiù. Indossavano giubbotti pesanti, e tre di loro stavano mangiando qualcosa, seduti sui sedili sventrati del telaio di una vecchia utilitaria rossa abbandonata al centro della strada, senza pneumatici e arrugginita.

Deglutì. Quegli uomini, laggiù, a quindici, forse venti metri più in basso, dovevano avere cibo. Un posto di blocco poteva durare anche due, tre giorni di seguito. Cibo, coperte. Qualcosa di caldo da bere. Dei fiammiferi.

Su, andiamo, ci poteva provare almeno. E se stessero cercando proprio lei? Un posto di blocco a un bivio tra due strade principali. Che idiozia. Avrebbe dovuto viaggiare per le strade asfaltate o sul carro di qualcuno, ma chi si sarebbe preso il peso di una come lei, rischiando i lavori forzati? Nessuno.

Ci poteva provare.

Quindici anni prima, a scuola, il volto bonario del presentatore-insegnante spiegava ogni giorno le lezioni che loro dovevano ripetere per impararle a memoria, interrogati dal Caporale scelto addetto all'istruzione. Alla fine delle lezioni, prima di far andar via la classe, il Caporale faceva loro ripetere un'ultima frase: «I soldati sono l'unica garanzia contro la barbarie, l'anarchia e il caos. I soldati sono la vita nella morte. La difesa del debole e dell'impotente. L'ultimo baluardo della civiltà».

La voce dei bambini durante la lezione era stridula per via dello sguardo severo dei soldati Controllori puntato su di loro. Chi sbadigliava, veniva messo in castigo e addio pranzo per quel giorno. L'intonaco verdognolo della sala grande dell'edificio scolastico si staccava rivelando il bianco precedente. Un crocefisso sovrastava la televisione posta in alto su un sostegno di legno grezzo che portava impresso a fuoco il simbolo del loro distretto, un aratro e una spiga di grano.

I soldati sono l'unica garanzia contro la barbarie, l'anarchia e il caos.

Ci poteva provare.

Tornò sui suoi passi e fece il giro largo, assicurandosi di rimanere nascosta alla loro vista. Doveva passare dalla parte posteriore: se erano concentrati a guardare avanti e si davano il cambio per riposare dentro la carcassa dell'autovettura, se era fortunata, non ci sarebbe stato nessuno sul retro. Lì dovevano essere le provviste. Ci poteva provare. *Doveva* farlo.

Si avvicinò con cautela, senza far rumore, nascondendosi tra i cespugli. Come aveva supposto, erano rivolti nella direzione contraria. Perfetto. Si avvicinò ancora. Tra lei e la carcassa della vecchia automobile intorno alla quale stavano bivaccando i soldati vide dei sacchi di iuta. Poteva essere cibo. *Doveva* esserlo. Cos'altro?

Cadaveri? In sacchi di iuta? Non erano sporchi di sangue. Si avvicinò ancora un po'. Gettò lo sguardo oltre il posto di blocco. Nessuno oltre la strada asfaltata sul versante opposto al suo, che riportava dritto nel bosco. Nessuno dietro di lei, nessuno voltato verso di lei. Si avvicinò un altro po'.

I sacchi erano a una decina di metri, ma per avvicinarsi a rubarne uno doveva uscire allo scoperto. Valutò con attenzione. Potevano pesare cinque kili circa, a giudicare dalla grandezza, ma non poteva esserne sicura, dipendeva da cosa contenevano. Quanti erano? Provò a contarli, forse otto. Forse di più. Protetta dalla fitta boscaglia, guardò ancora verso il gruppo di uomini armati seduti nella macchina. Due erano in piedi ma, come gli altri, voltati dall'altra parte.

Trattenne il respiro. Strisciò fuori dai cespugli e coprì con due passi i tre metri che la separavano dalla civiltà. Ancora un altro passo e sarebbe stata visibile. Doveva essere veloce. Fece un altro passo in avanti, lo sguardo fisso sui soldati voltati di spalle e sentì un rumore alla sua destra.

Un giovanissimo soldato, segaligno e nervoso, era seduto per terra, con le spalle appoggiate a un tronco. Seduto a guardia delle borse. Impossibile vederlo. Impossibile fino a quel momento.

Ora, invece, lo vedeva benissimo.

Si guardarono per alcuni istanti, l'uno più spaventato dell'altro, la donna con il viso sporco di fango e il ragazzino con il fucile a tracolla. Il ragazzino cercò a tentoni il fucile appeso alla sua spalla e lei scartò all'indietro ma il pancione la rallentò, intrappolandola nel terreno fangoso. Immobilizzata, si portò le mani al ventre. Lui si fermò, abbassò lo sguardo su quelle mani rosse e screpolate.

Quando lo rialzò i suoi occhi erano cambiati. Una lanuginosa peluria gli ombreggiava il labbro superiore, il naso era arrossato e la camicia era per metà fuori dai pantaloni. Qualcuno che era seduto in macchina lo chiamò. Il ragazzino aveva una voce stridula, da bambino.

«Arrivo!»

Si infilò frettolosamente la camicia nei pantaloni sollevando il giubbotto scolorito senza mai distogliere lo sguardo da lei. Lei notò una grossa toppa cucita sulla manica con il logo di una associazione dilettantesca per la pesca alla trota, mezza scolorita.

Lo chiamarono di nuovo, e lui si voltò nella loro direzione. Quando ritornò a guardarla scosse lentamente la testa da destra a sinistra e poi di nuovo: *no*. Lei capì.

Staccò gli stivali pesanti dalla mota di fango e tornò nella boscaglia, aggrappandosi ai tronchi ruvidi delle querce che crescevano di sbieco rispetto al terreno in discesa finché scomparve silenziosamente alla sua vista.

Solo quando fu al sicuro nel buio del fogliame, appena tre passi oltre il bordo dell'asfalto, si accorse del cuore che le batteva fino a farle male. Con le mani tremanti contro le labbra chiuse, sfinita, si accucciò contro le radici di un albero.

Riprese fiato ascoltando quelle voci sconosciute finché non sentì un tonfo alla sua destra. Lanciò un'occhiata verso il punto da cui aveva tentato di uscire poco prima e vide un piccolo pacco bianco sul muschio. Si alzò. Guardo a sinistra, davanti e anche dietro e poi si mosse senza fare alcun rumore.

Era un contenitore di latta ammaccato e arrugginito sui bozzi. Lo aprì facendo un po' di forza e il coperchio scattò. Reggendola sul palmo della mano sinistra guardò il pezzo di stoffa che avvolgeva qualcosa. Sollevò la testa verso il punto in cui aveva incontrato il ragazzo, verso i tronchi e i rovi.

Afferrò la mela e le due grosse fette di pane liberandole dallo strofinaccio di cotone e solo allora vide che sul fondo della scatolina era scritto col nerofumo e con una grafia da bambino: "rimettila a posto".

Cancellò la scritta con le dita della mano, sporcando il fondo di creta, poi rimise giù il contenitore e si allontanò. Quando fu abbastanza lontana divorò il panino ingoiando senza masticare. Accelerò il passo, meglio non rischiare un ripensamento del ragazzino.

Davanti a lei, oltre un breve promontorio, un declivio dolce ma costante la immise in una penombra più fredda. Si fermò. Controllò di nuovo che la direzione fosse quella corretta, usando la strada asfaltata come riferimento. Lo era.

Il cielo si intravedeva appena attraverso quel fitto intreccio di rami e l'odore di muffa putrida si faceva più acuto. Fece dietro front e tornò su quello che sembrava un confine invisibile tra due regioni simili ma non uguali. Oltre quel piccolo rialzo, un evidente declivio tagliava con una linea immaginaria una parte di bosco che diventava più incolta.

Aveva capito dov'era. Suo padre gliene aveva parlato, perché erano state fatte delle bonifiche per mettere in sicurezza alcuni tratti boschivi al fine di ricavare legname e zone di caccia, ma i progetti erano stati abbandonati perché laggiù non ci andava più nessuno. Nemmeno i cacciatori.

Con la mela stretta nella mano sospesa a mezz'aria, valutò. I posti di blocco erano sulle strade. Pochi soldati si sarebbero avventurati in quell'intrico selvaggio di rami e buche. Però la stavano cercando, e qualcuno, prima o poi, avrebbe osato di più. Il bosco era la sua unica salvezza. Quello vero, quello inospitale e cupo che si stendeva davanti a lei.

Superò il promontorio e già dopo pochi passi la luce filtrava a malapena.

Nemmeno io so tessere una trama così stretta al tombolo. Fiori e foglie, e cesti di uva. L'ultima volta aveva filato un angelo per una tenda, con tanto di ali e di aureola. Un angelo con la tromba. Avrebbe dovuto cercare un riparo per la notte già durante il pomeriggio. Le ore di luce sarebbero state minori. Per lei, ma anche per i soldati.

Ce la posso fare?

Fulmineo come il riflesso del sole su uno specchietto, le balenò un ricordo, e seppe con certezza qual era la risposta alla sua domanda.

La mattina in cui raggiunse la maggiore età, lo stesso anno in cui suo fratello sarebbe andato a prestare servizio obbligatorio alla ferrovia, lei svenne e sua madre le regalò un rossetto. Quando glielo diede, lei non credeva ai propri occhi. Ne aveva solo sentito parlare ma non ne aveva mai visto uno.

«Ti piace?»

Sul tappo verde, la sigla N-172 a caratteri dorati e tutt'intorno, avvolgendosi a spirale, lo slogan: "Ingegneria. Plastica e vetro. La terra ci salverà".

Osservò il marchio ovale raffigurante una coppa e una siringa, centrato su quel tubetto verde e oro, reggendo il tubetto nel palmo della mano tesa.

«Credo di sì».

«Aprilo, vedi com'è».

Il coperchio scattò con un click e la pasta cremosa, di un bel rosso vivo, si affacciò dal tubo di plastica.

«Guarda, si fa così, come se volessi svitare sotto e lui sale su».

La madre le mostrò come tirare fuori il rossetto.

Lo annusò. Non somigliava a niente che lei conoscesse. A pensarci bene, forse aveva lo stesso odore delle candele di cera d'api. Un poco. Il vecchio orologio a pendolo rintoccò nove volte, l'odore caramellato del caffè di cicoria si spandeva nella cucina e sua madre la guardava sorridendo.

«Hai l'età giusta. L'ho preso dal carro del baratto, ne avevano un paio. Provalo».

Corse in bagno e spalmò quel carminio vivo sulle labbra, cercando di non farlo sbavare. Lo specchio mangiato dal tempo, che ne aveva lasciato tutt'intorno delle macchie grigiastre, le rimandò un'immagine diversa di se stessa. I capelli scarmigliati e la frangia impari, tagliata storta da sua madre, mal si accoppiavano a quel colore vibrante e lucido. Aprì l'anta dello specchio e tirò fuori le pinzette. Strappò via dei peli che le crescevano tra le sopracciglia, si sollevò i capelli e li legò. Nemmeno quello fu sufficiente. L'ultimo tentativo fu di aprirsi la camicia e denudare le spalle. Niente. Quel rosso era troppo rosso per tutto. Sorrise senza circostanza, tirando su i lati delle labbra. I denti erano macchiati dalla pasta colorata. Si piegò immediatamente sul lavandino e li sciacquò. Quando si sollevò, il rossetto non era andato via del tutto ma aveva lasciato un alone fucsia tutt'intorno alle labbra.

Quando tornò in cucina, sua madre stava tostando la radice di cicoria sulla cucina a legna.

«Be', e il rossetto?»

L'abbracciò.

«Bello, mamma, lo metterò in qualche occasione speciale».

«Stasera se esci, con qualche amica, sì?»

La ragazzina scrollò le spalle.

«Non so».

«Hai avvisato qualcuno del tuo compleanno?»

«No».

«Vuoi avvisare qualcuno?»

«No».

«Un'amica?»

«Ho detto di no».

Sua madre le accarezzò i capelli.

«Come vuoi. Ora mangia».

Si sedette e prese una fetta di pane abbrustolito, spalmandoci sopra della marmellata di albicocche. L'aveva appena addentata quando qualcuno bussò.

«Nonna!»

Indossava il solito vestito nero, liso e bucherellato sulla minuta figura ricurva. I capelli bianchi tagliati corti e fissati sulle tempie da due forcine. Entrò con un sorriso senza denti portando una torta con la crema.

«Tanti auguri».

Le corse incontro e l'abbracciò.

«Grazie, nonna».

«Tuo fratello dov'è?»

«È uscito presto, non ha detto dove andava ma torna per pranzo.

«Bene, allora questa la mangiamo a pranzo».

«Ma, nonna».

«Niente ma».

«E va bene».

Le offrì una sedia. Fecero colazione con pezzi di pane affogati nel succo d'arancia finché qualcuno non bussò di nuovo, con forza. Sua madre si alzò per andare ad aprire.

«Deve essere la vicina con la pasta madre. Le ho passato il lievito per il pane due settimane fa. Vediamo se questa volta è riuscita a tenerlo in vita con i rinfreschi».

Ma non era la vicina. Era invece un uomo tarchiato, senza collo e con le mani piene di calli. Scarlatto per la corsa disse che aveva bisogno dell'infermiera, e che sua moglie stava per partorire.

La nonna prese subito la sciarpa di lana e se l'avvolse attorno alle spalle esili.

«Andiamo».

La ragazza si intromise:

«Voglio venire anche io».

La madre scosse la testa.

«Non se ne parla neppure».

«Sono maggiorenne, ora posso».

L'uomo si asciugò il sudore con un fazzoletto bianco.

«Decidiamo in fretta, per favore».

La nonna disse vieni, e si avviò all'uscita.

La ragazza la seguì, e insieme salirono sul carro.

La casa dove arrivarono era piena di donne. La partoriente era stesa sul letto, madida di sudore e stremata. Piagnucolava scuotendo la testa da una parte e dall'altra. Una donna grassa e tarchiata le asciugava la fronte e le sussurrava qualcosa. In un angolo lontano, tre vecchiette bisbigliavano.

Quando arrivò l'infermiera, le altre donne si fecero da parte, salutandola sottovoce. Appena ebbe visitato la donna distesa sul letto, cominciò a dare ordini a ognuna di loro. Acqua calda, un mucchio di asciugamani puliti, una striscia di cuoio da stringere tra i denti. In un attimo le donne sciamarono per la casa.

La nonna si alzò le maniche della maglia rattoppata, si infilò un paio di guanti di lattice e si inginocchiò. Con fermezza infilò la mano tra le cosce della donna incinta e frugò tra quella carne spalancata e inerme. Quando la tirò fuori, le dita erano sporche di grumi neri di sangue e di una sostanza vischiosa bruno-verdastra dall'odore acre.

«È qui, è pronto».

La nipote, che era rimasta in disparte, ebbe un capogiro. Arrivò l'acqua, e gli asciugamani si colorarono subito di rosso. La puerpera urlava.

La ragazzina trattenne un conato. Nella stanza tutte avevano qualcosa da fare, tranne lei che guardava senza capire. Sopra tutte, la voce di sua nonna, roca e ferma.

«Adesso. Spingi».

La donna era rossa per lo sforzo, aggrappata alla testiera del letto di ferro battuto. In mezzo alle sue gambe completamente spalancate, la testolina pelosa e insanguinata dilatò la fessura per uscire. La donna continuava a spingere, incitata da tutte.

Il cocuzzolo che si intravedeva cominciò a diventare prima azzurro, infine viola.

«Spingi, forza, dai, andiamo, spingi cara, spingi dai, forza, dai, spingi, coraggio bella».

La donna urlava, sudava, digrignava i denti, e piangeva.

«Basta ora, riposati».

La nonna si voltò verso una signora lì accanto.

«Prendi le forbici».

La nipote aveva le unghie delle mani ficcate nei palmi e tutti i muscoli tesi. Intravide il luccichio delle forbici di acciaio, tra i vapori dell'acqua bollente che avvolgevano tutte quelle donne, e avvertì l'odore dolciastro e ferroso del sangue. La donna riprese a urlare e spingere. Un corpicino raggrinzito e gracile, sporco di una sostanza grassa e unta, comparve tra le mani di sua nonna. Sentì un urlo agghiacciante e intravide la macchia di sangue che si allargava velocemente sotto le gambe della puerpera mentre il corpicino veniva avvolto dolcemente in un lenzuolo.

Poi, più nulla.

Fu risvegliata dalle urla di un neonato che si rincorrevano per la stanza. Qualcuno le bagnava la fronte. Sua nonna era ancora inginocchiata davanti alla partoriente ma lei non ebbe la forza di guardare ancora.

«La donna è…?»

«Sta bene».

Una signora le teneva sollevate le gambe.

«È un bellissimo maschio, e lei sta bene».

La ragazza soffocò un singhiozzo nel petto, poi un altro e un altro ancora, finché non si abbondonò a un pianto confuso. Le altre donne risero.

«Come ha fatto? Come ha fatto?»

Una voce anziana, dal fondo della stanza, le rispose.

«Le donne fanno questo, e molto altro».

Tutte risero, scuotendo la testa, ma non lei. Lei piangeva a dirotto, senza riuscire a fermarsi.

Sua madre la vide rientrare a casa a testa bassa.

«Cosa c'è?»

«Niente. Vado di là».

La madre guardò la nonna, che scosse la testa.

«È come te, che ti impressiona il sangue. Uguale. Ma si abituerà».

A pranzo, la ragazza non mangiò quasi niente. Suo fratello lo notò.

«Che hai?»

«Niente».

«Perché non mangi?»

«Non ho fame».

«Stai male?»

«Ho detto che non ho niente».

«Ma nemmeno la torta?»

«Lasciami in pace».

Il fratello sollevò le spalle e mangiò anche la sua porzione di dolce.

Quella notte, mentre tutti dormivano, si alzò e camminò scalza fino all'albero di ulivo. Qualcosa si mosse accanto a lei, frusciando sul lato destro del vialetto. L'aria era umida e fresca. Rabbrividì mentre camminava lentamente. L'ulivo apriva la sua chioma al cielo. Pestò le grosse radici e sentì la corteccia ruvida sotto le palme dei piedi. Si arrampicò al buio, graffiandosi le gambe e gli avambracci e si raggomitolò sul suo ramo preferito, in silenzio, ascoltando solo il proprio respiro. Rientrò a casa all'alba, serena, mentre gli altri dormivano ancora.

Della mela masticò anche i semi e gettò via il picciolo. Si inoltrò nel bosco buio dove gli alberi diventavano più serrati, perché era quella la giusta direzione.

Le donne fanno questo, e molto altro.

Pensò al ragazzino che era rimasto senza pranzo. Dal terreno in discesa coperto da steli d'erba e foglie secche si sollevava una sottile nebbia lattiginosa.

Camminò per ore tra il fogliame putrido e l'odore di muschio e di muffa. Niente sole, niente rialzi collinari visibili, zero orientamento. I tronchi erano coperti di muschio dalla base ai rami più alti. Si accorse subito di essersi persa.

Tornare indietro per andare dove?

Proseguì dritta, a casaccio, scegliendo il terreno sgombro e l'appoggio più comodo, alla ricerca di un punto di riferimento. Uno qualsiasi.

La bruma si era sollevata da terra e le arrivava ai polpacci. Non sentiva più i piedi, soprattutto quelli. Erano diventati due ciocchi di legno. Camminava sulle caviglie.

Trovò riparo per la notte raggomitolandosi tra le radici esposte di un grosso albero. Aveva ammucchiato ramoscelli viscidi per l'umidità erigendo pareti curve alte mezzo metro a formare un recinto tutt'intorno a sé, coprendolo con foglie secche e muschio. Quando si posizionò per dormire, pensò che era un buon riparo.

Una grezza bara di legno con il coperchio fatto di nebbia.

GIORNO OTTO

Fu svegliata dai rami degli alberi che sfregavano l'uno contro l'altro. Per un attimo non seppe chi era, né dove. Appena una frazione di secondo, nemmeno un barlume di infinto, e il terrore l'afferrò, scaraventandola fuori dall'illusione. Si sedette di scatto. Strizzò gli occhi nel buio e tornò in sé.

L'aurora cominciava appena a schiarire le tenebre, ombre, profili di cose sconosciute. Un vento sottile aveva diradato la nebbia, e il freddo era aumentato.

Gemendo, rovesciò con ampi movimenti delle braccia le fragili pareti della barriera di rami. Che giorno era? Non lo sapeva più.

Macchie di pietre chiare sul terreno nero e fertile di humus. Niente da mangiare. Niente di niente.

A destra o a sinistra? È uguale, tutto uguale figlio mio.

Continuò a vagare, alla ricerca di un punto di riferimento.

Dopo un paio d'ore, una lunga fila di alberi bassi le mostrò alla sua sinistra, distanti e imponenti, le cime nebbiose delle montagne che si susseguivano come denti irregolari. Da bambina le aveva viste, qualche volta, da lontano, quando andava giù in paese a comprare gli oggetti che venivano portati da altri distretti.

Doveva tornare indietro. In linea d'aria stava andando nella direzione sbagliata. Stava tornando a ovest.

Tirò fuori dalla manica del giubbotto la maglia di cotone e la strofinò sui denti, prima che l'aria ossidasse la saliva.

Orme di cinghiale allineate lungo il medesimo asse, alcune più grandi altre più piccole, si perdevano sotto il selvaggio intrico di rami secchi che invadeva il terreno. Le seguì scostando i rami con i piedi laddove il suolo non era coperto dal compatto e soffice tappeto di muschio e proprio dove il terreno era più cedevole, le orme si facevano più profonde. Si chinò su quelle buche artificiali e leccò il fango. Aveva un sapore disgustoso e lo sputò. Provò a passare all'orma successiva ma era la stessa cosa. Si guardò intorno alla ricerca di altre piccole buche da cui ricavare acqua. Trovò altre orme e provò a bere quel liquido stagnante dal sapore acido. Niente da fare. Si sollevò più assetata di prima.

Distanti, obelischi di edera e muschio coprivano i pali della luce arrugginiti dal tempo, senza fili. Tutti rubati, riutilizzati e distrutti.

Piccoli sentieri si sbottonavano per alcuni tratti nel tessuto di terra nera del bosco, ciò che rimaneva di vecchi percorsi per escursionisti. Li seguì per un pezzo, trovando tregua dal timore delle buche, finché non scomparvero di nuovo, sommersi dalle erbacce. Enormi frammenti di roccia segnavano sentieri naturali tra i tronchi marci sui quali crescevano nuovi alberi.

Quando ritrovò il sentiero più o meno visibile inciampò nei fili di ferro arrugginito e contorto che aveva delimitato la strada percorribile dai gitanti.

Sua nonna le aveva raccontato di gite nel bosco, pic-nic nei pressi di due grandi laghi gemelli a una quarantina di km a est del paese, gare di pesca alla trota e bagni in un ruscello più lontano.

Non ci era mai stata, ma ricordava una storia che le raccontava sua nonna, di una ragazza impazzita per un amore non corrisposto, scappata via di casa e ritrovata su una vecchia imbarcazione a galla su uno dei due laghi. Sul sentiero appena accennato, due tavole di legno piallato e verniciato indicavano la strada di un tempo, ma le intemperie avevano sbiadito qualsiasi cosa ci avessero scritta sopra anni prima.

Fin da piccola, a scuola, il maestro-presentatore le aveva insegnato che il superfluo era uno spreco che nessuno si sarebbe mai più potuto permettere. Occorreva saper fare, saper sopravvivere, possedere gli strumenti che avrebbero permesso all'Umanità di prosperare. Secondo il maestro, i libri non erano tra questi.

In paese tutti facevano l'apprendistato di un mestiere, i più esperti erano chiamati "maestri". I ragazzi imparavano a lavorare il ferro dai fabbri, o a costruire le case dai muratori che si improvvisavano architetti e ingegneri. Alcuni lo erano stati davvero, e avevano aperto le "botteghe", restaurando un antico termine in omaggio agli antichi mestieri, dove avevano insegnato ciò che ritenevano fosse *necessario* alle nuove generazioni. Nessuna casta accademica, solo trasmissione di sapere da bocca a orecchio.

Le ragazze imparavano a cucire e cucinare improvvisando pasti con ciò che c'era in casa. Anche lei era stata apprendista da una sarta, ma non aveva mai brillato per capacità. La sua passione era un'altra. A scuola, lei preferiva la quarta ora.

Ogni lunedì mattina i bambini dovevano attendere che l'Aula Magna dell'edificio scolastico si svuotasse degli adulti. Puntuale come un orologio, ogni lunedì veniva trasmesso all'unico canale tv esistente il regolare rapporto degli esperti, sull'andamento della produzione e delle condizioni di vita. Lo schermo si riempiva di grafici, dati, notizie.

In coda, le segnalazioni sulle imminenti visite di scambio dei distretti limitrofi con oggetti da barattare. La settimana prossima sarebbero arrivati in paese grossi carri corazzati provenienti dall'N-172, con articoli in plastica come contenitori, penne, pellicola trasparente e altro.

I bambini aspettavano pazientemente fuori, chiedendosi l'un l'atro quanto sarebbero costati i giocattoli in termini di cereali.

Lei si sedeva sempre in prima fila e aspettava che lo stridio delle sedie di metallo cessasse e che tutti i suoi compagni fossero sistemati. Poi, il soldato responsabile della classe guardava il suo orologio a carica e, alle otto in punto, accendeva un grosso schermo sostenuto da un braccio di legno fissato alla parete scrostata del vecchio edificio, che crollava a pezzi.

La lezione cominciava con il memoriale del discorso di insediamento dei "generalissimi", così venivano chiamati in gergo, della cosiddetta Prima Ondata. Ovvero quello in cui le organizzazioni sovranazionali militari avevano preso il controllo dei loro territori.

Un discorso avvenuto prima, molto prima, che le defezioni e i conflitti interni trasformassero un regime totalitario capillare in una confederazione di governi autonomi locali, i distretti. Nemmeno i soldati erano stati capaci di obbedire agli ordini che, dal vertice, si erano riversati alle periferie.

Sua nonna le aveva raccontato che diversi gruppi di disertori si erano messi d'accordo con la popolazione locale per un autogoverno disubbidiente al nuovo ordine mondiale. In alcuni territori i militari regnavano con pugno di ferro, in altri facevano solo finta.

All'interno dei distretti i soldati non sempre erano in numero sufficiente per controllare tutto, e si creavano delle sacche autonome di resistenza sociale emancipata dalla legge, le Comuni. Per questo si era sempre alla ricerca di nuovi soldati, di qualcuno disposto a esercitare il potere con una forza armata.

Chiunque, purché fosse provvisto di un'arma.

Prima di qualsiasi lezione, alle otto in punto dunque, tutti gli alunni dovevano ascoltare in piedi la registrazione del discorso che i Generali fecero a reti tv unificate il giorno in cui presero il potere, un attimo prima che la rete web crollasse. Dal monitor puntinato caoticamente si ordinava una figura a mezzobusto in divisa, con la testa coperta da un rigido cappello militare. Dietro di lui, decine di soldati armati, su uno sfondo fatto di aste vuote, senza alcuna bandiera.

"Fratelli miei,
abbiamo vissuto per lunghi anni in una società del consumo sfrenato,
rendendoci conto troppo tardi che ciò non sarebbe stato sostenibile per il nostro
pianeta. L'inquinamento ha avvelenato la nostra stessa madre, la terra che ci dà la
vita. L'acqua potabile è diventata insufficiente per dissetare i popoli della terra.
Queste scelte sconsiderate sono la causa della prossima estinzione del genere umano.

Le classi politiche che si sono avvicendate, non hanno mai risolto il problema e questo perché proprio quelle classi politiche sono state per anni i principali agenti di chi ha speculato sulla nostra sopravvivenza. È necessario tornare ad una economia di sussistenza, ed è necessario farlo ora.

È giunto il momento di prendere in mano le nostre vite e decidere cosa è meglio per noi tutti. Per questo io vi dico: noi, tutti insieme, salveremo la terra, e la terra salverà noi.

I governanti delle nazioni si sono illusi che anche tutto il popolo si colludesse con loro. Hanno per lungo tempo recitato la farsa di un potere legittimo. Ma il popolo non è una marionetta. Il popolo, e l'esercito del popolo, rivendicano il proprio dovere di sopravvivere.

Prima che questi politici nascessero vi era un esercito, e dopo che questi politici saranno saranno passati, l'esercito ci sarà ancora. E noi non vogliamo essere complici di chi sta guidando il mondo verso la distruzione. Noi, esercito del popolo, siamo la mano con la quale il popolo schiaccia questa società corrotta e la mano con la quale il popolo costruisce un nuovo destino.

Le tecnologie digitali hanno logorato la nostra pazienza rendendo l'uomo ostile contro l'uomo e hanno modificato la nostra percezione della realtà, del tempo e delle relazioni umane; ma prima che sia troppo tardi e la distanza diventi incolmabile dobbiamo superare d'un sol balzo questa fossa che separa l'uomo dalla natura, fossa scavata con le nostre stesse mani.

Noi non sostituiremo un sistema politico con un altro. Noi cambieremo l'uomo e l'ordine delle sue priorità. Modificheremo la sua scala di valori.

Siamo qui per la dignità, la vita e la forza dei popoli di tutto il mondo, per l'unificazione degli eserciti sotto un unico vertice. Noi, unica forza di stabilizzazione del mondo, oggi, ci facciamo carico di questo onere.

Mentre noi comunichiamo, in questo stesso istante, tutti i governi illegittimi vengono deposti e sostituiti dalla nuova autorità.

Nei prossimi giorni potranno esserci alcuni disordini. Lo abbiamo previsto. I facinorosi, i violenti, i corrotti, cercheranno di mettere il popolo contro il suo stesso destino. Saranno tentativi inutili che saranno duramente repressi.

La macchina del cambiamento e della salvezza è in moto e presto vedrete gli effetti dei provvedimenti del nuovo governo. Tali provvedimenti porteranno gradualmente alla nuova economia. Un sistema non più basato sullo sfruttamento dell'uomo e dell'ambiente, ma sulla condivisione solidale ed il rispetto della natura.

Con questa giornata, inizia una nuova era per il nostro mondo. Un'era di speranza, giustizia e verità. Un'era di fratellanza e pace fra i popoli. Una nuova era".

Al termine del discorso il monitor veniva spento e, tutti i presenti nell'aula dovevano ripetere all'unisono la stessa frase: *"Noi, tutti insieme, salveremo la terra, e la terra salverà noi".*

Solamente al termine del discorso il maestro-presentatore dava il buongiorno nell'unica rete distrettuale, in contemporanea a tutte le classi dei paesi e delle città del distretto, cominciando la sua lezione in tv.

Per il primo quarto d'ora, a rotazione, veniva trattato uno dei seguenti argomenti: la gestione delle acque, il concetto di perdono, le funzioni dell'organismo umano, l'igiene, la Nuova Geografia, i pericoli derivanti dall'avidità e della tendenza allo sperpero, la cooperazione e le sue applicazioni, gli effetti del clima sulle piante.

Poi, iniziava la prima ora: rudimenti di matematica.

Nulla di troppo complesso, giusto il necessario per calcolare la quantità di derrate alimentari che avrebbero dovuto consegnare ai militari per tutta la loro vita.

Seconda ora, gli esperti. Ogni giorno uno diverso.

Il lunedì era il medico, sempre lui. Un medico era il figlio di un altro medico. Quello era l'unico modo per diventare un professionista. Ne esistevano pochissimi, ormai, e tutti concentrati nelle "cliniche private" dove erano state ammassate le attrezzature mediche accessibili solo al "personale specializzato". Luoghi esistenti nelle grandi città, di cui aveva solo sentito parlare come di edifici adibiti alla cura professionale di malattie varie. Luoghi per pochi.

Ogni paese però aveva il proprio "medico esperto", e gli addetti ai servizi sanitari. Ogni cittadina il proprio Centro Medico, o clinica come veniva chiamata in gergo, per curare le malattie più gravi. Il Centro distribuiva secondo necessità i farmaci barattati con i cereali e gestiva qualche infermiere improvvisato capace di fare iniezioni o inserire l'ago cannula di una flebo, quando si riusciva a reperirne qualcuna. Sua nonna era una di loro, e non si limitava a prestare il servizio obbligatorio al presidio. C'era sempre qualcuno che la chiamava, un bambino da far nascere, un vecchio da visitare.

Il sistema scolastico aveva retto per una decina d'anni dopo il colpo di Stato, poi dopo che i privilegi di casta erano stati abbattuti, era stato difficile trovare qualcuno che volesse insegnare e basta. Fu reso obbligatorio l'insegnamento prima che sparissero tutte le nozioni utili. I medici dei presidi erano dunque solo figli di medici da cui avevano dovuto imparare il mestiere, o allievi di qualche professore illuminato.

Non esistevano più lauree che comprovassero alcunché ma sempre meglio che morire senza aver almeno tentato. E poi c'era la lezione a scuola, per tutti, che insegnava le norme di primo soccorso.

Quelle norme avevano dovuto impararle a memoria. "Come trattare una emorragia. Per il sanguinamento da taglio il primo passo è applicare pressione diretta per aiutare la coagulazione del sangue. Se la lesione è troppo profonda, non c'è tempo di tamponare. La morte per recisione della vena giugulare è di dodici secondi. I sensi vengono persi in cinque. L'emorragia porta a cianosi, sudorazione fredda, brividi, tremori, polso accelerato e respiro rapido e superficiale. L'infortunato si presenta prima molto agitato, in seguito sonnolento e, infine, si accascia".

Dopo il medico, il lunedì, la terza ora era divisa in due.

Mezz'ora parlava un vecchio contadino, dal volto cotto dal sole, che spiegava come e quando seminare il grano, la cura degli ortaggi, le stagioni in cui piantarli, la potatura e così via. L'altra mezz'ora una vecchia signora, che spiegava come cardare la lana e filare e infine tessere. Tutti dovevano sapere tutto. Cucire e arare, senza distinzione di generi.

Infine, la quarta ora.

Nell'ultima lezione il maestro-presentatore insegnava l'alfabeto, a leggere e scrivere con qualche esercizio da fare a casa.

Non i numeri, quelli non li capiva, ma le lettere sì. Le piaceva decifrare quei segni che si allineavano ordinatamente sulla lavagna. Aveva imparato precocemente, assillando i suoi genitori e sua nonna che, per accontentarla, sporcava di farina il tavolo e segnava le lettere facendogliele ritracciare finché non le padroneggiava.

Una volta il maestro in tv aveva detto che un tempo esistevano dei luoghi, chiamati biblioteche, in cui venivano raccolti libri a centinaia. Lei non riusciva nemmeno a immaginare come potesse essere. I libri non venivano più ristampati. La poca energia impiegabile veniva usata per beni di prima necessità. I libri non erano tra questi. Gli alberi servivano per purificare l'aria inquinata o per riscaldare, il resto era superfluo.

Alla scuola avevano cinque vocabolari intoccabili e due dozzine di testi in tutto, tra cui tre libri scolastici superstiti, non usati come combustibile, e i restanti recuperati in maniera coatta nelle abitazioni private, messi in salvo secondo il gusto personale del proprietario in base al relativo valore intellettuale.

La maggior parte dei testi era talmente usurata che la rilegatura si sfaldava sfogliandoli. Nessuno poteva portarli via. Si fermava spesso dopo la fine delle lezioni per leggerli, tutti tranne uno, scritto in una lingua che lei non conosceva e che nessuno era stato in grado di tradurle. Si intitolava *Politéia*, di un certo Platone. Peccato.

Era permesso consultarli tutti per un'ora al giorno, indossando guanti di cotone, sotto la supervisione di un Sergente addetto alla loro custodia.

Tra quelli presenti, i suoi preferiti erano *Cent'anni di solitudine* e una raccolta di racconti surreali e fantastici intitolata *L'Aleph*. Avrebbe dato qualsiasi cosa affinché qualcuno le spiegasse alcune parole di un libro singolare, scritto in rima, che parlava di inferno e paradiso, di pene da scontare in un viaggio surreale, dal titolo *La Divina Commedia*.

Se non fosse stato per il militare che la scuotevano quando scadeva il tempo, riportandola nel mondo reale, si sarebbe persa in quelle storie. Ne era certa. Ci sarebbe entrata e non sarebbe uscita mai più.

Un giorno il Sergente Scolastico, basso di statura e mingherlino, con una pelle giallastra e un lungo naso adunco, le chiese per quale motivo rileggesse per l'ennesima volta il medesimo libro. Perché li rileggesse tutti in continuazione. Sperava forse che nel frattempo qualcosa fosse cambiato?

Tagliò corto spiegando che era un esercizio per sviluppare la memoria. Lui non poteva capire. Ripeteva le frasi finché le memorizzava e le scriveva nella polvere quando spolverava, o sui vetri quando si appannavano. Il Sergente Scolastico diceva che i libri non le servivano, né mai le sarebbero serviti. Non erano necessari alla sua sopravvivenza e come ogni cosa superflua, erano pericolosi. Lei gli disse che non era d'accordo affatto. Quel giorno la mandò via con anticipo e senza una giustificazione.

Suo fratello odiava la scuola. Fin dai primi giorni fissava i suoi compagni invece di seguire la lezione e durante la ricreazione li guardava giocare da lontano.

Abitavano in campagna, a tre chilometri dalla periferia del paese. Tornavano a casa a piedi, mano nella mano, le cartelle in spalla. Superavano lo sferragliamento assordante delle trivelle che perforavano il sottosuolo in cerca di acqua non inquinata, per l'irrigazione. Si riparavano gli occhi dal bagliore dei serbatoi d'acciaio schermandosi con la mano.

«Perché non giochi con gli altri?»

«Perché sono stupidi».

Suo fratello parlava senza togliere la mano dagli occhi.

«Stupidi?»

«E cattivi».

«Ti hanno fatto del male?»

«No».

«Ti hanno fatto dispetti? Dimmelo».

«No, non è quello».

«Cosa allora?»

«Sono stupidi i loro giochi, le liti a chi è più forte o alto e tutto il resto. E anche quegli stupidi fucili finti di legno».

Continuarono a camminare ancora per un po' mezzi accecati e storditi dal caldo. Accanto a loro intere colline coperte di pannelli solari.

«Cioè tu sei il buono e loro i cattivi?»

«Non lo so. È che mi annoiano. Parlano di cose stupide».

«E quali sono le cose più importanti?»

Si grattò l'attaccatura dei capelli per asciugare una goccia di sudore che lo solleticava.

«Allora? Me lo dici?»

«Le cose più importanti sono quelle necessarie».

«Ma allora forse è perché loro non hanno necessità di niente».

«Impossibile. Non può essere. Anche chi ha tutto ha bisogno sempre di qualche cosa».

«Dove le hai sentite queste cose? Sono le cose che dicono per promuovere il baratto tra i distretti?»

«Quali cose?»

«Queste che mi hai appena detto».

Il fratello si fermò improvvisamente in mezzo alla strada. Le mani si slacciarono.

«Che c'è?»

«Le ho pensate io, da me. Da solo».

«Va bene. Ti credo».

Tornò indietro e cercò di afferrargli la mano, ma lui la teneva stretta a pugno. Lei sollevò lo sguardo e in quell'istante capì che suo fratello gemello era un mondo sconosciuto per lei. Provò ancora a prendergli la mano e questa volta lui aprì le dita.

Non parlarono più fino a casa.

Fu quello stesso anno, l'ultimo della scuola dell'obbligo, quello della grande siccità, che conobbe l'uomo che sarebbe diventato suo marito. Lo conosceva già. Era stato suo compagno di classe, un ragazzo dai capelli crespi, di colore biondo scuro.

La osservò a lungo dai rami di un albero un giorno che lei scriveva con un bastone l'alfabeto nella polvere. Lei l'aveva visto alla fine, quando tutto l'alfabeto era stato segnato ed aveva sollevato la mano per salutarlo. Lui non aveva risposto.

Nei giorni successivi cercò di ricordare il suo nome, ma non ci riuscì.

Dopo due mesi, un grosso carro proveniente dal distretto N-171 si fermò in piazza per barattare costosi mobili di vetro.

Lui era lì e di nuovo non le parlò.

In paese, l'accesso alla grande lavanderia pubblica alimentata ad energia solare era rigorosamente limitato e i soldati selezionavano maniacalmente tutti coloro che vi potevano accedere, soprattutto vecchi e malati, in cambio di un kilo di grano, un cesto di frutta e via così. Nemmeno a sua nonna avevano concesso le autorizzazioni necessarie, nonostante l'età avanzata, perché era ancora autosufficiente.

Qualcuno possedeva ancora lavatrici, comprate prima della guerra, ma i carichi erano sottoposti a rigidi controlli ed era possibile usarle solamente una volta al mese. Di solito, venivano sfruttate per i grossi lavaggi di piumoni, lenzuola e cappotti.

La loro si era rotta una decina di anni prima e non avevano trovato nessuno in grado di ripararla. Sua madre era afflitta da reumatismi e attacchi di artrite, così il bucato toccava a lei. Un autunno di alcuni anni dopo, tornando a casa da uno di questi, con i panni appena lavati giù al fiume, se lo trovò davanti alla porta.

La stava aspettando, magro e nervoso in una t-shirt grigio chiaro rammendata sulle cuciture. I pantaloni di velluto blu che indossava erano almeno due misure più larghe della sua taglia. La lente destra degli occhiali era crepata e scheggiata nella parte superiore, e una ragnatela di vetro copriva l'iride dal colore verde. Si voltò a guardare la strada polverosa e gli intonaci scrostati delle case fatiscenti lì accanto. I pozzi neri andavano spurgati, a giudicare dal tanfo di letame che arrivava fino a loro. Tornò a guardarla e si schiarì la voce.

«Voglio farti vedere una cosa».

Il ragazzo non si era presentato, né l'aveva salutata.

Si sfilò lo zaino dalle spalle, si inginocchiò per terra e ne rovistò l'interno per qualche istante. Posò a terra la busta pesante e si asciugò il sudore.

Da quella posizione sovrastante lei notò che un ciuffo di capelli biondo scuro si era aggrovigliato sulla sommità del cranio, gonfiandosi per il sudore e l'umidità.

Il ragazzo si sollevò porgendole un pacco avvolto in un panno di cotone.

Sollevando un sopracciglio lei lo prese, gli lanciò un'occhiata e si guardò attorno anche lei, senza un reale motivo. Delicatamente, svolse la stoffa.

Nelle sue mani c'era un volume con fogli di varia dimensione, grammatura e colore. I caratteri di stampa erano tutti diversi. Lo sfogliò. Qualche gruppo di fogli era in condizione buona, ma la maggior parte pessima: deteriorati e spiegazzati, cuciti insieme in una grezza rilegatura fatta a mano. La copertina era un foglio scolorito dal tempo, su cui era stato scritto con caratteri irregolari: "L-I-B-R-O". E basta. Non riusciva a credere ai propri occhi.

«L'ho fatto io», disse lui. «Ti piace?»

«Che cos'è?»

«È più di un anno che ci lavoro, recuperando fogli praticamente ovunque. Sono parti di libri. Nessuno è completo, purtroppo, ma insomma, meglio di così è impossibile fare. Credo».

«Libri? Ma dove li hai trovati?»

Sfiorò la superficie liscia della copertina scritta a mano.

«In giro. I primi li ho trovati per caso, nel vecchio oratorio, ce n'era qualcuno sotto le macerie compreso un pezzo di una vecchia Bibbia. È l'unico che sono riuscito a trovare. Il vecchio parroco ne ha una completa».

«Il vecchio parroco?»

«Sì, be', quello che è stato priore. Quello che chiamano il surrogato di prete».

«Il surrogato di che?»

«Di prete. Quello che i parrocchiani hanno nominato per alzata di mano. Lo sapevi no?»

Il ragazzo indicò qualcosa alle sue spalle con il pollice.

«No, non lo sapevo. Non frequentiamo la chiesa».

«Ah, va bene. Scusa pensavo lo sapessi. Comunque sì, era l'unico che ricordava come si fa una messa. Ne ho trovati diversi nelle stanze abbandonate degli edifici scolastici, alcuni pezzi erano bruciati per metà e non li ho potuti recuperare ma se controlli bene, in mezzo, ci sono un paio di numeri di alcuni fumetti a colori e delle pagine singole di libri per bambini da colorare. Ma la maggior parte del materiale la trovo nelle case della gente, quando entro a riparare i lavandini o gli scarichi. Una decina erano sotto una gigantesca legnaia. Forse li usavano ancora per accendere il camino. O forse li avevano dimenticati là sotto, non so. Molte pagine sono strappate, alcune macchiate ma sì, insomma, ho fatto del mio meglio».

Pausa.

«Ah, guarda qui».

Le tolse il "libro" dalle mani e scorse in fretta quei fogli che emanavano un acre odore di muffa.

«Eccolo qui».

Indicò un rigo nella parte superiore di una pagina, scritto in grassetto.

«Qui, c'è anche un titolo».

Schioccò la lingua.

«Non c'è l'autore, ma secondo me è una donna. Ci sono un sacco di frasi sentimentali».

Lei avvicinò la testa alla pagina, sporgendosi verso di lui, guardò quelle lettere stampate che si nascondevano sotto le unghie orlate di nero e sillabò:

«An-na-Ka-re-ni-na».

Si fermò a riflettere, corrugando la fronte, poi scosse la testa.
«Deve essere una straniera. Non l'ho mai sentita».
Lo allungò verso di lei.
«È tuo».
«Mio?» ripeté lei. «Mio? Perché?»
«Bé, perché sì».

Con il polpastrello dell'indice accarezzò i rilievi del dorso della rilegatura irregolare, sentendone la ruvidezza. Sulla copertina improvvisata era agganciato il pezzo di metallo della parte superiore di un floppy disk come segnalibro. Osservava ora il libro, ora la strada, ora quegli occhi così chiari.

Fu lì che iniziò tutto.

Si rividero molte altre volte, per parlare del libro e immaginare antefatti e seguiti di quelle storie strappate a metà, e lui le rimediò ancora altri pezzi che procurava man mano. Nessuno mai le aveva fatto un regalo così bello. Mai.

Lesse "il libro" talmente tante volte che lo imparò a memoria e continuava a leggerlo, nonostante sapesse già ogni storia, ogni frase e anticipasse ogni singola parola.

La mattina, quando si vestiva, lo sfilava da sotto il cuscino dove lo metteva tutte le sere e lo custodiva in una borsa di stoffa che portava in vita, cucita apposta. Appena poteva, leggeva il suo libro.

Aveva amato quel ragazzo da subito, senza riserve.

Oggi mastico ferro, diceva. Era un'espressione che usava spesso. Ogni volta che si allontanava da lei per andare a lavorare ripeteva la stessa frase. Masticherò ferro.

Camminò con un vento umido che le schiaffeggiava il viso. Nel cielo di piombo, nella direzione in cui andava lei, su verso est, vide i bagliori dei lampi. Se non cambiava il vento, il temporale sarebbe arrivato l'indomani, verso sera se era fortunata.

Aggirò una collinetta rocciosa, appoggiandosi con il dorso delle dita alla terra dura e scoscesa. Il pancione la rendeva goffa. Si arrestò davanti a dei grossi massi che si affastellavano tutto intorno a lei, sul terreno ricoperto da aghi di pino, e vi appoggiò le spalle reggendosi i gomiti con le braccia conserte.

Se solo avesse potuto, avrebbe letto decine di libri, centinaia. Avrebbe davvero voluto imparare di più, ma non si poteva, e quello era tutto. I libri non esistevano più e lei non sapeva farne uno. Faceva freddo. Aveva sete da morire e aveva bisogno di cibo e abiti puliti e acqua calda per lavarsi.

Fa freddo, amore di mamma.

Sospirò. Sul tappeto di aghi di pino erano disseminate una decina di pigne. Non c'erano pinoli, le squame legnose erano sollevate e gli alveoli tutti vuoti. Giocò con quel legno vuoto lanciandolo in aria e riacchiappandolo al volo. Le arrivò alle narici l'odore di resina. Se solo avesse avuto dei fiammiferi per accendere la pigna e far brillare un fuoco. *Chi ha avuto il fuoco è vissuto, chi ha avuto il pane è morto*, le diceva sua madre.

Era stata ferma troppo tempo. Il suo corpo si mise a tremare per produrre calore. Cercò un riparo per la notte, in mezzo a tutti quei blocchi di pietra e arbusti che la facevano procedere a zigzag e in discesa. Si spinse verso un varco tra due colline di pietra e si guardò indietro, sollevando lo sguardo verso l'aspro pezzo di terra.

La grotta era lontana, ma ben visibile da quella posizione. Un antro naturale che si apriva come un buco nero tra le rocce. Il fuoco le esplose nel petto.

Tornò indietro, procedendo verso sinistra e arrancando in salita per duecento metri. La raggiunse incespicando. L'ingresso era rotondo, circa un metro e mezzo di altezza e almeno quattro di larghezza. Sul lato destro una decina di tronchi di alberi relativamente giovani accorciavano l'ingresso che in origine doveva essere ancora più largo.

La grotta si apriva alla base di una parete di roccia verticale. Nella parte superiore la pietra aspra e irregolare si perdeva tra le radici degli alberi che si sviluppavano lungo il percorso digradante.

A una decina di metri dall'ingresso, mucchi di pietre grigie impedivano all'erba di invadere il terreno, rendendo più difficoltoso camminare. Fece attenzione a non slogarsi una caviglia. Quando fu all'imboccatura, si fermò per sbirciare all'interno allungando il collo.

L'ingresso era buio. Gli occhi si abituarono alla penombra dopo qualche minuto. Non era troppo profonda, riusciva a vederne la fine. Una ventina di metri, tranne che per un piccolo buco la cui bocca si apriva sulla parete in fondo, in basso a sinistra.

Il basamento della grotta era cosparso di ghiaia, mentre il lato destro era invaso da alcuni grossi massi di crollo. Si fece poco più avanti. Le pietre erano coperte da muschio, la frana non era recente, non c'era pericolo. Sollevò lo sguardo verso il soffitto. Enormi vene di edera rivestivano la roccia nuda e, laddove penzolavano staccandosi dalla pietra, scoprivano piccoli camini ciechi che risalivano verso l'alto per poche decine di centimetri.

Percorse con prudenza lo spazio che la separava dal fondo.

In basso a sinistra un tunnel buio si insinuava dentro la parete, finendo chissà dove. Era impossibile vederne l'interno. Si chinò a prendere un piccolo sasso che lanciò nel budello. Un paio di tonfi prima del nulla. Un pozzo naturale in cui poteva esserci dell'acqua, da qualche parte laggiù.

La luce filtrava a fatica nella grotta fendendo l'oscurità solo per i primi metri. Il resto in penombra non le impedì di notare delle scalfitture su una roccia piatta, alla base della parete destra. Unghiate di qualche animale di grossa taglia, graffi effettuati con qualche punta dura. Parole? Disegni? Si chinò strizzando gli occhi. Scarabocchi senza significato.

Vari tipi di muffe disegnavano ghirigori un po' ovunque, anche sulla ghiaia grigia, macchiandola di un verde pallido.

La caverna non era accogliente, ma era calda. Si lasciò scivolare lungo la parete opposta a quella franata. La lingua si era gonfiata per l'arsura.

Che sete, che sete.

Si sbottonò il giubbotto, passando le dita sul collo indolenzito. Doveva trovare dell'acqua. Si accarezzò il ventre gonfio e provò a canticchiare ma non ne ebbe la forza.

Notò una macchia grande come un seme d'anguria sul polso della mano destra. Una zecca.

«Accidenti».

La sua voce echeggiò nello spazio angusto. Si abbassò la cerniera del giubbotto fino a quando il tiretto sollevato a metà non fu all'altezza della sua mano: fece un profondo respiro e trattenne l'aria mentre lo infilava sotto l'insetto. Con una trazione costante e senza strappare, ruotò in senso antiorario. Il suo volto divenne paonazzo. La zecca si staccò, e lei lasciò di colpo l'aria trattenuta nei polmoni. La schiacciò sul pavimento di pietra, annegandola in una macchiolina di sangue

Controllò il polso, esponendolo alla luce che filtrava da fuori. Non era rimasto niente ficcato sotto la pelle. La testa era venuta via correttamente.

Si abbandonò al pavimento, fissando gli strani segni che la muffa tracciava sulle rocce e i fili dell'edera mossi da una silenziosa corrente d'aria.

Lì dentro il mondo era lontano. Non c'era nessun rumore e nessun colore tranne quel grigio-verde che ricopriva la roccia, velato dal buio del crepuscolo. L'edera dondolava come un giocattolo sulla culla di un bambino.

Si sistemò con la parete della grotta alle sue spalle e il volto verso l'entrata, coricandosi prima sul lato destro e poi, gemendo di dolore, su quello sinistro. In mezz'ora il buio volò dalla profondità della caverna, intrecciandosi con quello della notte che incedeva da fuori e per quanto lei spalancasse gli occhi, ciò che vedeva era solamente tenebra. Una presenza reale, palpitante, viva. Il silenzio totale le feriva le orecchie. Si schiarì la gola senza averne bisogno. I suoni rauchi della sua voce rimbalzavano sulle pareti umide e le ricadevano addosso.

«Figlio mio, qui staremo al sicuro». La sua voce echeggiò. Al sicuro. Sicuro.

Inspirò quella tenebra viva e calda e il sopore si fece denso come la notte che la circondava. Finalmente, dopo molto tempo, dormì un sonno profondo.

GIORNO NOVE

L'aurora. La boscaglia frusciava agitata dalle trasparenti dita del vento. Credette di essersi appisolata sul suo ramo di ulivo in un fresco pomeriggio d'autunno finché le pareti nude della caverna non si serrarono in un abbraccio ruvido attorno a lei.

Stiracchiò le braccia e piegò le ginocchia, sentendo dolori ovunque. Uno spuntone di roccia bitorzoluta si era ficcato sotto la scapola destra. Si trascinò verso il centro della grotta e ruotò sul fianco destro, finché una fitta lacerante alla schiena le tolse il respiro. Il suo bambino scalciò ripetutamente. L'angoscia divenne insopportabile.

«Nonna», disse.

Suo fratello soffriva spesso di mal di schiena, perché camminava ingobbito e dinoccolato. Una volta si bloccò completamente per via di una lombalgia acuta dovuta al fatto che aveva arato il terreno a gran velocità *per togliersi subito l'impiccio*, aveva detto. Era tornato a casa piegato in due con dei dolori lancinanti.

La nonna lo aveva fatto stendere sul letto, nudo dalla vita in su. Aveva preso un fazzoletto quadrato di cotone e proprio al centro ci aveva appoggiato una moneta. Raccogliendo i lembi legati con un filo, aveva impregnato di olio quella sorta di stoppino.

«Dov'è che ti fa male?»

«Qua, nonna. Come se qualcuno mi stesse infilando uno spillone nella schiena».

La nonna diede fuoco al fazzoletto, lo appoggiò nel punto indicatole e lo coprì con un bicchiere di vetro.

Aspettarono.

«Cosa succede adesso?»

«Vedrai», disse la nonna.

Provò a staccare il bicchiere ma non venne via. Il fratello rantolò agitandosi un poco. La nonna fece forza e la ventosa si staccò con un risucchio. Ripeté l'operazione una seconda volta e di nuovo il bicchiere rimase incollato alla pelle del fratello.

«Si ripete finché non smette di succhiare», disse. «Il fuoco si nutre del dolore».

«L'hai imparato quando stavi in ospedale?»

«No».

«A scuola? Qualche collega? Un medico?»

«No, nemmeno».

«Allora chi te lo ha insegnato?»

«Mia zia».

«E funziona?»

«Sì».

«Perché?»

«Non lo so».

«Non lo sai?»

«No. Ci vorrebbe un antinfiammatorio, ma non ne abbiamo, e ci dobbiamo arrangiare».

«Tua zia lo faceva spesso?»

«Non tanto. Quando serviva».

«E tu? Lo fai ai pazienti?»

«Sì. Quando serve».

«Lo hai fatto altre volte?»

«Sì. Molte altre volte».

Pausa.

«C'è stato un tempo in cui facevo poco altro».

«Cosa?»

«Lo facevo sempre, in continuazione».

«A chi?»

«Ad amiche».

«Per il mal di schiena?»

La nonna tirò via il bicchiere e versò altro olio sul quadratino di stoffa.

«No, non per il mal di schiena».

La fiamma si spense quasi subito, privata dell'ossigeno dalla capsula di vetro.

«E perché?»

L'assenza di ossigeno creava un vuoto che risucchiava la pelle arrossata.

«Per dei dolori che avevano».

«Dove?»

«Ovunque».

«Erano malate?»

La nonna smosse il bicchiere per la quarta volta, e questa volta si staccò subito e con facilità. Suo fratello non si lamentava più. Guardava anche lui la nonna e attendeva.

«No, non erano malate».

Il filo si avvolse sui lembi che chiudevano la moneta.

«Furono violentate».

Lo stoppino impregnato di olio prese fuoco.

«Furono violentate da alcuni soldati. Succedeva spesso. Ora, un po' meno».

Aspettarono fino all'ultimo che il bicchiere si attaccasse, ma rimase solo appoggiato.

«Ecco, quando non succhia più, allora non c'è più niente da togliere. Ti fa male ancora?»

Il fratello scosse la testa.

«No, non più».

«Bene. Copriti e rimani sdraiato».

La nonna raccolse il bicchiere, la moneta e i pezzi di cotone bruciacchiati e si alzò.

«Nonna».

«Sì?»

«Perché non si ribellavano?»

«Come? Chi avrebbe mai potuto? Basta che qualcuno abbia un'arma ed è sufficiente così. Chi non ce l'ha si piega, come un ramo spezzato dal peso della neve».

Sollevò gli occhi acquosi sui due ragazzi.

«Quando fu approvata la legge per cui ogni donna poteva avere un solo figlio, be' potete immaginare da soli cosa accadde». Scosse la testa. «Siamo piene di figli di soldati. Tutte».

Il fratello si infilò una maglia di cotone rosso sbiadito a maniche corte, facendola scivolare dalla testa senza sollevarsi dal letto.

«Adesso fatemi riposare, per favore», disse con il volto verso la parete.

Quando la nonna se ne fu andata, un quarto d'ora dopo, la ragazza andò in cucina a lavarsi le mani. C'era la cena da preparare. Cercò le vecchie bottiglie di plastica sulla mensola della cucina, le etichette scolorite dallo sfregamento e dall'uso come testimoni di un mondo assassinato nel fiore degli anni. Il marchio appena leggibile di un gel per igienizzare le mani accanto a quello di una bibita dietetica a base di tè verde e guaranà. Afferrò la prima, sollevò il tappo con un click e spremette l'olio nell'insalata appena raccolta dall'orto. La bottiglia le scivolò dalle mani due volte, finché non la posò, si sedette e aspettò che smettessero di tremarle.

Il vento scuoteva i rami e le foglie, e qualche uccellino cinguettava solitario poco più lontano. Quando si rimise in piedi sentiva un fastidioso ronzio alle orecchie.

Si aggrappò alle pareti umide per non inciampare nelle rocce sconnesse e appuntite. Annusando l'aria capì che il vento era cambiato, prima ancora di vedere le foglie agitarsi in direzione contraria. Spirava da sud, sud-ovest ed era tiepido e umido, vento di libeccio, ne era certa. Sbirciando il cielo oltre quel soffitto di rami intrecciati le sembrò che il vento avesse spinto via lontano il temporale che aveva notato il giorno prima. Era indecisa. Doveva andare a est il più velocemente possibile. Se pioveva quando lei non aveva un riparo, sarebbe morta di freddo. Però avrebbe bevuto.

Che facciamo, piccolino?

Se rimaneva lì era finita.

Si voltò una volta solo a guardare quel giaciglio di pietre e muschio. Proseguì verso est sul terreno in discesa, un piccolo passo dietro l'altro e con la sete che la faceva impazzire. Provò a grattare via il ronzio che sentiva nelle orecchie tappate, ma non passò. Si sentiva molto debole. Camminava con le braccia ondeggianti lungo i fianchi e le gambe cedevoli come ricotta, le sembrava che i piedi sfiorassero appena il terreno.

Il sole che filtrava dai rami batteva sulla sua spalla sinistra.

Dove sto andando?

Stava andando verso nord, stava di nuovo sbagliando direzione. Si rivolse a est, cercando di rimanere concentrata.

Tre o quattro ore più tardi, dopo che ebbe aggirato un grosso groviglio di spine che le sbarrava il passo, il cinghiale grufolò e sollevò la testa china sulle ghiande.

La donna arretrò istintivamente di due passi.

Il cinghiale era immobile, a una decina di metri, con il corpo tozzo e la testa senza collo coperta di setole ispide e brune. Odorava intensamente di selvatico. Come aveva fatto a non notarlo prima? Il vento, il vento era cambiato.

Portò una mano al ventre.

Il cinghiale grugnì e indietreggiò abbassando e alzando la testa. Zanne giallastre e ricurve verso l'alto.

Le gambe le cedettero.

Era ancora una bambina quando, alle sei di un mattino di dicembre, era stata svegliata dal trambusto di casa. Voci concitate di qualcuno che chiedeva l'aiuto di sua nonna. Un uomo era stato attaccato da un cinghiale proprio lì, in quel bosco dove lei si trovava ora, durante una battuta di caccia. Si era alzata senza accendere la luce e aveva schiuso appena la porta per ascoltare.

L'aria era fredda, quella mattina, e il cielo limpido era perfetto per andare a caccia. La solita squadra si era data appuntamento al pizzo del bosco, proprio dove cominciava il sentiero. I cacciatori avevano diviso il bosco in zone, assegnandone ognuna a un gruppo diverso per essere sicuri di non spararsi l'un l'altro per errore.

L'amico di suo padre raccontava con la voce rotta dal pianto, bevendo vino dal bicchiere che gli avevano messo in mano per calmarlo. I denti tintinnavano contro il vetro quando beveva tremando.

Il cacciatore si era appostato con il suo cane nel luogo dove la squadra gli aveva indicato, sotto una enorme quercia che usavano come punto di riferimento.

Era successo tutto in un istante.

L'uomo aveva sbagliato a sparare e aveva solo sfiorato il cinghiale facendolo imbizzarrire o forse aveva sparato dopo essere stato attaccato.

Non lo sapevano. Loro non lo sapevano cosa fosse successo davvero ma avevano sentito le urla e correndo avevano visto l'amico rovinare dentro la scarpata che si apriva a qualche metro dalla quercia, e il cinghiale indietreggiare alla vista di tutti quegli uomini e poi correre via facendo tremare il terreno.

Un paio di loro avevano sparato invano al cinghiale. L'uomo ricordava di aver sentito degli spari ma non sapeva, non aveva capito, perché il panico lo aveva assalito e la paura lo aveva fatto andare fuori di testa. L'amico chiamava aiuto e piangeva, piangeva premendo forte sull'inguine da cui si allargava sui pantaloni una macchia di sangue denso.

Avevano provato a sollevarlo in braccio velocemente, ma in questo modo il flusso di sangue aumentava e così avevano prima provato a bloccarlo con il laccio di una scarpa che era troppo corto e infine gli avevano stretto la gamba con una camicia arrotolata su se stessa come fosse una corda.

Forse avevano perso troppo tempo, ed era colpa loro, tutta colpa loro. C'era una scia di sangue che non era dell'amico e che proseguiva per circa tre metri fino ai piedi della quercia, ed era del cane che giaceva con il ventre lacerato e stomaco, fegato, intestino e tutto il resto sparpagliati lungo il terreno.

Non lo sapevano come fosse andata esattamente perché l'amico non aveva fatto in tempo a raccontarlo. Mentre lo portavano lì, aveva perso i sensi e non rispondeva più alle loro voci che lo chiamavano concitate. Avevano corso come dei pazzi, a piedi, perché i cavalli e il carro erano troppo lontani.

Era colpa loro, avevano perso troppo tempo.

L'uomo scuoteva la testa e piangeva con il capo reclinato in avanti e il bicchiere di vino nella mano tremante. Avevano sperato fino all'ultimo, fino all'ultimo ma lo sapevano che non si poteva fare niente perché l'amico era diventato prima viola e poi bianco.

Sua nonna gli aveva confermato che era già morto quando lo avevano portato perché i denti della bestia avevano reciso un'arteria e che no, non era colpa loro. Non si sarebbe potuto fare proprio un bel nulla.

Gli uomini si erano chiusi in un silenzio angosciato mentre l'amico di suo padre raccontava come erano andate le cose. Più di ogni cosa, più del sangue che gli macchiava le mani e i vestiti, diceva che non riusciva, proprio non poteva, guardare il volto dell'amico così bianco.

Lei aveva ascoltato ogni cosa e avrebbe voluto, e non avrebbe voluto insieme, guardare quell'uomo rigido disteso sul tavolo della cucina, quel corpo da cui colavano righe di sangue secco. Sentiva il dolore di quegli uomini e ne partecipava in prima persona. Era il primo morto della sua vita e dalla fenditura della porta ne vedeva solamente uno scarpone chiazzato di grumi rosso sangue.

Faccia a faccia col cinghiale, ora, lo vedeva di nuovo, quello scarpone e i grumi e il fango e dietro di esso, in trasparenza, quegli occhi piccoli e neri oltre le zanne.

Il cuore le batteva come un tamburo. Abbassò lo sguardo per cercare qualche pietra ma a portata di mano non ce n'erano. Un terrore senza nome le risalì dal coccige lungo la spina dorsale facendole accapponare la pelle.

Il cinghiale dondolava la grossa testa ritmicamente mentre la zampa anteriore sinistra batteva il terreno. L'ispido pelo nerastro luccicava di grasso laddove non era sporco di fango e i fianchi si allargavano ritmicamente nel respiro, le mammelle dondolavano. Solo allora notò con la coda dell'occhio qualcosa che si muoveva dietro le sue zampe. Cuccioli spaventati che cercavano di nascondersi.

Era una madre.

Fissò i suoi occhi chiari dentro quelli piccoli e neri della bestia e mentre il tempo si dilatava incommensurabilmente, proprio nello svolgersi di quell'eterno istante, starnutì.

L'animale scartò indietro improvviso e rapidissimo, più di quanto lei potesse crederlo capace. Si voltò impennandosi e si allontanò con i cuccioli al seguito. Lei non ebbe il tempo di muovere un muscolo, fare un passo o fuggire, che il cinghiale già era sparito alla sua vista tra le fronde secche e le spine.

Cadde in ginocchio sul terreno morbido, affondando nello spesso strato di foglie morte e scoppiò in singhiozzi. Gli uccelli appollaiati sui rami là intorno si sollevarono in volo. Portò la mano destra alla bocca e avvertì il sapore della terra che le si attaccava alle labbra e al muco. Abbracciò con forza la sua pancia gravida. L'odore acre della bestia aleggiava nel piccolo spazio tra una quercia e l'altra. Aveva la nausea.

«Figlio mio. Figlio mio caro».

Udiva appena la propria voce oltre la parete ronzante innalzatasi nelle orecchie.

Accanto alle orme del cinghiale, ai solchi del muso e dei denti, c'erano delle ghiande. Una mezza dozzina di ghiande ammassate in un buco scavato a una ventina di centimetri di profondità dentro il terreno.

Era l'ingresso della tana di qualche roditore, forse un topo. Aveva interrotto il pranzo dei cinghiali.

Si avvicinò carponi e infilò la mano nella piccola apertura, allargandone i bordi con le dita. Scavò con la mano a cucchiaio seguendo quei budelli vuoti appena sotto la superficie del terreno. Qualche uccellino cantava sopra di lei.

Man mano che proseguiva, liberò il tunnel dai rametti che qua e là lo ostruivano. Fili d'erba secca intrecciati lungo i passaggi. La galleria era lunga, andava in profondità e poi ritornava verso la superficie, aggirava la grossa radice di un cespuglio spinoso, e poi si biforcava.

Seguì prima il cunicolo di sinistra che si piegava bruscamente ad angolo. Grattando con le unghie un tappo di terreno indurito, scoperchiò la prima stanza della tana. Era una sacca di terra contenente ghiande, un magazzino di cibo mescolato a fango e foglie secche e ramoscelli spezzati. Dovevano essere almeno un kilo.

Spazzò via con le mani la paglia e le tirò fuori ammassandole accanto alla buca.

Ecco cosa cercava il cinghiale.

Doveva aver sentito l'odore e aveva cominciato a scavare spaventando il topo. Tornò alla biforcazione strisciando carponi e inzaccherandosi nel fango.

Il secondo tunnel scendeva in profondità. Senza sollevare la manica del giubbotto, si spinse dentro la terra fino al gomito con la terra che le si conficcava sotto le unghie. Il corridoio sotterraneo si aprì in uno slargo e la sua mano toccò qualcosa di morbido e gommoso.

Scostando l'ultima manciata di terra vide una nidiata di topolini, circondati da fili d'erba e dai ciuffi di pelo morbido di qualche animale selvatico. Qualche piuma accarezzava i topi glabri che si agitavano annusando l'aria.

Ne contò quindici. Ciechi e sordi. Gli occhi scuri ricoperti da una membrana sottile. Si ammassavano uno sopra l'altro appiattendosi lungo la parete della tana senza emettere alcun verso. Avevano capito che non era la loro madre?

Della fatica delle tue mani ti nutrirai, sarai felice e avrai ogni bene. I tuoi figli come virgulti d'ulivo intorno alla tua mensa. La Bibbia, salmo centoventisette.

Infilò di nuovo la mano nella tana e afferrò un topolino lungo poco più di un paio di centimetri che si dimenava senza sapere dove andare, la pelle così trasparente che ne poteva vedere il latte nello stomaco. Stretto tra le sue dita chiuse a pugno, le solleticava il palmo con la minuscola coda, muto. Cercava sua madre ma sua madre non c'era. Lo aveva lasciato morire, fuggita all'arrivo del predatore più grande.

Le sue dita si irrigidirono attorno al collo del topo nudo, serrandosi adagio.

Il topo graffiava con le zampette le dita della sua mano, come una carezza fatta con le unghie. Spasmi di cosa, dolore?

Suo marito che si contorceva appeso a una corda, le mani legate.

Strinse finché le dita non si toccarono tra loro, sbiancandosi. Com'era cercare di respirare quando l'aria ti viene sottratta a forza?

Quando allargò il palmo, il topo non si muoveva più.

Ti benedica il Signore da Sion. Possa tu vedere i figli dei tuoi figli. La Bibbia, lo stesso salmo.

Guardando fisso innanzi a sé, riudì la voce di sua nonna che le raccomandava di lavare bene le verdure prima di mangiarle, e di evitare la carne cotta male, e di fare attenzione alla toxoplasmosi, una malattia infettiva pericolosa per il feto, causata da un parassita che si trova nella carne cruda.

Con lo sguardo vitreo, portò alla bocca il topo ancora tiepido e appoggiò alle labbra la sua pelle morbida. Odorava di fango.

Possa tu vedere i figli dei tuoi figli.

Con gli incisivi gli lacerò la pelle sottile e un rivolo di sangue le scorse sul mento. Le interiora erano bianche di latte. Lo spellò con le unghie mentre era ancora morbido e con il pollice lo liberò dalle viscere trasparenti. Una massa gelatinosa e maleodorante cadde sulle foglie con un impercettibile crepitio. Avrebbe dovuto sciacquarlo, ma se avesse avuto l'acqua di certo non l'avrebbe sprecata per quello. Sete. Guardò dove aveva appena gettato le interiora e si chiese se non era il caso di succhiarne il sangue, prima. Scosse la testa e allontanò quel boccone di carne cruda dal suo viso.

Strisciò con il sedere fino al tronco più vicino e vi si appoggiò. Guardò in alto. Niente da vedere. Chiuse gli occhi e ascoltò il canto di alcuni uccelli nascosti tra i rami sopra di lei. Con le dita unte e scivolose addentò il topo e masticò tappandosi il naso. Non bastava. Sentì comunque il sapore dolciastro e acido del grasso tra le minute fibre muscolari.

Era talmente piccolo che avrebbe potuto ingoiarlo senza masticarlo, ma non ne ebbe il coraggio. Le sembrava di mangiare una gomma unta e viscida, e quando non ce la fece più, ingoiò, cercando di trattenere il conato.

Possa tu vedere i figli dei tuoi figli.

Strisciò verso le ghiande. Avvertiva nel naso l'odore di terra e fango e carne cruda. Con la mano appiccicosa e sporca di sangue prese due ghiande, ne tolse il cappello e le masticò. Amare, amarissime, quello che le serviva.

Le sarebbe andata bene qualsiasi cosa purché non fosse stata elastica e scivolosa come quel topo morto. Afferrò un'altra ghianda e la masticò fino a spremerne tutto il succo, arricciando il naso e sputando le cortecce masticate che non riusciva a ingoiare. Se avesse avuto dell'acqua e avesse potuto cambiarla spesso, avrebbe eliminato quell'amaro che ora le allappava la bocca, legandole la lingua al palato e ai denti. Ne prese un'altra, la spellò con i denti, ci sputò sopra e strofinò la saliva sulla ghianda con le dita appiccicose di sangue. E mentre le labbra si serravano sulle gengive per l'asprezza dei semi ne prese altre e le spellò e ci sputò sopra ancora e ancora.

Le ci volle molto tempo, ma le spellò tutte, le raccolse nella gonna e tornò al nido. Facendosi coraggio prese un altro topolino ignaro e tremante e lo strangolò come il primo, ma si rese conto che le ossa erano tenere come cartilagini, e che non valeva la pena strapparne la pelle con i denti. Il loro sangue era troppo prezioso per essere sprecato.

Il terzo e il quarto li mangiò insieme ed esplosero sotto la pressione dei suoi denti, le interiora le riempirono la bocca e dovette masticarli a lungo prima di ridurli in un bolo deglutibile.

Possa tu vedere i figli dei tuoi figli.

Ne prendeva due alla volta e li mangiava, e tra un boccone e l'altro masticava ghiande. Al quarto boccone avvertì una fitta nello stomaco. Non sapeva se era la carne cruda o le ghiande, ma non importava. Aspettò che le passasse.

Si appoggiò al tronco dell'albero, le ghiande nella gonna, le gambe scomposte, grumi di carne e sangue nelle mani. Lo stomaco gorgogliava ma respinse i conati deglutendo.

Nell'attesa bisbigliò una canzone che le cantava sua madre ogni volta che aveva paura: *figlia di luce, prezioso è il tuo cuore, ti prendo la mano e passa il dolore. Ti amo bambina, ti amo davvero, un bacio di mamma e va via l'uomo nero.*

Abbandonata tra le foglie spinose dei cespugli osservò i raggi di sole che si insinuavano nell'intrico dei rami sopra di lei. La sera, prima di coricarsi, non abbassava mai completamente le tapparelle, così che entrasse sempre un po' di luce.

I topolini si dimenavano sempre meno, forse per via del freddo. Chissà se la loro madre stava guardando impotente lì vicino, spaventata da lei. Quei cuccioli erano ciechi e muti, li vedeva dimenarsi in silenzio, e in silenzio li addentava, tremanti.

Possa tu vedere i figli dei tuoi figli.

Quando ebbe ingoiato l'ultimo, dopo aver masticato le ghiande che le allappavano le labbra e la lingua, si alzò e si pulì le mani strofinandole sulla gonna. Si voltò nella direzione in cui era fuggito il cinghiale.

Io vedrò il figlio di mio figlio.

Sognò quei topi quella notte e le successive, che si agitavano in una scodella di latte caldo mentre lei li raccoglieva con il cucchiaio prima di mangiarli, oppure in fondo a una grotta, fluttuanti dentro una buca piena d'acqua, come feti dentro un utero.

Nel pomeriggio l'afferrò un forte mal di stomaco, e cominciò a lamentarsi a voce alta, invocando sua madre. E sua madre venne, le fu accanto mentre camminava, tenendola per mano e accarezzandole la fronte. Le parlava, lei lo sapeva, ma il ronzio nelle orecchie era aumentato. Guardava le sue labbra che si muovevano senza suono, e rispondeva: «Non capisco, non ho capito».

Quando sua madre se ne andò, lei era già raggomitolata dentro una buca naturale, cercando di ricavare calore avvolgendosi il più possibile su se stessa.

L'erba era umida. Il mal di stomaco era diminuito e ora sentiva distintamente l'odore del formaggio che proveniva dalla tavola imbandita, e il pane e il latte riscaldato ma era tropo spossata per alzarsi e andare a mangiare. Qualcuno la stava invitando a tavola con insistenza, ma era troppo, troppo stanca.

GIORNO DIECI

Si svegliò con un sapore disgustoso in bocca. Non c'era vento e i sottili raggi di sole che penetravano tra il disordinato intrico di rami sopra di lei accentuavano l'odore del legno imputridito dei tronchi marci. Il ronzio nelle orecchie era diventato un sibilo che faceva da sottofondo a pensieri confusi. Si osservò le mani strisciate di sangue rappreso, tra la sporcizia e gli orli neri delle unghie, e le posò sul ventre.

«Queste sono le mie mani», disse. «Queste sono, piccolo mio». La voce era roca.

A metà mattina attraversò un querceto. Se ne accorse dalle foglie dai bordi ondulati che crepitavano sotto i suoi piedi. I tronchi imponenti e distanti lasciavano scoperti ampi pezzi di cielo. Superò un paio di bassi promontori e poi scese in quella che sembrava una piccola vallata.

Verso mezzogiorno, a giudicare dall'altezza del sole nel cielo, il terreno si inasprì, proseguendo giù indurito, in uno scoscendimento costante. Minuscole cavità si aprivano nel terreno come tante piaghe. Niente da mangiare. Niente da bere. Si orientava a fatica, perdendosi in continuazione.

Si fermò nel pomeriggio, in una radura quasi in piano che spezzava quel lento declinare. Si sedette su un grosso masso che sbucava dal terreno obliquo. Si prese la testa fra le mani e appoggiò il mento sul petto, chiudendo gli occhi che le bruciavano.

Una figurina pallida e interamente coperta di fango, i capelli arruffati in cima alla testa, gli occhi vitrei.

Non una voce umana, non l'odore di legna arsa o di cibo, niente tende o case.

Lo stomaco brontolò, e lei lo accarezzò con larghi movimenti circolari. Intonò i primi versi di una filastrocca per il suo bambino:

«Pioggia chiara a catinelle
sulla terra e sulla pelle
Pioggia chiara fitta fitta
sopra i mari e su...»

La voce le mancò. Provò a deglutire, ma non ci riuscì. Sete. Un insetto grigio volò sulla sua gonna e lì rimase. Alberi e cespugli. In alto, nel cielo, le nuvole si stavano lentamente ammassando senza lasciar presagire nulla di buono.

Si alzò e sentì un fischio intermittente. Credette che fosse dentro le sue orecchie, finché non lo risentì un'altra volta. Guardò in alto strizzando gli occhi. Un nibbio volteggiava a spirale sopra di lei. Lo guardò allontanarsi libero e sicuro, ascendendo sollevato da una corrente invisibile sul lato settentrionale della montagna, ma ciò che vedeva erano le spalle di suo padre che sparivano oltre la curva della strada di casa sua. Per sempre.

Gli uccelli che sfrecciano nel cielo, sono davvero liberi? Da chi. Da cosa.

Rimase immobile a guardare quella parte di cielo che si riempiva velocemente di nuvole anche dopo che il rapace non era più visibile.

Alle cinque e un quarto di un mattino qualunque, senza drammi, le cinque e un quarto che avrebbe segnato la sua vita. La giornata aveva proseguito normalmente, come se non fosse accaduto nulla di speciale, e non se ne era parlato più.

Ogni volta che qualcuno chiedeva notizie, poneva domande, la risposta di sua madre era: "a breve, a breve lo raggiungeremo". Non ci credeva nemmeno lei. Sapeva che le mancava, ogni giorno, così come sapeva che non sarebbe mai più tornato. Da quel giorno sul volto di sua madre si scavarono dei solchi profondi, sentieri che conducevano alla solitudine e alla sconfitta.

Le rughe sono strade che si percorrono in un senso solo.

Le cicatrici lasciate da questo fuoco che le ardeva nel cuore le rimasero per tutta la vita e mai, mai più poté tornare indietro. Quel fuoco si propagò dal cuore agli organi interni e, lentamente, la consumò.

Gli anni volarono via come foglie secche al vento d'autunno, sempre uguali.

Poi, gli avvenimenti si susseguirono rapidamente, in una accelerazione dei tempi che segue lunghi periodi d'immobilità: un fenomeno di contrazione comune al corso di ogni esistenza. Scoprì di essere incinta durante la malattia di sua madre. Se ne accorse dalla nausea. Fu indecisa a lungo se dirglielo o meno.

Sua madre aveva una broncopolmonite che peggiorava di giorno in giorno e la faceva sudare di notte per lo sforzo di respirare. Le medicine scarseggiavano, e quelle che si riuscivano a trovare erano troppo care.

L'avevano sistemata nella stanza in fondo, accanto a quella in cui dormivano lei e suo marito, per poterla assistere meglio. A volte si lamentava, di notte, e lei la raggiungeva e le chiedeva come stesse, se avesse bisogno di qualcosa.

Nell'ultimo periodo voleva essere girata continuamente, prima su un fianco, poi sull'altro. Continuamente.

Sua nonna la sostituiva di giorno. Le sedeva accanto e le raccontava delle storie, come si fa di sera con i bambini che si mettono a letto. I rari momenti in cui sua madre era lucida erano i peggiori. Sussurri incerti, come se cercasse parole nascoste scartando un pacco di carta velina. Lunghi soliloqui che non aveva il cuore di interrompere. Si muoveva a disagio sulla sedia, infilandosi le dita nel colletto della camicia di cotone. Afferrava il senso di poche frasi, quasi sempre le stesse.

Avrei dovuto saperlo prima. Oppure, *ho capito. Non possiamo, è la legge. Ho capito.*

La solitudine di sua madre le franava addosso e, per quanto cercasse di evitarlo, non poteva impedire in alcun modo che quella valanga la travolgesse.

Ogni sera sfogliava alcune pagine del suo libro, che teneva accanto al letto, rileggendone stralci che conosceva già a memoria. Di solito questo l'aiutava a dormire, ma una sera non ci riuscì. Una densa spossatezza si impadronì di lei e si addormentò con il libro aperto in grembo.

La mattina successiva si sentiva debole, e le girava la testa. Andò nella stanza in fondo per chiedere a sua nonna di controllare se per caso non avesse la febbre.

Entrò nella stanza in penombra che sapeva di disinfettante, di menta e di urina. Sua madre si era appisolata. La nonna sbocconcellava un pezzo di formaggio. Le arrivò una zaffata di odore pungente e la fronte le si inumidì di sudore. Corse in bagno a vomitare. Dopo qualche istante la porta si aprì e sua nonna si piegò su di lei a reggerle la fronte.

«Sei incinta», disse. E basta.

Si sciacquò la bocca innumerevoli volte prima di parlare.

«Oddio».

«Come ti senti?» disse. «Tutto bene?»

«Nonna».

Spostò lo sguardo da lei al suo ventre piatto, poi tornò a guardarla. Gli occhi lucidi.

«Sei sicura?»

«Abbastanza, direi. Lo so già da qualche giorno. Si vede. Io lo vedo».

«Che cosa devo fare?»

«Tu cosa vuoi fare?»

«Non posso, ora».

La nonna si sedette sulla vasca, cancellando con un getto d'acqua un paio di schizzi di vomito che erano rimasti sul bordo del water.

«Certo che puoi».

Lei cadde in ginocchio e le appoggiò la testa sul grembo.

«Piangi?» disse la nonna accarezzandola. «Non devi. È il ciclo della vita. Per una che va, una ne viene».

«Sto male, nonna. Non sono sicura di volerlo».

«Cosa vuoi fare? Abortire?»

«No, quello no».

«Allora cosa?»

«Non è il momento giusto, per noi».

«Può darsi, ma tuo figlio non lo sa».

Si morse le labbra tirando su col naso e asciugandosi le lacrime. Il rubinetto del lavandino collegato alla cisterna gocciolava ritmicamente. Si alzò e lo strinse meglio.

«Lo devo dire a mamma».

«Sì, dovresti».

«Ma non oggi. Un'altra volta».

La nonna scosse le spalle.

«Bene», disse. «Prenditi il tempo che ti serve».

Le tenne aperta la porta mentre passava.

«Auguri», le disse, mentre tornava a passo svelto verso la stanza in fondo.

Trascorse una settima esatta senza che si decidesse a confidarlo a qualcuno. Era stata tentata più volte di rivelarlo a suo marito, ma tutti i tentativi non erano andati a buon fine. Suo marito si infilava le dita nel naso di nascosto, credendo che nessuno lo notasse. Lei iniziò a parlargli la sera stessa in cui aveva saputo, poco prima di sollevare lo sguardo.

«Senti c'è una cosa che...»

Lui si affrettò ad abbassare la mano dal naso e a sorriderle come se niente fosse.

«Cosa?»

Lei finse di non averlo visto, come sempre.

«Hai tolto tu la maniglia dalla porta del bagno?»

«No. Non so niente».

«Va be'».

«Sarà stato tuo fratello».

«Ho detto che va bene».

«Che c'è? Sei arrabbiata?»

«No. Perché?»

«Così».

Il marito fece spallucce e si voltò verso la finestra, dandole le spalle. Da dietro, lei vide che aveva sollevato di nuovo la mano all'altezza del naso.

Passeggiava nell'orto, soffermandosi sotto il suo ulivo. Un pomeriggio in cui non c'era nessuno, si arrampicò fino al suo ramo preferito e vi rimase per un paio d'ore con il palmo di una mano sul tronco e l'altro sul suo ombelico. L'ottavo giorno entrò nella camera buia in fondo. La sedia di sua nonna era vuota. Chiamò sua madre, che girò la testa verso di lei.

Si avvicinò in punta di piedi, vestita di lino bianco come un angelo pallido nel buio della notte. Faceva caldo in quella stanza a causa della finestra serrata per evitare correnti d'aria. I capelli erano spettinati e rizzati in testa per la continua posizione distesa. Glieli aveva tagliati lei l'ultima volta, e andavano rispuntati di nuovo. Impugnò l'attrezzo utilizzato per l'allenamento delle dita che era collegato elettronicamente alla lampada sul comodino, e la ricaricò premendolo velocemente in rapida sequenza. Accese la lampadina che emanava una luce fioca e instabile.

Tra i rantoli del catarro che le gorgogliava nel petto la voce di sua madre proveniva da molto, molto lontano.

«Che c'è?»

Notò le occhiaie profonde, le labbra sottili ritirate sui denti, le guance emaciate e scavate. Un velo di sudore l'avvolgeva come un sudario. La guardò in quegli occhi dolci e distanti e seppe con certezza, in quel momento, che non avrebbe mai conosciuto suo nipote.

«Niente», disse. «Volevo solo salutarti».

La madre allungò una mano tremante a mezz'aria nella penombra, lunga e sottile. La donna allungò la sua e l'afferrò fermamente. Era fredda, nonostante la giornata afosa, e dura. Solo ossa avvolte nella seta.

Sua madre non provò nemmeno ad alzarsi, ma sorrise prima di reclinare il capo all'indietro abbandonandosi nuovamente a un sonno agitato. Il dolore modellò la pelle del viso come il vento le dune di un deserto.

«Riposa, mamma».

«Grazie». Appena un sussurro.

«Di niente mamma, di niente».

Stette così, con la mano fredda nella sua, ad ascoltare il respiro ansimante e a guardarle il petto che si alzava e si abbassava rapidamente.

La lampadina si affievolì fino a spegnersi del tutto dopo aver consumato la scarsa energia accumulata.

Rimase seduta al buio anche dopo.

Quella notte commise un peccato che nessuno le avrebbe mai perdonato. A metà del suo turno notturno al capezzale di sua madre si addormentò, spossata, con la testa appoggiata alla parete. Si sentì chiamare ma il sonno l'aveva avviluppata completamente e non provò nemmeno a riscuotersi.

Sua madre morì all'alba, poco prima che lei si svegliasse. Non seppe mai di suo nipote.

Poco più di sette mesi prima, *solo sette mesi*. Poi era stata presa dal suo bambino, ma la sognava quasi ogni notte.

No, non ti ho dimenticata.

Non lei, e nemmeno suo fratello, che si assentava per lunghi periodi senza chiedere niente a nessuno, senza concedere niente a nessuno. Si era rintanato in un mondo tutto suo come un pesce rosso in una bolla d'acqua, immerso in un altro elemento, un'altra qualità dell'esistenza.

I suoi sforzi di distrarlo s'infrangevano contro il muro di silenzio che egli aveva eretto tutto intorno a sé. Solo dopo molte insistenze era riuscito a convincerlo a stare da loro.

Quando non usciva nei campi a lavorare rimaneva sdraiato su una brandina attaccata alla parete, gli occhi coperti con un braccio, a pensare.

Impossibile per lei riflettere in quella maniera. Aveva bisogno di muoversi, di fare qualcosa. Qualsiasi cosa. Le intuizioni migliori le erano venute lavando i pavimenti.

Anche adesso sentiva con forza che vi doveva essere un legame tra i piedi e la testa perché dopo molto camminare, quando ormai non sentiva più lo sforzo dei muscoli e procedeva per inerzia, ogni passo spingeva davanti ai suoi occhi i ricordi di ciò che era stato. Suo malgrado, le era impossibile camminare e non pensare a nulla. Così, in questi momenti, subiva il doppio tormento del dolore delle gambe e quello dei ricordi.

Se non avesse trovato suo fratello. Se non fosse stato lì dove aveva detto, oltre il bosco, insieme agli "altri". Chi mai erano questi "altri". Cosa facevano, in cosa credevano, dove vivevano. Che fine avrebbe fatto suo figlio, laggiù.

Cosa era, esattamente, *laggiù*.

A ogni passo un dubbio veniva seminato nel suo cuore. Procedere alla cieca verso un futuro incerto forse non era la cosa giusta, ma non è forse ciò che tutti facciamo?

Cercare riparo in una costruzione solida, di calce e mattoni e illudersi che possa essere qualcosa di più. Un posto dove i sensi di colpa smettono di masticare il cuore e dove, per magia, tutti i nostri bisogni insoddisfatti possono trovare finalmente ragione.

Nemmeno un castello va bene se non è il posto dove si vuole stare, figlio mio.

Partire come suo padre, lontano, via da tutto quel dolore, e non tornare più. Rifarsi una vita nuova, un altro amore. Un altro nome.

Avrebbe potuto fare tutte queste cose e anche molte altre, ma non sarebbe bastato nemmeno quello.

Un passo dopo l'altro infilava dubbi alternati ai ricordi, come perline colorate su di un filo. Aveva fame. Si guardava intorno alla ricerca di cibo, senza sapere esattamente cosa.

Levante.

Doveva orientarsi ma le girava la testa. Fame.

A est.

Vivere, doveva solo vivere.

Fame, Dio che fame che ho.

La vita per lei era finita nel momento in cui si era acquattata tra i ligustri prima di iniziare quella fuga. *Niente*, aveva detto, *non è niente.* Invece era tutto. Non c'era più una casa cui tornare, nessuno ad aspettarla, cibo da preparare. Tutto era finito. Si aggrappò al ramo basso di un albero e si lasciò scivolare più in basso superando un muretto naturale di radici. Alberi e alberi e foglie secche.

Quello era il suo mondo ora, solamente quello, ed era sola.

C'era una frase del suo libro che, più di ogni altra, si infilava tra i pensieri con insistenza. Il riferimento era in un gruppo di pagine dalla prosa singolare. Soprattutto, non riusciva a capirne la trama e per quanto si fossero sforzati, lei e il marito, non ne erano venuti a capo. Ma c'era quella frase, quella solamente, che per quanto si sforzasse di dimenticare, apriva una finestra sui suoi pensieri cupi.

"Chi mai potrà misurare il fervore e la violenza del cuore di un poeta quando rimane preso e intrappolato in un corpo di donna?"

Una frase presuntuosa, semplice e schietta, e perciò terribile. Era stanca, le sembrava che la schiena stesse per spezzarsi e la morsa alla testa non si allentava mai, mai, mai. Morire. Non doveva essere così terribile.

Era peggio per chi rimaneva.

Starnutì violentemente un paio di volte e fu come se l'avessero schiaffeggiata. Pulì il naso strofinandolo sulla manica del giubbotto, lercio di fango indurito. Non ce la faceva più. Nello stesso istante avvertì un nugolo di farfalle svolazzarle nella pancia. Suo figlio le faceva il solletico.

«Oh figlio mio», disse. «Figlio mio caro».

Un capogiro la costrinse ad appoggiare la schiena contro un albero. Scivolò lungo il tronco, sedendosi con le gambe dure e tese sotto di sé. Fame, tanta fame.

«Mi dispiace», disse con gli occhi e la gola secchi. Ebbe un singulto e sussurrò «Dio», tirò su col naso e poi, più piano, «Dio mio».

Li intravide tra veli di lacrime, proprio di fronte a sé, uno grande e tre più piccoli in fila, gialli come l'oro. Strisciò carponi verso l'albero, senza nemmeno alzarsi, come un cane. Quattro coni rovesciati, arricciati sui bordi come la gonna che da bambina indossava la domenica. Nel buio più remoto della sua percezione, quando credeva di averla perduta per sempre, seppe che se li avesse mangiati, sarebbe morta.

Il fungo più grande era alto quasi dieci centimetri ed era gonfio e polposo. Il diametro del cappello non più grande di cinque centimetri, il gambo almeno due.

Quando era stata l'ultima volta che aveva mangiato dei funghi? Non lo ricordava neppure. Di certo erano stati cucinati con le patate e dell'aglio sminuzzato insieme al prezzemolo.

La bocca le si inumidì di saliva.

I tre più piccoli, alti la metà, avevano i bordi rialzati e una concavità al centro talmente marcata da contenere qualche sorso di acqua che si chinò a lappare. Sentiva odore di prugne. L'acqua era fresca, pulita, buona. Si guardò intorno, ma non ce ne erano altri.

Annusò i funghi. Sì, prugne. Sul gambo che si allargava verso il cappello notò delle nervature che si biforcavano continuamente in un intreccio caotico. Le mani le tremarono mentre scostava le foglie secche dai gambi carnosi. Proteggendo il suo tesoro come se dovesse difenderlo si guardò attorno con circospezione, ma non c'era nessuno.

Ruotò su se stesso il fungo più grosso e il gambo fibroso si staccò dal terreno. Li prese tutti e quattro, uno dopo l'altro, raccogliendoli nell'incavo delle braccia portate al petto. Si sedette con la schiena appoggiata a un vecchio faggio che raggiunse con affanno.

Nella mente annebbiata dalla fame serpeggiò una sola parola. Veleno. Torcendosi le mani cercò di pensare. Non doveva mangiarli. Non poteva.

Aveva fame, Dio che fame. Fame.

Veleno.

Il suo bambino.

Gli occhi le si inumidirono di lacrime, non poteva mangiarli. Dal suo grembo si dipanava fino alle sue narici un filo di odore di frutta matura appena raccolta. I punti in cui li aveva toccati facendo pressione per coglierli erano diventati arancione scuro.

Non sono rossi i funghi velenosi?

Con le macchie bianche. No, anche bianchi, tutti completamente bianchi. Che fame. Fissava con gli occhi spalancati e folli quei funghi viscidi che aveva in grembo.

Sarebbero morti dolorosamente. Avrebbe potuto abortire e salvarsi solo lei.

No, no, impossibile.

Cercò di soppesare le alternative. Poteva morire, ma non solo lei. In mezzo al nulla, con il vuoto alle sue spalle e di fronte a lei, non era sola. Si toccò il ventre.

Angelo mio, ce la dobbiamo fare.

Con le dita intirizzite dal freddo strappò il fungo più grande e davanti ai suoi occhi la carne appena esposta all'aria arrossì. Lo annusò, sapeva di prugne e frutta, e di muschio.

La saliva aumentava sotto la lingua e si raccoglieva nelle guance e sui denti.

Non poteva mangiarlo. Batté le ciglia per ricacciare indietro le lacrime, e ne sollevò un pezzo tremante all'altezza degli occhi.

Veleno. Non posso mangiarlo.

Che fame.

Ti amo, figlio mio, più della mia vita.

Le mandibole scattarono a vuoto ancora prima che la bocca fosse piena. La carne era fibrosa, soda, dolciastra e leggermente piccante.

Niente più paura, solo bramosia. Folle, smaniosa, ossessionante fame. Voleva sentirne il sapore, davvero voleva, ma non ce la fece. Ingollò pezzi interi senza quasi masticarli e ciò che rimase di quel delirio fu un vago sapore di fieno.

Continuò a masticare anche quando in bocca non ne era rimasto più nemmeno uno, lo sguardo vitreo perso nel vuoto. Attese la nausea, cercando di ricordare se aveva già mangiato funghi di quella forma e di quel colore.

Un cappello giallo oro.

Qualche settimana dopo la morte della madre, avevano ricevuto una visita. Un vecchio amico d'infanzia, un ragazzo che abitava a pochi kilometri di distanza. Lei non lo vedeva da anni. Sentì bussare con decisione e quando andò ad aprire la porta, in principio, non lo riconobbe. Si trovò davanti un ragazzo ben vestito e ben calzato. Lo fece entrare senza troppe cerimonie. Chiamò suo fratello, che giaceva disteso sul letto come al solito, ma questi non rispose, né si mosse.

«Deve essersi addormentato», disse all'amico, aprendo di più la porta. «Vieni, entra».

«Grazie».

«Come stai?»

«Io bene. Sono venuto per darvi le condoglianze. Come state?»

«Grazie. Si tira avanti. Vieni, siediti pure. Aspetta qui che lo sveglio».

«Sono già sveglio».

La voce di suo fratello era ovattata ma non si mosse da dov'era.

«Alzati, abbiamo visite. Indovina chi è venuto a trovarci».

Suo fratello scostò l'avambraccio dagli occhi e girò la testa contro la parete sporca di fuliggine. Il suo amico era rimasto in piedi, il vezzoso cappello giallo tra le mani.

«Tutto bene?»

Il fratello tirò giù i piedi dal letto, si mise a sedere e rimase lì, le spalle cadenti e le mani tra le gambe.

«Siediti», gli disse.

Il suo amico si guardò attorno e avvicinò una sedia. Quando il silenzio divenne imbarazzante, lei gli si avvicinò.

«Lo bevi un caffè di cicoria?»

L'amico appoggiò il cappello color limone sul tavolo con eccessiva cautela e concentrazione poi, soddisfatto, schioccò le labbra.

«Volentieri, grazie».

«Torno subito», disse lei con un cenno della testa e dopo aver lanciato uno sguardo enigmatico al fratello andò verso l'angolo cucina.

Il silenzio calò di nuovo nella stanza.

Seduto sul letto, le mani intrecciate, suo fratello si guardava le punte dei piedi. L'amico guardava le pareti, alla ricerca di qualcosa cui appigliarsi, gli occhi strizzati per vedere meglio qualcosa che non c'era, finché non si schiarì la voce.

«Ehi, allora? Come va?»

Il fratello inclinò la testa da un lato.

«Secondo te come va?»

L'amico appoggiò il pugno chiuso sul tavolo, e lo tolse.

«È da un sacco che non ti si vede in giro e allora ci si chiedeva come stessi, che fine avessi fatto».

«Ci si chiedeva. Chi?»

«Come chi. Noi, i tuoi amici».

«Non credevo di averne ancora».

«Cosa?»

«Di amici».

«Ma che dici…»

Il fratello osservò senza tradire alcuna emozione l'atteggiamento di apparente padronanza che l'altro ostentava.

«Tu come stai?»

L'amico si animò.

«Bene. Mia moglie e io aspettiamo un bambino per la fine dell'inverno. Siamo tutti in attesa e, be', molto presi dall'evento».

Il sorriso dell'amico mostrava una fila di denti regolari e bianchi e accentuava il doppio mento flaccido e cadente. Lei si voltò e dal fondo della stanza urlò.

«Allora auguri. Fai i miei auguri a tua moglie».

L'ospite gonfiò il petto senza accorgersene.

«Grazie, grazie, glieli porterò. E auguri anche a te».

Il fratello chiuse gli occhi.

«Sono contento per te».

«Sì, be', l'età c'è e allora mi sono detto perché no? Prima di morire voglio lasciare qualcosa di buono su questa terra».

Il fratello non rispose. Dopo qualche attimo, l'amico si voltò verso la sorella.

«Posso fumare qui?»

«Certo. Il caffè arriva subito».

L'amico si rollò abilmente una sigaretta con una miscela di nocciolo e menta triturate, e sfregò il fiammifero sotto la suola delle scarpe. La piccola fiamma illuminò brevemente il volto flaccido. Il fumo disegnava fantasmi azzurrini tra i raggi di sole obliqui della stanza. L'amico si sbottonò il colletto della camicia.

«Tu non fumi, giusto?»

«No».

«Guarda che non danno dipendenza queste. Non c'è mica nicotina».

Il fratello lo guardò dritto negli occhi.

«Cosa ci fai qui?»

«Come sarebbe? Non posso venire a trovare il mio vecchio amico?»

«Sì, puoi. Hai sempre potuto, ma sono anni che non lo fai. Perché ora?»

L'amico si accigliò e soffiò in fuori una lunga boccata di fumo con il capo reclinato verso il soffitto.

«Sono passato un paio di volte da casa tua e non ti ho trovato. Poi ho pensato di venire a chiedere a tua sorella, non credevo di trovarti qui».

Il fratello allargò le braccia.

«Sono qui in vacanza».

L'altro si mosse sulla sedia, a disagio.

«Sì, be' fai bene a staccare un po'. Ho saputo di tua madre, ma l'ho saputo tardi e non sono riuscito a venire al funerale».

Il fratello fissava le scarpe lucide e la camicia su misura che indossava il suo amico.

«Non importa. Non serviva».

«È stato un colpo per tutti».

«Davvero?»

«Come, davvero? Ci siamo rimasti tutti male».

«Potevi venire prima, allora. Quando era ancora viva».

L'amico si agitò di nuovo sulla sedia.

«Be', se la mia presenza non è gradita, io…»

Sua sorella intervenne, appoggiando la tazza di caffè sul tavolo e coprendogli la mano con la propria.

«Lascia stare. Sei il benvenuto qui, grazie per essere passato».

«Ma certo, certo. Non lo biasimo».

«Quanto miele?»

«Uno, grazie».

La stanza tornò silenziosa. Il tintinnio del cucchiaino contro la ceramica della tazzina si ripeté per due, tre volte. Con la mano che reggeva la tazza, l'amico indicò le pareti della casa.

«Ti trasferisci qui o hai intenzione di ritornare a casa tua?»

«Ritorno».

«Ah, bene bene. Quando?»

«Quando mia sorella riuscirà a sopportare l'idea che non ho bisogno di stare qui per stare bene».

«Eh, le donne. Anche tua madre era così. Volevo solo dire che mi dispiace, e dispiace a noi tutti. Mi puoi credere».

Il fratello tornò a fissare i suoi piedi nudi appoggiati al pavimento di pietra.

«Vi dispiace, e nessuno ha fatto niente».

L'amico spense la sigaretta nel posacenere e lo allontanò con le dita, stringendosi nelle spalle.

«Be', ma cosa si poteva fare? Quando arriva, arriva».

Il fratello sollevò la testa e qualcosa nel suo sguardo fece tornare serio l'amico: «Sarebbe bastata una dozzina di fiale di cortisone. Due, tre scatole. Poteva salvarsi».

L'amico giocherellava con la falda del cappello giallo poggiato sul tavolo.

«Lo ha detto il medico? L'ha visitata qualcuno? Sì, intendo, oltre tua nonna».

«Quale medico?»

«Be', non saprei. È stata visitata, suppongo».

«No».

«Allora non...»

Un trillo echeggiò nella stanza. L'amico si tastò le tasche dei pantaloni e tirò fuori un vecchio cellulare riparato con lo scotch.

«Scusa un attimo».

Strizzando gli occhi presbiti, schiacciò un paio di testi per leggere qualcosa sul display. Dall'altro lato della stanza la ragazza lo guardava con la bocca aperta. Non ne aveva mai visto uno. Dopo qualche istante il ragazzo se lo rimise in tasca.

«Sì, dicevamo. Non lo possiamo sapere. Si fa presto a dire cortisone. Non risolve mica tutti i problemi, magari era qualcosa di più grave. Tua madre era una donna forte. E comunque gli antibiotici li ha presi, la prassi è stata seguita. Non le è mancato nulla. I medicinali previsti per legge sono stati somministrati. Non si può fare altro, non sono ammesse eccezioni, lo sai anche tu».

«Non per noi, ma per lui sì».

L'ospite si girò a cercare la sorella ma lei ascoltava di spalle, il volto rivolto verso il focolare spento, le spalle abbassate.

«Perché non vieni con me, stasera, eh? C'è una festa per i soldati. Noi beviamo gratis, ti faccio entrare io. Abbiamo sequestrato un carico non autorizzato proveniente dal distretto di produzione di mais e biocarburanti, l'N-91. Un carro pieno di un liquore ottenuto dalla fermentazione del mais. Roba forte».

«No. Grazie».

«Dai, vieni!»

Il fratello sfregò i palmi delle mani sugli occhi, appoggiò la schiena contro la parete e intrecciò le mani in grembo, con i piedi che penzolavano fuori dal letto.

«Te l'ha detto lui di venire?»

L'amico si passò una mano sui capelli corti.

«Come?»

«Ti ha ordinato di venire qui, da me, a parlarmi?»

«Chi?»

«Lo sai».

«Be'», rispose dopo un attimo di esitazione, «siamo tutti preoccupati per te».

«Preoccupati o spaventati?»

«Ma spaventati di che?»

«Di me».

L'amico lo guardò accigliato.

«Noi, paura di te? E perché mai?»

Il fratello guardava la parete scrostata di fronte a lui.

«Non voi. Lui. Perché insiste a volermi tra i suoi "amici". Voglio dire, mi chiedo che cosa ti abbia detto. Immagino che tu non abbia parlato direttamente con lui, è troppo importante per avere a che fare con uno come te. Magari è venuto da te un tizio che svolge questi lavoretti per lui, un Sottotenente qualsiasi, che ti ha detto di convincermi. E tu ti sei calato le brache. È così?»

Le labbra dell'amico sbiancarono.

«Senti, io sono venuto qui per darti una mano».

«Io non la voglio. Né la tua né quella di nessun altro. Ho le mie e mi bastano».

L'amico avvicinò il tabacco e pescò dal taschino della camicia un rotolo di cartine che cadde dalle mani tremolanti. Lo rimise in tasca.

«Da che mondo è mondo, una mano lava l'altra e tutte e due lavano la faccia».

«Non se l'altra mano è impegnata e impugna una zappa. Almeno per ora».

«Cos'è, una minaccia?»

«Non ce l'ho con te. Hai fatto le tue scelte e non te ne faccio una colpa. Hai fatto quello che hai potuto. Non sei tu la testa, ed è quella che bisogna tagliare».

L'amico si passò le dita tra i capelli a spazzola un paio di volte.

«Sentimi, non è il caso di fare così. Diciamo che il lutto ti ha fatto perdere un po' la testa. Può succedere. Vieni con me stasera e vedrai che si sistema tutto».

«E perché dovrei voler sistemare tutto?»

«Tu parli troppo».

«Sai cosa ti dico? Che si obbedisce quando si ha paura. Tu quanta ne hai, eh?» Senza dargli il tempo di rispondere, lo incalzò. «Questo cappello. Lana, lavorata a mano. È primavera, sei ridicolo. Con cosa lo hai barattato? E questi vestiti? E, per Dio, queste scarpe. Cosa hai dato in cambio per averle?»

L'ospite abbassò lo sguardo sul tavolo dov'era posato il copricapo. Nel lungo silenzio che seguì, le parole del fratello rotolarono giù come una frana.

«Costeranno più o meno quanto una scatola di cortisone. Forse due. Valgono quanto la vita di mia madre».

L'aria della stanza si caricò di elettricità, come il cielo prima di un acquazzone.

«Adesso basta». La sedia si rovesciò all'indietro. L'amico sollevò l'indice all'altezza del viso. «Stammi a sentire…»

«No, tu stai a sentire me». Lo interruppe con una voce bestiale, profonda e rabbiosa. «Avrebbe potuto salvarla, lo capisci? Avrebbe potuto salvarla in un minuto».

L'amico abbassò la mano lentamente.

«Ma chi ti credi di essere? Qui nessuno è speciale. Siamo tutti uguali. Se avesse salvato lei, se anche avesse potuto e lo avesse fatto, avrebbe dovuto salvare tutti. I conti non tornano. La legge è legge ed è uguale per tutti».

Il fratello inclinò il capo da un lato.

«Non è affatto uguale per tutti, e tu lo sai che ho ragione, ma non hai le palle per dirlo».

L'amico batté il pugno sul tavolo.

«Non diciamo fesserie. Se tua madre è morta è solo colpa tua. Tua e del tuo stramaledetto orgoglio».

La sorella appoggiò una mano alla parete e si accasciò lentamente per terra. Nessuno ci fece caso.

«Lo sapete che ho ragione, lo vedete anche voi che è tutto sbagliato, ma non avete il midollo. Lui, lui ne approfitta. È così che funziona. Fate quello che vi dice, e in cambio ricevete questi quattro stracci e questo è tutto». Il fratello si fermò per riprendere fiato e poi disse: «Questi vestiti sono sporchi di sangue. Puzzano di dolore».

Il volto dell'amico era una maschera. Il fratello abbassò il capo e si guardò le mani che teneva penzolanti tra le gambe.

«Dimmi un po', amico mio, o forse dovrei chiamarti "soldato", ora. Com'è stare dall'altra parte?»

L'amico aprì la bocca per parlare un paio di volte, ma poi la richiuse, guardandolo con le labbra serrate. Il fratello si alzò dal letto continuando a fissarlo negli occhi.

«No, io non sono come voi. E porterò sulla coscienza per tutta la vita la morte di mia madre, ma solo la sua. Voi, invece, porterete la sua e quella di tutti gli altri».

L'amico si alzò e afferrò il cappello giallo puntandoglielo contro il petto.

«Fai come vuoi. La vita è la tua e se preferisci morire non sono affari miei. Ma sappi che lui lo sa. E non gli piace. Se solo tu mi ascoltassi e venissi con me stasera, io potrei provare a mettere una buona parola...»

Il fratello fece un passo in avanti e gli appoggiò una mano sulla spalla, interrompendolo.

«Io posso perdere tutto, ma non perderò l'unica cosa che mi appartiene. Davvero. Non so come aiutarti, mi dispiace. Se non ti aiuti da solo, io non posso farci niente».

L'ospite afferrò la mano appoggiata sulla spalla e l'allontanò con disprezzo.

«Tu aiutare me? "tu" aiutare "me"? Gesù, sei ridicolo. Un giorno rimpiangerai questa possibilità, ma sarà troppo tardi. Fai pure il filosofo, ora, ma te ne pentirai, vedrai». L'amico si calcò il cappello sulla testa. «Quando ti servì il sangue per quell'operazione alla gamba, lo ricordi? Ricordi chi si offrì di dartelo gratis? Chi fu l'unico stronzo a non approfittare dell'amico tra i sette che si fecero pagare profumatamente?»

«Sì, lo ricordo».

«Allora dillo, chi ti aiutò?»

«Tu».

I due ragazzi si guardarono negli occhi per l'ultima volta finché il fratello non abbassò lo sguardo e solo allora l'amico si voltò verso la porta. La raggiunse, poi esitò e tornò indietro, rivolgendosi alla sorella accasciata per terra: «Fallo ragionare tu, e sarà meglio per tutti quanti».

Si diresse verso l'uscita e spalancò la porta di legno che si schiantò contro la parete. Il ragazzo con il cappello giallo si allontanò sulla stradina, a passo svelto, nella luce rossa del tramonto.

Il fratello andò a chiudere la porta, dolcemente. Guardò sua sorella e fece un passo verso di lei. Lei si alzò lentamente, guardando oltre lui, come se fosse di vetro. Dopo qualche attimo, lui girò i tacchi e si diresse verso la brandina, semi-nascosta tra le ombre che si allungavano nella stanza. Si ridistese con gli occhi chiusi coperti da un braccio. Sentì i cardini cigolare, la porta aprirsi e richiudersi.

Era rimasto solo.

Lei era andata verso il vecchio albero di ulivo, ripensando a tutte le parole che avevano spazzato via le sue certezze con un solo colpo di mano.

Ripensò al cappello giallo e a quanto sarebbero potute costare la vita sua e di suo figlio. Attese la nausea e i sintomi dell'avvelenamento. Due mosche si fermavano sulle sue scarpe e si sollevavano in volo, le foglie stormivano sopra di lei. Dopo un paio d'ore si rialzò e riprese a camminare provando un cupo senso di trionfo.

Cominciò a farsi scuro. Trovò riparo in una nicchia rocciosa, lunga un metro e profonda quasi due, circondata per ogni dove da erba e muschio. Lì il vento non poteva raggiungerla.

Tra le pagine ingiallite del suo libro c'era un vecchio depliant plastificato con i prezzi di crociere ai Caraibi, nei Mari del Nord, nel Mediterraneo. Decine di offerte vacanze con cifre a tre zeri. Foto di donne in costume con buffi cappelli di paglia.

Nel buio, le sue labbra spaccate e aride si muovevano bisbigliando.

«Milleventidue cabine totali, cinquecentotrentasei con balcone privato, tredici suite. Sei ristoranti, quindici bar di cui un Sigar bar».

Un gufo bubolò lì vicino, la donna deglutì un paio di volte.

«Centro benessere, palestra, sauna. Casinò, discoteca, Shopping center, Squok Club».

Cosa diavolo era uno squok club?

«Piscina grande. Piscina media. Piscina baby».

Sprofondò in un sonno cupo, e sognò una cascata di acqua fredda e limpida, scrosciante e allegra come due adolescenti che escono da scuola. Acqua potabile e profumata, che sgorgava da una fenditura tra le rocce umide. Il fogliame tutt'intorno era completamente investito da minuscole particelle nebulizzate che bagnavano anche lei, e beveva fino a soffocare, senza dissetarsi mai finché l'acqua della montagna non si prosciugava e il flusso diminuiva sempre di più, fino a diventare sottile come un nastro e infine invisibile, e allora lei passava a leccare le rocce e le foglie e le sue mani umide, senza dissetarsi mai.

GIORNO UNDICI

La rugiada del mattino le aveva inumidito i vestiti. Scostò dal viso lurido un ciuffo di capelli incrostati di fango. Non riusciva a tenere gli occhi aperti, la vista le si era annebbiata.

Ci mise un quarto d'ora a mettersi in piedi.

Le fu facile orientarsi. Le gambe le tremavano quando si mosse nella direzione in cui si stava levando il sole, a est.

Si accorse che quella mattina non le scappava pipì. Il collo scricchiolava ogni volta che muoveva la testa e gli arti erano duri come pezzi di legno ghiacciato. Ad ogni passo un dolore alle giunture le si accendeva come fuoco. Barcollava come un'ubriaca.

Negli ultimi tre giorni non aveva mangiato altro che qualche fungo, bacche amare e quei piccoli topi crudi. Faceva freddissimo. La fame le tagliava in due lo stomaco e le svuotava il petto. Qui, proprio al centro, una bramosia impietosa le ordinava di riempire il vuoto. Come se l'anima le fosse stata estratta da un gancio infilato nella gola fino allo stomaco, e il vuoto la richiamasse a sé, incessante.

Come in sogno sentì uno scampanellio. Una allucinazione.

Dio, che freddo.

Le formicolò il braccio sinistro su fino al collo. Poi la schiena. Aprì la cerniera del giubbotto e contorcendosi cercò di raggiungere la scapola destra. Non ci arrivava. Si guardò intorno. Vide un ramoscello bitorzoluto che pendeva, spezzato. Provò a staccarlo ma era verde e così prese ad avvitarlo su se stesso fino a quando le fibre non si sfilacciarono. Con quello si grattò la schiena, insistendo nel punto in cui la spina dorsale incontrava il gancio del reggiseno. Continuò per almeno cinque minuti in estasi, finché un brivido di freddo non la costrinse a rivestirsi.

Prima di sollevare la cerniera, sbirciò dal collo a dolcevita del maglione. Tra i capezzoli e il reggiseno c'era una crosta giallognola, secca e dura. Il colostro sieroso che aveva iniziato a produrre già da diversi mesi si era bloccato. I suoi seni erano asciutti.

Doveva mangiare qualcosa. Appoggiò il dorso della mano destra alla fronte e la sentì scottare, o forse era la mano ad essere gelida.

Forza bambino mio, forza. Siamo quasi arrivati, mentì.

Un passo dietro l'altro, ripeteva a se stessa di infilare un passo dietro l'altro. Il polline delle conifere fluttuava nell'aria fredda e limpida.

Un'altra mattina come quella. Se chiudeva gli occhi vedeva ancora la polvere dondolante nel raggio di sole che tagliava di sbieco la cucina.

Inciampò su una roccia puntuta. Riaprì gli occhi, ma continuava a vederla.

Le molle della brandina cigolarono. Il lato sinistro del suo corpo era riscaldato da un sole troppo caldo per la giornata mite.

Le sue labbra si mossero, ripetendo ciò che suo fratello le stava dicendo.

«Ha sempre aspettato lui».

Una frase messa lì a caso, senza un filo logico. Così parlava lui. Assentì con la testa prima di dire *sì, parlava così.*

Era la verità. Sua madre aveva sempre aspettato che suo marito li portasse via.

Lo sapeva che non sarebbe tornato.

Suo fratello la guardò mentre inciampava di nuovo su una radice.

«Lo so, ma aspettarlo l'aiutava a vivere. L'aiutava a sopportare tutto quanto. Aspettiamo tutti qualcuno o qualcosa. Continuamente».

«Secondo te è morto?»

Lui sollevò lo sguardo dal riflettore del forno solare che stava riparando e si appoggiò alla parete, il cacciavite in mano, un cardine nell'altra.

«È morto quando è andato via».

«Quanti anni sono?»

«Cosa?»

«Che è partito?»

«Una ventina, più o meno».

«Dio, una vita. Chissà cosa fa».

Il fuoco scoppiettava. Sentiva l'acqua giunta a bollore fremere nella pentola, il vapore allargarsi tutt'intorno come un ventaglio.

Versò l'acqua bollente in una bacinella. Prese il sale dalla dispensa e ne versò un paio di cucchiai nell'acqua, poi l'aceto dalla mensola. Tre vassoi d'argento, una zuccheriera e cinque cucchiaini erano disposti in fila sul tavolo per essere puliti.

Che sete.

Con una scrollata di spalle attaccò a pulire la zuccheriera.

«Sapessi quante volte ho pensato di raggiungerlo per chiedergli "perché". Solo questo. Perché».

L'odore pungente della miscela di aceto a contatto con l'argento saturò la stanza. Lui si alzò, scavalcò con cura gli specchi appoggiati al pavimento accanto alla scatola che aveva appena smontato e si diresse verso la finestra.

Vecchi scarponi scompagnati e lisi appartenuti a suo padre erano disposti in fila sul davanzale. Dalla terra con la quale erano riempiti penzolavano in fuori lunghi fusti carnosi di piante grasse, ricoperti da gruppi di piccole spine. I fiori, su ognuna delle estremità, pendevano in colori sgargianti e variegati, rallegrando quell'angolo della cucina. Spalancò la finestra e guardò distrattamente fuori.

«Io no. Non me ne frega niente».

«Non è vero. Lo so, che non è vero».

«Per me è morto».

«Magari lo è davvero, e noi non lo sappiamo».

«Per me è morto, ti dico, anche se è ancora vivo. Sepolto. Fine della storia».

«Forse siamo ingiusti».

«I morti sono morti. Mi interessano di più i vivi. E tu», le disse voltandosi, «tu non dovresti sentirti in colpa».

Notò in controluce la silhouette di suo fratello, e si accorse solo allora che era dimagrito parecchio, negli ultimi mesi.

«Io non mi sento in colpa».

«Davvero?»

«Sì. Davvero. Non mi credi?»

«La vita è già dura così com'è, senza andare ad aggiungere altri carichi. Sì, be', insomma. È stupido».

«Io non mi sento affatto in colpa, ti ho detto».

«Allora meglio per te».

«Ma che c'entro io? Stavamo parlando di papà».

«Papà, mamma, tu. Sono cose che riguardano tutti noi, anche tuo marito».

«E che c'entra lui?»

«I sensi di colpa vengono trasmessi col sangue. In tutte le famiglie è così. Compreso vostro figlio».

«E tu che ne sai che è così?»

«Lo so perché ce l'ho anche io, una famiglia».

«Te ne ricordi solo quando ti pare. È facile così».

La guardò mentre sfregava con vigore la vecchia zuccheriera di argento immersa nella mistura di acqua, aceto e sale.

«Se strofini ancora un altro po', si consuma».

«È sporca. Va lavata. Fosse per te vivremmo in un porcile».

«E se fosse per te, dovremmo vivere in una cristalliera di vetro, così che non entri nemmeno la polvere a rovinarci i vestiti».

«Ma che c'è che hai? Che c'è di male a mettere ordine?»

«Niente, che ci deve essere? Tutto sotto controllo. Tutto perfetto, tutti gli ingranaggi al posto giusto. Tutti bravi soldatini in marcia e in fila per due».

Guardava svogliatamente una delle barre del forno solare che avrebbero sorretto i riflettori sul bordo della scatola. Andava incollata a quarantacinque gradi, ma non si decideva a finire il lavoro. Si voltò e si versò un bicchiere d'acqua dalla caraffa.

Acqua, bevila. Acqua.

«Sei ingiusto. Mamma aveva solo paura di restare sola. Aveva paura che anche noi l'abbandonassimo come aveva fatto papà».

Lui appoggiò il bicchiere pieno sul tavolino, si prese il volto tra le mani e parlò attraverso le dita che gli coprivano il volto.

«Nessuno muore con noi. Siamo soli quando veniamo al mondo e quando ce ne andiamo. Siamo sempre soli. Sempre. Prima lo comprendi e meglio è per te».

«Perché a casa non c'eri mai? Dov'è che andavi?»

Lui stiracchiò il braccio sinistro dietro la testa.

«Proprio per non essere come lei».

Abbassò il braccio e ficcò la mano in tasca.

«Temevo che potesse cambiarmi per contagio, capisci? Cambiare ciò che sono veramente. Credevo che se fossi stato sempre con lei, ad ascoltare giorno dopo giorno quello che pensava e a vedere il mondo con i suoi occhi, avrei finito con il rassomigliarle. Per questo me ne andavo».

Pausa.

«E non era affatto facile, no. Credimi».

Lei si tirò su la cerniera del *pile* sdrucito, rabbrividendo. Aveva la nausea.

«Sei un egoista, ecco cosa sei».

«Non più di te».

«Di me? Ma che fesserie vai dicendo? Io mi preoccupo per te».

«No. Tu vuoi decidere per me, ma ti preoccupi solo di te stessa. Sono più egoista io che voglio vivere secondo le mie scelte, o tu che pretendi di farmi vivere come dici tu?»

«Ma andiamo. Vivi pure come ti pare. Chi ti dice niente. Sfracellati pure come ti pare, chi se ne frega».

«Lo vedi? Tu vuoi che io faccia come dici tu, così puoi vivere senza aver paura. E sai cosa ottieni così? La mia infelicità sulla coscienza e la stessa paura che vuoi combattere. La stessa paura che aveva mamma. Ma io no, non ci casco in questa tagliola. Per questo me ne andavo, ecco».

«E ora? È più facile, ora? Com'è finita questa tua battaglia contro la nostra vita banale e inutile?»

«È finita che è morta, e che non si vince e non si perde. E almeno io non ho sensi di colpa. Io».

Fissò con attenzione l'acqua nel bicchiere lì accanto, come se vi navigasse una verità che avrebbe potuto distruggere il mondo.

«Scusa. Non intendevo... alla fine, meglio così. Meglio che sia morta».

«Ti prego».

«Sì. Meglio così. Mi era insopportabile tutto quest'aspettare qualcuno che non sarebbe tornato mai».

«Era malata. Era vecchia. Ha sofferto molto e quello che ha fatto lo ha fatto per noi».

«Senza mai fare niente per se stessa, vivendo una vita infelice. E questa sua infelicità è un fardello che non voglio. Non l'ho mai chiesto. Sopportalo tu, se ci tieni tanto».

Lei lo guardò con tanta intensità che lui distolse lo sguardo, accarezzandosi il collo. Lo scalpitio di zoccoli di un cavallo sulla terra battuta dell'ingresso la fece tornare in sé. Gettò uno sguardo oltre la finestra.

Suo marito stava saltando giù dal carro. Una lapide bianca, levigata e rettangolare era fissata a bordo con delle grosse corde. Lo guardò mentre si chinava a sciogliere i nodi, la camicia zuppa di sudore attaccata alla schiena e gli occhiali scivolati sulla punta del naso. Suo fratello lo notò.

«Ehi, scusa. Scusami».

Lei non si voltò.

«Vatti a lavare le mani, è quasi pronto».

Lavati le mani. Acqua, quanta acqua sprecata. Quanta sete.

Avrebbe bevuto anche quel miscuglio di acqua, sale e aceto se lo avesse avuto davanti. Qualsiasi cosa. Avrebbe fatto qualsiasi cosa pur di poter bere un goccio d'acqua.

Si fermava a leccare qualche ramo inumidito dal freddo. Si chiedeva se succhiare la terra bagnata le avesse potuto dare sollievo. Avrebbe potuto farlo, ma non lo fece.

Sentì di nuovo lo scampanellio e, questa volta, anche un aspro afrore muschiato. A una decina di metri tra gli alberi e le macchie di arbusti c'era una pecora bianca e nera. Ne vedeva le mammelle lisce e grosse, unte e coperte da una peluria chiara. Se era di qualcuno, ce ne sarebbero dovute essere altre. Si guardò attorno ma il bosco era quieto. Doveva essere fuggita, sì, ma da dove?

Alla sua destra s'innalzavano, senza dolcezza, alte montagne. A sud del bosco, oltre la distesa di alberi e rovi, un massiccio montuoso tagliava in due la terra fertile. Doveva essere scesa parecchio giù. Il suo paese era a ovest, e il monastero più a nord, da dove veniva lei. A sud c'erano queste montagne cave in cui si nascondevano animali selvatici e chissà chi altri. Forse l'accampamento era vicino e la pecora veniva da lì, era ai piedi di questi giganti di pietra o forse oltre il lato più distante, che portava a est.

O forse è oltre le stesse montagne.

Qui, dopo kilometri e kilometri di foltissimo sottobosco, separati da un fiume che scendeva dalle alture fino a meridione, sua nonna le raccontava che migliaia di tronchi precipitavano in uno strapiombo. Il corso dell'acqua era talmente impetuoso che nessuno poteva nemmeno pensare di immergervisi senza morire per la forza dell'acqua che si chiudeva come una morsa, inghiottendo tutto.

Sua nonna le riferiva che sui bordi di questo massiccio bacino giacevano ancora le turbine e i generatori elettrici che l'esercito avevano trasportato fin laggiù per costruire una diga. Non ci erano mai riusciti. Non possedevano più la tecnologia e i macchinari per montare i piloni di cemento armato, soprattutto dopo che i rapporti con il distretto N-172, l'unico che ancora ne produceva su richiesta, si erano deteriorati a causa di una mancata consegna del quantitativo di grano pattuito.

I lavori erano stati interrotti e abbandonati, i materiali lasciati ad arrugginire tra le piante del bosco.

Una cascata altissima, senza appigli e senza rive. Il lato più lungo e pericoloso era l'unico percorribile.

Fece una smorfia.

Avanzò verso la pecora ma quando era appena a un paio di metri, la bestia si voltò e trotterellò via scampanellando. La vide scomparire tra il fogliame e non ebbe la forza di seguirla

Il cielo era bianco. Si strofinò i polsi sugli occhi brucianti. Quando il fratello le disse che esisteva un posto in cui non c'erano capi né padroni, era sicuro di ciò che diceva. L'aria fredda le passò rumorosamente nel naso. Un altro respiro profondo e si sarebbe staccata. L'accampamento era davanti a lei, doveva proiettarci tutta se stessa. C'era.

Appoggiò la mano livida al tronco dell'albero più grande e più alto, un vecchio frassino che troneggiava in mezzo agli altri. Fece un giro completo e notò che i rami non erano distribuiti equamente ma su un lato erano più lunghi, numerosi e sviluppati orizzontalmente. Per conferma, osservò i rami dell'altro lato e vide che crescevano tutti verso l'alto. I rami si erano sviluppati in modo diverso, influenzati dalla luce. Il lato con i rami più numerosi e orizzontali era quello che riceveva più luce, e questo significava che era esposto a sud.

Seguì la strada indicata da quelle dita di legno, finché non vide due solchi sul terreno, coperto da foglie fradice. Si fermò a controllare meglio. Sì, due solchi le tagliavano la strada. Erano troppo stretti per appartenere a un carro, e troppo pochi per una carriola. Non c'erano altre orme di piedi lì vicino. Ebbe un brivido.

Guardò verso destra. Si perdevano tra gli alberi e, com'erano comparse, scomparivano. Seguì le orme con lo sguardo e lo allungò verso sinistra. In questo modo trovò il primo cartello arrugginito e ammaccato. Si confondeva con il terreno marrone ma un angolo conservava ancora la vernice bianca. Si piegò a raccoglierlo, liberandone i bordi trattenuti dagli steli di piante selvatiche.

Dopo qualche sforzo riuscì a intravedere la scritta "AI LAGH DI". Lo spazio che seguiva era completamente mangiato dalla ruggine. Era vicina. I solchi scomparivano anche su quest'altro versante.

Si guardò intorno alla ricerca del palo che sorreggeva il cartello e lo trovò a circa quindici metri di distanza, divelto e inclinato. Impossibile capire la direzione che aveva indicato. Ma se c'era un cartello, c'era un sentiero.

Ispezionò faticosamente il terreno alla ricerca di una strada battuta ma il suolo era coperto da uno spesso tappeto di muschio e da un intrico di rami caduti. Perlustrò la zona muovendosi a cerchi concentrici partendo dal palo di ferro. Deviava spesso per la frapposizione di tronchi, ma li superava mantenendo l'orientamento con quell'unico punto di riferimento arrugginito.

Dopo quasi mezz'ora notò quattro grossi sassi bianchi messi in fila. Ci era già passata due volte davanti ma non li aveva notati. Spostò con il piede l'intrico di foglie e notò che ce ne erano altri, in fila. Qualcuno li aveva portati lì per delimitare una strada in pianura. Guardò nella direzione che sembravano indicare le pietre e si accorse che avrebbe probabilmente deviato verso sud. Ci mise un po' a dedurlo, e anche dopo rifece il ragionamento per essere sicura. Meridione, senz'altro.

Accampamento o no, doveva bere. Camminò seguendo i sassolini bianchi. Ogni venti, trenta metri ne vedeva qualcuno. Quando non ne vedeva per un pezzo, tornava indietro agli ultimi avvistamenti e camminava a spirale finché non li ritrovava più a destra o più a sinistra. Il terriccio si trasformava lentamente in fanghiglia, e poi in melma. Ad ogni passo doveva arricciare le dita dei piedi per sollevare le scarpe intrappolate in quella mota appiccicosa.

La luce calava a poco a poco, e dei laghi ancora nessuna traccia. Si fermò per un crampo all'alluce destro, respirando piano per qualche minuto. Non c'era tempo per trovare un riparo. Avrebbe dormito per terra, ovunque avesse trovato un piccolo spazio, tramortita dalla stanchezza. Avrebbe dormito all'aperto. Avrebbe dormito anche in piedi, se fosse stato necessario. Continuò a cercare quei sassi bianchi, strizzando gli occhi nella semioscurità.

Poco prima del tramonto, quando la luce era poco più luminosa di una decina di candele poste tutt'intorno a lei, vide a terra un altro cartello arrugginito. Le intemperie avevano sbiadito la scritta, cui mancavano alcune lettere: *divto i blneazon*. Divieto di balneazione. Li sentì prima di vederli: un gorgoglio di piccole onde, increspate da una sorgente sotterranea. Appoggiati su una stretta vallata, dentro uno slargo roccioso, trovò finalmente i due laghi gemelli, proprio davanti a lei, freddi e scuri come occhi morti sbarrati verso il cielo.

Corse e inciampò. Si rialzò correndo e inciampando ancora, senza guardare il terreno ma solo l'acqua e mentre correva si liberò della sciarpa che portava avvolta sulla testa.

Acqua.

Bevve fino a perdere il respiro. Le mani appoggiate sulla riva scivolavano su qualcosa di viscido. Minuscole alghe verdi ondeggiavano sulla superficie del lago accumulandosi sui massi rotondi e sul fondo della riva. L'acqua aveva un retrogusto di fango. Bevve ancora e ancora. L'acqua le entrava nel naso e le bagnava il piumino. Quando smise, aveva l'affanno. Sentiva gli uccelli tornare ai loro nidi nascosti nel fogliame.

Lavò via il sangue dei topi che le aveva macchiato il mento e le guance. Specchiandosi nell'acqua all'ultima luce del giorno notò che il sangue colatole sul mento aveva indurito il colletto del piumino. Si lavò il viso quasi al buio, con l'acqua scura, insistendo sulle ciglia cispose e attaccate l'una all'altra. Ricordò stralci di una leggenda di una ragazza impazzita sul lago. Continuò a strofinare quell'acqua gelida sugli occhi e si sciacquò la bocca finché le gengive non cominciarono a dolerle.

Dal pezzo di cielo lasciato scoperto dai laghi poteva finalmente vedere le stelle. Si asciugò il viso e gli occhi bagnati.

Dio. Dio.

Una stanchezza antica la colse, e prima che il buio calasse del tutto caracollò dentro una roccia concava che le lasciava scoperte le gambe. Il terreno era imbottito con aghi di pino che le pungevano le mani ma era troppo stanca per spostarli. Si rannicchiò dove c'erano più foglie secche e si concentrò sul suo respiro sollevando i veli che coprivano i ricordi. I fogli sudici e stropicciati del suo libro. Le zaffate di odore terrigno quando voltava le pagine. Ricordava anche la posizione delle frasi rispetto alla pagina, come quella che parlava di una tavola imbandita e di cibo:

"Alla fine, terminato il desinare, si sparecchiò, si spazzò il camino, si attizzò il fuoco. Assaggiato e trovato squisito il miscuglio nella brocca, furono messe in tavola mele ed arance e una palettata di castagne sul fuoco. Allora tutta la famiglia si strinse presso al fuoco in circolo, come Bob diceva per significare un semicircolo.

Un allegro Natale a tutti noi, cari miei. Dio ci benedica!

Tutta la famiglia ripeté l'augurio.

Dio benedica tutti quanti siamo! disse, ultimo di tutti, Tiny Tim".

In uno stato di semi incoscienza, tra il sonno e la veglia, arrotolata sul ventre, tormentata dal mal di stomaco, le venne voglia di pane e marmellata.

Una brama che la fece tremare. La mandibola iniziò a scattare a vuoto, e non c'entrava nulla il freddo. Era la fame.

Dio che fame.

Masticava la marmellata di albicocche sul pane, il latte nel bicchiere, le sue stesse parole, i pensieri, masticava l'aria e i suoi stessi denti. Mangiava la paura e il freddo. La sua mano artigliò una manciata di aghi di pino e li portò alla bocca. La mandibola scattava e triturava quell'erba secca fino a ridurla in poltiglia.

Fame.

Gocce di sangue inzupparono gli aghi di pino conficcati nella bocca e continuò a masticare spine secche e sangue, con gli occhi serrati e il dorso della mano poggiato sulle narici spalancate. Un brivido di freddo le serpeggiò lungo la spina dorsale.

«Aiuto, aiutatemi vi prego, aiutatemi».

Uccelli si levarono in volo. Intrecciò le dita delle mani davanti al volto, rotolò su un fianco, la guancia contro la terra nuda, e recitò bisbigliando come in una litania.

«Aiuto, aiuto, vi prego, aiuto».

Sempre più piano.

«Vi prego, aiutatemi».

Sempre più piano.

«Aiuto».

Sempre più piano. Sempre più.

Nell'oblio in cui sprofondò sognò un uomo nella camera da letto buia di una solida casa costruita al centro di un campo di grano. Un uomo adagiato su un letto tra fini lenzuola di lino, un uomo che non riusciva a dormire.

Nella stanza con il pavimento di parquet e le pareti dipinte a stucco veneziano giallo oro, il Comandante rifletteva.

Era iniziato con un presentimento, uno di quelli che s'insinuano serpeggiando e diffondendo lentamente un veleno.

Ogni sera l'uomo prima di addormentarsi, nel buio della propria stanza, pensava a cinque cose della giornata appena conclusa di cui doveva essere grato.

Da quasi quarant'anni anni erano sempre le stesse. Uno, il potere. Due, i suoi cavalli. Tre, cibo abbondante. Quattro, la lealtà della sua truppa. Cinque, sua figlia.

Tutte le sere, per cinquant'anni, le stesse cose. Capì che c'era qualcosa che non andava quando una delle cinque cambiò.

Quella sera, con un mal di testa che lo torturava, disteso sopra le lenzuola pulite, la sua mente recitò, *oggi ringrazio per...* e poi si bloccò. Non il potere, né i suoi cavalli o sua figlia. No, niente di tutto questo.

Io, oggi, il pensiero sgranò lentamente le parole, *ringrazio di essere ancora vivo.* Nient'altro.

Doveva trovare una soluzione, ripristinare l'ordine delle sue priorità. Forse l'età o la vecchiaia, oppure quel litigio. Sì, doveva essere quel litigio di una settimana prima con il suo Luogotenente. Lui e quelle stupide lamentele su suo figlio. E quell'altro, lì... come diamine si chiamava? Il leccaculo con quel ridicolo cappello giallo e le sue stronzate. Il Comandante era turbato.

La scena cambiò.

Passeggiava nel giardino accanto a sua figlia, strappando foglie secche dagli steli delle rose, silenzioso e taciturno. Lo chiamavano tutti "Comandante", e basta. Occhi e mani levate continuamente verso di lui a chiedere stabilità, certezze, salvezza.

Follia, pura e semplice follia. Impossibile non accorgersi che la stabilità è solo una sciocca illusione della mente. Una trappola dell'istinto di autoconservazione.

«Non rimaniamo uguali a noi stessi nemmeno quando non cambiamo».

«Hai detto qualcosa, papà?»

«Io? No, niente. Canticchiavo».

Mentire, mentire a tutti, nascondere i propri obiettivi. Sua figlia lo prese a braccetto.

«Canti? Sembri così triste, invece».

«Ciò che sembra...»

«... non è. Sì papà, me lo dici sempre».

Il padre le diede un buffetto sulla gota.

Mentire sempre per salvaguardare i propri cari. Dare loro l'illusione che tutto sia sotto controllo, tutto. Ma non rimaniamo uguali, no. Nessuno di noi. E quando non agiamo, siamo agiti da forze sottili, oscure e misteriose. La figlia muoveva l'aria con un ventaglio.

«Torno dentro, ho caldo».

Il Comandante non rispose, osservava una radice fuoriuscita dalla zolla di terra.

«Papà, vado dentro», gli toccò il braccio, lui si voltò, e la guardò senza vederla.

Noi tutti *siamo* cambiamento. I ruoli, ciò che facciamo, non sono una condizione, ma un processo. Fluido, dinamico, in costante divenire.

La terra odorosa di pomodori maturi gli pizzicò il naso. Il Comandante portò i palmi delle mani sugli occhi, e premette fino a vedere stelle, pianeti lontanissimi, code di comete prossime eppure distanti, irraggiungibili e silenti.

Mantenere il silenzio sulla sua grandiosa visione, che lo ossessionava da quando aveva quindici anni. Alcuni di noi sono più dotati di altri. Non è meramente una questione di erudizione o di possibilità. Qualcuno ci nasce, così. Lui, ad esempio.

L'accentramento del potere non è sbagliato in senso assoluto. È sbagliato se chi lo detiene è un idiota, se chi ne è investito ne abusa e lo piega a se stesso.

Il potere deve essere morale, e quindi chi lo impugna deve esserlo altrettanto. Il potere è, e deve essere, infinite possibilità di realizzazione.

Il bene e il male sono sempre relativi a qualcosa. L'esercizio del potere deve essere ben al di là di questa banale categorizzazione. È il *giusto*, che va perseguito. La correttezza, la precisione, il riconoscimento esatto di ciò che deve essere. Questo significa che ciò che deve essere accontenterà qualcuno e scontenterà qualcun altro ma se si desse credito a ognuno, singolarmente, allora dove e cosa sarebbe la giustizia? Bistrattata, strapazzata, tirata di qua e di là come una coperta, senza ritegno né dignità.

Il giusto per l'insieme non è lo stesso che per il singolo. Non una comunità di disperati, né un regno di soldati stolidi, ma una Comune illuminata.

Schiacciò una zanzara che gli aveva punto il braccio, si leccò il pollice e pulì la macchia di sangue, le zampe e le ali rattrappite. Gli prudeva già.

Maledetta stronza.

Il ponfo pallido si sollevava lentamente sotto la pelle.

La mia visione, dov'è? Quarant'anni e ancora è solo dentro la mia testa, solo nella mia testa.

Si tastò il petto e i fianchi. Aveva lasciato i fiammiferi dentro casa. Tenne comunque il mozzicone di sigaro stretto trai denti, aspirando l'aroma bruciacchiato delle foglie di tabacco. Avvertì prurito al braccio e si grattò.

Cercò sua figlia con lo sguardo, a destra, a sinistra. Si voltò, ma non c'era nessuno. Se n'era andata, ma quando? Si incamminò verso casa con le mani dietro la schiena.

Era *necessario* agire, restringere i tempi, fare qualcosa ora. Aveva aspettato troppo, rimandato a lungo, più di quanto fosse ragionevole fare. Doveva affidarsi a qualcuno, e sapeva già a chi.

E allora, solo allora, sarebbe potuto morire in pace, lasciando su questa terra il suo dono. Un sistema imparziale e oggettivo, funzionale alla vita e non alla sopravvivenza.

Abbassò la maniglia della porta ed entrò, fischiettando. Sua figlia canticchiava davanti allo specchio grande del soggiorno. Smise di fischiettare e un'ombra cupa volò sulla sua fronte. Ringraziava di essere ancora vivo, ma *lei* non aveva potuto aiutarla. Non sarebbe stato giusto. Per l'abnegazione che provava per la giustizia non aveva potuto salvarla. E questo gli avrebbe tormentato il sonno per tutto il resto della sua vita.

Un rumore la svegliò. Una civetta.

Si rizzò a sedere cercando di distinguere la superficie degli oggetti nella notte. Dov'era andato? E la ragazza? Il fogliame era illuminato dai raggi lunari.

Sputò gli aghi di pino che aveva in bocca. Una luna gravida spiccava lattea contro il cielo blu e illuminava quella fetta di bosco, stretta dal freddo in una morsa implacabile. Le palpebre si fecero di nuovo pesanti e si assopì, rigida come un pezzo di ghiaccio.

Questa volta sognò di essere a casa sua. Vedeva pesci famelici nuotare fuori dalle finestre. La casa era affondata nel ventre di un lago melmoso sotto il quale scorreva un largo fiume che portava al mare. L'acqua premeva sui vetri e sulle porte con scricchiolii sinistri e lei ne era terrorizzata. Un'ondata di melma verde sconquassò la porta di legno, avvolgendo nelle sue spire mortali tutto ciò che trovava davanti.

La porta che si schiantava fu il rumore che la risvegliò.

Tirò su col naso il muco che colava sul labbro superiore.

Non respiro, deglutì.

Le sembrava di affogare. Le foglie stormivano sopra di lei, i vetri della casa tremavano assediati dall'acqua. La civetta cantò proprio lì vicino.

Si alzò barcollando, stringendo i denti per non svenire. Starnutì due volte e abbaglianti scintille scoppiarono sotto le palpebre. Si appoggiò a un tronco che non c'era e cadde su un fianco. Sentì il lamento di qualcuno accanto a lei e si voltò di scatto. Non vide nessuno. Ma era una voce lì accanto, ne era sicura. Si sentì osservata. Si alzò in fretta, ondeggiando e incespicando, e urlò.

«Chi c'è qui?»

Udì una voce di donna. Poi, silenzio.

Si diresse verso gli stagni alla luce della luna e le forze le mancarono a pochi metri dalla riva. Le ginocchia cedettero e cadde, priva di sensi, come un sacco vuoto.

Quando si svegliò non aveva idea di quanto avesse dormito, la luna non era più al suo posto. La lingua gonfia e ruvida pasteggiò con la terra che le sporcava le labbra, masticando anche quella.

Intontita, strisciò su un fianco guadagnando un centimetro dopo l'altro finché non raggiunse l'acqua gelida in cui immerse il viso. Lo tirò fuori e poi lo immerse ancora e bevve. Quando sollevò di nuovo la testa le gocce che cadevano giù dal suo viso disegnavano cerchi concentrici, uno dentro l'altro, e gli occhi di una civetta la guardavano dal fondo del lago. Roteò la testa e la cercò sui rami sopra di lei, poi si voltò di nuovo. Allungò una mano verso lo specchio d'acqua e la immerse.

Vatti a lavare le mani, è quasi pronto. Vatti a lavare...
La mano sgocciolava lacrime dolci, *tic tic tic.*
È quasi pronto.
Si passò la mano tremante sul viso e sentì i grani di terra dura sul mento e sulla guancia. Si specchiò nel lago. I capelli arruffati, il viso sporco di macchie scure, le occhiaie profonde. La puzza salmastra dell'acqua la disgustò e il viso si deformò in una smorfia.

Dal fondo del lago due cerchi gialli si sovrapposero ai suoi occhi cerchiati. Il suo volto riflesso si deformava tra le onde e si sovrapponeva a quell'altro. Si tirò indietro sul manto erboso. Non si sentiva nessun rumore. Pareva che quella donna se ne fosse andata.

Si stese sull'erba umida e guardò la luna, gli occhi lucidi di febbre.
Io sono, la casa sotto il lago, io sono, la casa di mio figlio. Io sono casa, io sono... io... la casa...
Dormì all'aperto, accanto al lago, il respiro affannato, la bocca socchiusa per respirare. Si svegliò quando il sole era già alto nel cielo. Avrebbe voluto rimettersi giù e dormire. Tremando di freddo si specchiò nel lago, ed era come doveva essere. Bevve e rabbrividì, non solo per il freddo.

In un vortice di stordimento, si trascinò fino al giaciglio dove si era rintanata la sera precedente, recuperò la sciarpa e si lasciò alle spalle quel posto stregato, ondeggiando per la stanchezza e la febbre.

GIORNO DODICI

Pomeriggio inoltrato. Barcollava piegata in avanti senza pensare a nulla, trascinando con fatica i piedi doloranti. Non faceva alcun rumore.

In un punto del terreno vide di nuovo due solchi paralleli, uguali a quelli del giorno prima. Li seguì con lo sguardo strizzando gli occhi.

In lontananza, tra i tronchi, qualcosa si muoveva. Fece un paio di passi in avanti e aguzzò la vista, scrutando tra le foglie e le ombre. Una figura indefinita e senza contorni compariva e scompariva, là nella boscaglia.

Si stropicciò gli occhi gonfi e guardò di nuovo.

Qualcosa si muoveva a meno di cinquecento metri di distanza e si confondeva con lo sfondo grigiastro dei cespugli, staccandosi dal fondo come un adesivo trasferibile su una scenografia di carta, così sembrava non allontanarsi mai ma andare a destra e poi a sinistra sul foglio. Sembrava un lupo che camminava ritto su due zampe.

Si strofinò di nuovo gli occhi con le mani infangate e fece una decina di passi in avanti. Era ancora lì. Il respiro accelerò. La figura le dava le spalle e avanzava dritta davanti a sé, lo capì perché si stava rimpicciolendo.

Quando la figura diventò quasi del tutto indistinta, la seguì con prudenza.

Il tempo trascorse lentissimo, le parvero ore prima che riuscisse a distinguerlo meglio. Vide delle gambe sotto il manto di pelliccia.

Era un vecchio calvo e barbuto, curvo sotto il peso di una bisaccia. Un'accetta era legata con una corda al sacco di iuta rattoppato e lercio che portava in spalla. Non si voltò mai. Camminava adagio e sembrava non essersi accorta di lei. Trascinava una carriola improvvisata di rami secchi. I manici, due rami paralleli lunghi un metro e mezzo, erano usati come una barella sulla quale era appoggiata, trasversalmente, una fascina di rami secchi spezzati con cura.

Affrettò il passo seguendone i solchi lasciati sul terreno e calpestando i grovigli morbidi di foglie morte finché non gli fu quasi addosso.

Quando anche lui la vide erano ormai a pochi metri di distanza.

Il vecchio sobbalzò e i due rami gli scivolarono dalle mani cadendo in un tonfo scricchiolante. Il vecchio puzzava di cane bagnato, di sudore acido e di urina. La barba era ingiallita e grigiastra vicino alla bocca.

Minuscoli insetti neri vi camminavano dentro, entrandovi e uscendovi come dall'uscio della propria casa. Gli occhi di un azzurro ghiaccio sembravano due laghi di acqua limpida circondati da quel corpo di terra, lercio e scuro. La guardò dall'alto in basso e notò le mani appoggiate sul ventre e l'espressione folle. La donna prese coraggio.

«Non sei chi pensavo».

Non pensava che fosse nessuno.

«Aspettavi qualcuno?»

«No. Sei un uomo, sì?»

Che razza di domanda. Il vecchio tirò su col naso.

«Tu che dici?»

Frugò nelle tasche e tirò fuori un fazzoletto sporco e stropicciato, coperto di piccole croste nere, con il quale si pulì la fronte dal sudore. A quel movimento lei scartò e fece un piccolo passo indietro. Lo sguardo di lui era indecifrabile.

«Non sono pericoloso».

«Aiutaci».

Il vecchio non si mosse.

«Aiutaci, ti prego».

«Che cosa vuoi? Come posso aiutarti?»

«Cibo. Fammi mangiare, per favore. Ti prego, ti scongiuro. Ho fame. Tanta fame».

Le mani lunghe e sottili del vecchio si arrampicarono come ragni lungo le bretelle del sacco che portava addosso. Se ne liberò con un tonfo, si inginocchiò lo aprì e rovistò finché non trovò ciò che cercava. Le porse due piccole mele verdi e grinzose.

La donna gliele strappò via dalle mani. Addentava più morsi di quanti ne potesse ingoiare. Le guance le si gonfiarono di cibo fino a farle male. Ingoiava pezzi così grossi che avvertì delle fitte all'esofago quando il cibo scese giù nello stomaco. Masticò con l'affanno, il cibo le andò di traverso e tossì. Il vecchio rovistò ancora.

Le porse una borraccia dopo aver svitato il tappo con mani tremanti. La donna bevve due lunghe sorsate.

«Posso finirla?» disse.

Il vecchio fissava la sua pancia e sussultò quando lei gli parlò. Frugando in quegli occhi alienati disse: «Bevi».

La donna bevve ancora, più piano e senza foga. Mandò giù tutto quello che aveva in bocca. Gli ultimi sorsi non li ingoiò. Si sciacquò la bocca con scroscio di pioggia e sputò. Afferrò un angolo della sciarpa e lo strofinò su tutti i denti, fino ai molari in profondità nella bocca. Poi, sciacquò di nuovo. Si pulì la bocca con il dorso della mano e gli restituì la borraccia.

La fronte del vecchio si riempì di rughe, mise a posto la borraccia, si caricò lo zaino in spalla, si chinò e quando sollevò la carriola di legna fece una smorfia per il dolore. Si incamminò senza aggiungere altro.

Notò solo allora che lui non portava scarpe di suola, ma diversi strati di pelle conciata con cui aveva avvolto entrambi i piedi, legati alla bell'e meglio con uno spago, e che per questo non lasciavano alcuna impronta.

Lo seguì. Lui voltò poco la testa, la vide e si fermò.

«Cos'altro vuoi?»

Lei si portò entrambe le mani alla pancia.

«Hai qualcos'altro da mangiare?»

«No».

«Dove vivi?»

Il vecchio sollevò la mano indicando una parte vaga del bosco.

«Non hai niente da mangiare?»

«Non qui».

«E dove?»

«Cosa vuoi?»

«Ho ancora fame, per favore».

Il vecchio scosse la testa.

«Non ti ci voglio intorno. Non voglio niente da te e non voglio darti nient'altro».

«Solo da mangiare». Le parole erano smozzicate dalla fatica. «Ti prego. Sto fuggendo da molti giorni…ho fame. Stiamo morendo di fame».

«La tua storia non mi interessa. Chi tu sia non è affar mio. Non voglio sapere, non ti voglio aiutare. Lasciami in pace».

Lei fece un passo in avanti. Il vecchio la guardò di sbieco, chinò il capo come se questa fosse la sua posizione più naturale, alla quale era abituato, e scosse la testa.

«Non mi ci voleva proprio, incontrarla. Lo sapevo, lo avevo detto che non dovevo passare da qui. Stupido vecchio coglione che sono. Tutti questi anni e non ho imparato niente».

La donna fece un passo indietro. Lui le disse qualcosa ma lei non sentì. Guardava l'accetta che portava appesa alla bisaccia e barcollò.

«Mi senti? Ti sei imbambolata? Ho detto che non ti voglio con me. Non voglio nessuno».

Scandì bene le ultime parole, e scatarrò dopo aver finito di parlare. Poi tirò su col naso. Suo malgrado, lei sussurrò.

«Aiutaci, stiamo morendo».

Lui la fissò di nuovo con quegli occhi gelidi.

«Anche io. Tutti stiamo morendo».

Tirò su col naso il muco che gli bagnava i baffi. Gettò di nuovo un'occhiata sulle mani della donna poggiate sulla pancia.

«E va bene», disse. «Seguimi, ma non parlare, non fare rumore. Il rumore mi disturba, e non riesco a sentire e poi devo cominciare tutto daccapo. Ogni volta».

Le voltò le spalle e proseguì per la sua strada.

«Va bene», disse la donna.

Lo seguì fissandogli il retro della testa lucida e glabra. Nella sua testa intorpidita i pensieri scivolavano via come anguille.

Attraversarono un lungo pezzo di bosco, lentamente, aggirando ampi cespugli di arbusti selvatici che sbarravano il passo. Grovigli di spine.

La donna si guardava attorno e tendeva l'orecchio per cogliere il latrato di un cane o il campanaccio di una capra.

Dopo circa mezz'ora si fermarono. Il vecchio aveva bisogno di riprendere fiato. Si sollevò un poco dalla posizione curva nella quale arrancava e lasciò cadere i rami per terra. Tirò fuori dal sacco una corda sottile e agilmente, nonostante l'età, la passò intorno ai rami che aveva trasportato strisciandoli per terra. Spezzò in due i manici più lunghi della carriola e li aggiunse al mucchio. Dopo averli legati strettamente, se li caricò in spalla, sbuffando. Prima di riprendere il cammino si voltò verso di lei.

«Fammi vedere i piedi».

Lei sollevò un poco la gonna e gli mostrò le caviglie gonfie avvolte nelle pesanti calze nere e gli scarponi. Il vecchio le lanciò un'occhiata attenta, poi si sporse e guardò per terra, dietro di lei. Con un grugnito, assentì.

«Va bene».

Camminarono ancora per un'altra mezz'ora. Seguivano il sole e fin quando poté distinguerne la traiettoria prima che il cielo diventasse un labirinto di rami, seppe che si stavano spostando verso ovest. La pendenza aumentava, la strada percorsa era in salita e questo li rallentò ulteriormente.

Stavano aggirando l'ennesima siepe di rovi quando si fermarono di nuovo per riprendere fiato. Il vecchio lasciò cadere la fascina di legna e si asciugò la fronte dal sudore prima di soffiarsi il naso.

Lei boccheggiava nell'aria gelida, stremata. Poteva essere sera inoltrata, per quanto era buio quel pezzo di bosco, fitto di rami e di alberi ammassati l'uno contro l'altro. L'uomo guardò la donna che si era appoggiata con la schiena a un tronco.

«Sto bene», disse.

Non era vero, le girava la testa. Aveva fame e si sentiva debole. Forse aveva la febbre.

«Ce la fai a salire?»

Lui sollevò la mano adunca e fece un cenno verso l'alto, dietro di lei. Lei si staccò dal tronco, si voltò nella direzione che il vecchio indicava e alzò gli occhi.

In alto, nascosta dai rami spessi e da una fitta vegetazione, perfettamente mimetizzata nel colore e nella forma, una casa dalle pareti di tronco grezzo. Per quanto si sforzasse di guardare nel buio, non riusciva a distinguerne i contorni, né a comprenderne la grandezza. La donna era allibita. Gli lanciò un'occhiata e poi si voltò di nuovo verso la casa. Si guardò intorno ma non c'era nulla di diverso dal solito bosco fitto di alberi e cespugli e radici. Fece qualche passo verso la casa e cercò di girare attorno al fusto, ma la vegetazione le impediva di avvicinarsi troppo. Non c'erano entrate. Niente porte, o scale.

«In qualche modo dovremo fare, comunque. Per farci salire, già già».

Il vecchio si aprì un varco tra le spine e afferrò un lungo ramo fatto a uncino. Il fruscio delle foglie le parve carico di significato e più coerente di un lungo discorso umano. A che profondità era arrivata? Quanto di lei era rimasto integro?

Con il ramo adunco il vecchio arpionò una corda nascosta tra le fronde e la fece calare in basso. Annodò strettamente la fascina di legna e la lasciò per terra. Poi, ravanò ancora e fece calare giù da quella macchia scura che si apriva su di loro una scala di corda. La afferrò saldamente e la strattonò un paio di volte. Si voltò verso di lei.

«Andiamo».

«Dove?»

«A casa».

«A casa?»

«Casa, casa. Cosa ti aspettavi? Il palazzo d'oro del principe?»

Il buio si condensava attorno a loro.

«Io... non so. Va bene».

«Reggiti forte con le mani, questo è il trucco. Se stringi bene le mani, i piedi sono più leggeri, già».

Quando si avvicinò alla corda e si piegò per annodare l'orlo della gonna affinché non l'ingombrasse notò con la coda dell'occhio, nascosti da un grosso cespuglio, un mucchietto di piume, qualche pezzo di pelle, carcasse di roditori. Ebbe un attimo di esitazione e deglutì. Il vecchio attendeva. Traballando, si decise a salire.

Sotto il peso del suo corpo la corda si tese e gemette. Si arrampicò sempre più in alto penando per lo sforzo e per mantenersi in equilibrio, finché non andò a sbattere contro un pavimento di legno grezzo. Agguantò l'orlo delle assi piallate, si issò e con un gemito riuscì a sedersi, le gambe penzolanti nel vuoto.

Procedendo a tentoni scoprì che le assi erano attaccate tra loro con corde e chiodi arrugginiti. Dentro la casa c'era una tenebra di pece, però avvertiva un bel tepore. Annusò odore di chiuso e di muffa, ma c'era un bel tepore. Il vecchio gracchiò dabbasso.

«Se non entri tu, io rimango qui fuori».

Gli lanciò la corda e mentre questa si ritendeva con un lamento la donna strisciò sulle tavole del pavimento con i palmi delle mani, spingendo il sedere con la punta dei talloni fino a quando non sbatté contro qualcosa. Era stanca morta.

Strizzò gli occhi per distinguere gli oggetti nel buio. Nulla. Attese fino a quando l'alito pestilenziale del vecchio che camminava carponi verso l'interno la raggiunse con una zaffata. Trattenne un conato.

Nell'oscurità, il vecchio si muoveva con sicurezza. Quando i suoi occhi si furono abituati al buio distinse la sua silhouette inginocchiata e ne intuì i movimenti mentre piegava le spalle verso l'esterno della costruzione.

«Serve aiuto?»

Il vecchio non rispose. Gemendo tirò in casa la fascina di legna, scaraventandola alla sua sinistra. Non appena ebbe finito si voltò verso destra, dove doveva esserci una mensola o qualcosa del genere e fece brillare due fiamme.

Una candela rimase dov'era, e con l'altra il vecchio si voltò verso di lei e verso la stanza. Battendo le palpebre per abituarsi alla luce, lo sguardo della donna era come quello di un bambino.

La costruzione era rudimentale ma solida. Le pareti e il soffitto di assi di legno grezzo erano irregolari. Dove non era coperto da stoffe sbiadite il pavimento era segnato da crepe dove si infilavano polvere e sporco che non erano mai stati puliti.

Lo sguardo della donna vagava per ogni dove, insieme ai suoi pensieri confusi che sbattevano sugli spigoli della sparuta mobilia, sugli utensili di coccio e di metallo ammaccato, sulla brandina dalle molle sfondate, sugli arnesi da lavoro semi arrugginiti e sugli zaini e le sacche gettati alla rinfusa negli angoli. Odore di carbone, di muffa e di cibo acido. Il vento sollevava senza entusiasmo pelli animali male acconciate che erano state inchiodate alle pareti per coprire gli spiffreri.

Tutto intorno a lei, poggiate su doppie e triple mensole che percorrevano tutto il perimetro dell'abitazione, notò delle sculture intagliate nel legno, oggetti tondeggianti disposti ordinatamente uno accanto all'altro. La luce della candela non era sufficiente a permetterle di distinguerne le fattezze.

Il vecchio tirò giù da una nicchia sul soffitto una porta costruita con una pelliccia tesa da fusti cavi di canna comune legati insieme, e chiuse la profonda bocca buia della notte. Senza aiutarla a rialzarsi né aggiungere altro, il vecchio si diresse verso il fondo della stanza portando con sé una delle candele.

La donna si issò tremante su gambe malferme e le ginocchia scricchiolarono.

Dopo un affannoso tramestio in alcuni cassetti del tavolo, il vecchio si inginocchiò e si protese verso un buco nella parete. Con la candela infiammò foglie secche e ramoscelli sottili finché le fiamme non cominciarono a sgranocchiare due grossi ciocchi di legno. Il fuoco divampò crepitando su una larga pietra quadrata sotto la quale erano state gettate diverse palate di terra. Tutt'intorno, sul pavimento di assi irregolari, ancora pietre e terra.

Fuoco. Vita. Calore, luce.

La donna si avvicinò inebetita, mentre le lacrime le allagavano gli occhi tappandole il naso. Le forze l'abbandonarono e cadde scompostamente su un treppiede di legno.

Quando aveva visto l'ultimo fuoco? Una vita fa.

Il vecchio aggiunse altra legna e rimase inginocchiato per qualche minuto a guardare il fumo che si dirigeva verso una rudimentale cappa di legno e pietra. Poi prese una pentola di rame, sporcandosi di nerofumo entrambe le palme delle mani, e la agganciò con un tintinnio di metallo a una catena uncinata attaccata in alto chissà dove.

La pignatta era sporca anche dentro. Sui bordi, vari strati di sporcizia dura e ossidata segnavano varie cotture di minestra. Sul fondo, una pappetta di grano e lenticchie cominciò a sobbollire. Dopo aver rimestato un paio di volte, gliene mise una porzione in un piatto sbeccato e glielo porse.

«Ehi».

Le sfiorò un braccio, toccandola per la prima volta.

«Mangia».

La donna non si mosse. Lui raccolse un po' di cibo in un cucchiaio e glielo avvicinò alle labbra. La donna si riscosse, gli sfilò il cucchiaio dalle mani e mangiò da sola. Il vecchio le porse una tanica di plastica bianca piena di acqua e riempì un piatto per se stesso.

Rossa la barba del vecchio, rossi i suoi vestiti. Le fiamme danzavano e si contorcevano sulla materia e dentro di essa. Il calore superava la barriera di vestiti e la pelle, le penetrava dentro le ossa, attraversava la carne e serpeggiava nel sangue fino al suo bambino.

Dopo una decina di cucchiaiate avvertì una fitta addominale e fece una smorfia. Il vecchio la avvertì.

«È meglio che mangi poco alla volta, o vomiterai tutto».

«Ho sonno», disse.

Il vecchio assentì e le indicò un materasso rozzo ricavato da due sacchi di iuta riempiti con foglie di granoturco, gettati per terra. La fece

144

sdraiare, coprendola con due coperte di lana sdrucite e luride. Il giaciglio di foglie scrocchianti puzzava di marcio ma era comodo e morbido e la donna non riuscì a trattenere le lacrime.

Tra le travi del soffitto buio lenzuola trasparenti di fumo si accartocciavano e si ridistendevano sotto le dita invisibili delle correnti d'aria. Con gli occhi appannati guardò le ombre che danzavano e tremavano sulle assi delle mensole gremite di vaghe statue di legno.

Anche suo fratello lavorava il legno, qualche volta. Aveva imparato durante l'anno in cui aveva prestato servizio come manovalanza obbligatoria alla ferrovia.

Era tornato da appena qualche giorno, e le stava mostrando le figurine intagliate nel legno. Un leone, una nave. Non erano niente male.

Dall'altro lato della stanza la loro madre trafficava con piatti e bicchieri mentre lei sulla sedia a dondolo accanto alla finestra guardava il sole scivolare su un cielo bagnato di pioggia.

Suo fratello era al tavolo, un punteruolo in una mano e un mestolo di legno ancora informe nell'altra: ne stava allargando il buco sul manico per poterlo appendere alla parete.

«Vieni a sederti, mamma».

«Devo finire di sistemare la credenza».

«È tutto il giorno che sei in piedi, vieniti a sedere qui con noi».

«Va bene, dai. Sgrano i piselli, tanto lo dovevo fare dopo».

Individuò il sacco giusto tra quelli buttati alla rinfusa accanto alla porta e andò a sedersi accanto al figlio. Le dita veloci spaccavano il baccello e si infilavano al suo interno. I piselli tintinnavano nel contenitore di legno.

Il silenzio quieto si allungava nella stanza intrecciandosi alle ombre del crepuscolo. Suo fratello guardava sua madre lavorare.

«Stai bene?»

«Sì. Perché?»

Posò il punteruolo e aprì e chiuse la mano libera.

«Hai un po' di occhiaie. Sei pallida».

«Sono stanca».

La madre cercò di drizzare la schiena.

«Sto invecchiando».

Suo fratello allungò una mano e le accarezzò i corti capelli grigi.

«Sei ancora bella, mamma».

Ed era vero. I lineamenti maturi di sua madre si stagliavano precisi e morbidi sulla parete scura alle sue spalle.

«Ero bella una volta. Tanto tempo fa».

«Quanto tempo fa?»

«Quando ero giovane».

«Prima che noi nascessimo?»

«Ma che domanda è? È tanto per dire quando ero giovane».

Il ragazzo mise giù con estrema attenzione il pezzo di legno semilavorato, assicurandosi che l'estremità del mestolo combaciasse con quella del tavolo e schioccò le labbra.

«Cambia per me».

Sua madre si agitò sulla sedia, spostandosi in avanti.

«Quando ero giovane, quando ho conosciuto tuo padre. Che importanza ha il "quando"?»

«Mi chiedevo il tempo esatto. Quando hai conosciuto mio padre?»

«L'anno in cui ci siamo sposati, lo sai. Tre anni prima che nasceste voi».

«L'anno in cui siete venuti a vivere qui?»

«Sì».

Mentre fissava un punto imprecisato del mestolo appoggiato sul tavolo avanti a sé, appoggiò gli avambracci sul bordo del tavolo e intrecciò le dita delle mani.

«Chi vi ha dato questa casa?»

«Ci fu assegnata, come a tutti gli altri. Lo sai, perché lo chiedi?»

«Perché?»

Lo sguardo di sua madre era assente.

«Perché cosa?»

«Sì. Perché a voi fu assegnato proprio questo pezzo e non ad altri? Perché a voi il migliore?»

«Ma che ne so».

«Non lo sai, mamma?»

Uno spasmo delle mani fece perdere la presa su un baccello, che cadde nella coppa di coccio dipinta a mano. La madre lo raccolse in fretta.

«No che non lo so, e non capisco la domanda. I terreni furono sorteggiati, come ogni anno. Il Comandante li diede a tuo padre...»

«A mio padre?»

«Sì, insomma, a noi».

«È strano».

«Cosa?»

«Mi sembra strano, tutto qua».

«Sì, ma cosa ti sembra strano?»

«Che tra tutti i possibili, a noi è capitato il migliore. La casa più grande. Per caso, l'autorizzazione speciale per crescere qualche animale. Per caso gli alberi più belli. Ci hai mai fatto caso che danno un sacco di frutti, sì? Credo di sì. Abbiamo il ruscello vicino, anche. E tutto queste cose, così, per caso».

La madre scrollò le spalle.

«Il ruscello vicino, sì, ma non dentro casa».

«Sì, ma l'acqua che c'è, è buona. Non è inquinata. E quando non piove, è utile».

«Sì, e quindi? Non capisco dove vuoi arrivare».

«Io credo che tu lo abbia capito, mamma».

«No, non ho capito».

«Sì invece. Lo hai capito eccome».

«Ora basta!»

Il rumore della coppa in frantumi fece sobbalzare tutti, perfino la madre che l'aveva sbattuta contro il tavolo. I piselli scapparono in ogni direzione.

«Ecco, guarda cos'hai combinato».

La figlia si chinò a raccogliere i cocci e i piselli sparsi sul pavimento. La madre si alzò dalla sedia, si appoggiò con le nocche sul tavolo e si sporse verso il figlio.

«Lo sai cosa dice di te la gente eh? Lo sai? Perché non puoi fare come tutti gli altri? Trovati una ragazza e sposati».

La madre si asciugò le lacrime col dorso della mano e si chinò a raccogliere i piselli.

«Non ti capisco. Io proprio non ti capisco. Di illusioni non si campa, mi hai sentito? Trovati un mestiere, se non ti piace fare il contadino. Procurati i permessi, fatti insegnare da qualcuno. Lo dico per te. Torna con i piedi per terra. Ti aspetta una vita amara, se continui a vivere di sogni».

Il figlio le si avvicinò e le appoggiò una mano su una spalla. Era calda.

«Mamma. La tua vita è stata amara non perché avevi dei sogni, ma perché non li hai realizzati».

Sua sorella si paralizzò. Accovacciata per terra guardava prima l'uno e poi l'altro. La madre sollevò gli occhi azzurri e scosse la testa. Si fronteggiarono in silenzio per qualche istante, finché la madre non parlò.

«Sei proprio come tuo padre».

«Cioè come? Uno stronzo?»

«Come hai detto?»

«Ho detto, come sono, come uno stronzo?»

La madre si ammutolì. Il fratello continuò.

«Arrogante».

La madre ribaltò la sedia e gli si avvicinò chinandosi su di lui e agitandogli le mani davanti al viso con fare minaccioso.

«Io ti proibisco di parlare in questo modo».

Lui si alzò adagio e le afferrò entrambe le mani. Guardandola negli occhi con espressione virile, scandì le parole con voce pacata.

«Io non sono come lui. Lui non è come me».

La madre vacillò ma lui la sostenne trattenendole ancora le mani. La donna divincolò i polsi dalla sua' stretta e fece due passi indietro. Scuoteva la testa senza parlare, gli occhi pieni di lacrime. Il fratello fece un passo in avanti.

«Mamma».

«Basta».

«Mamma. Ti prego».

La madre sollevò la testa e lo guardò con un'espressione indecifrabile. La sua voce era strozzata.

«Sei mio figlio, e questo basta».

Nella stanza cadde un lungo silenzio.

Poi, le spalle di suo fratello si abbassarono, chinò il capo sconfitto, andò verso la porta e l'aprì per uscire. La voce di sua madre era tornata quella di sempre.

«Copriti».

Lui si immobilizzò senza voltarsi. La madre raccolse la sedia e la raddrizzò prima di sedersi.

«Copriti o ti ammalerai».

Il ragazzo allungò la mano verso la giacca di lana, l'infilò alzandosi il bavero e uscì chiudendo delicatamente la porta alle sue spalle.

Lei che era rimasta per tutto il tempo ad ascoltare guardò verso sua madre che si era seduta rigidamente sulla sedia. La donna se ne accorse con la coda dell'occhio.

«Accendi il camino, che l'aria si è fatta fredda».

E aveva obbedito, senza parlare. Come sempre.

Udiva le fascine scoppiettare nel primitivo camino di pietra. Sotto la lana, con il sudore che la solleticava le cartilagini delle orecchie, chiuse finalmente gli occhi.

Cuccioli di scrofa, foglie secche, un salmo a metà, una pagina strappata, topi che galleggiano su un lago, legna che arde, latte caldo, buio.

GIORNO TREDICI

Quando si svegliò il fuoco era spento e il vecchio sedeva lì vicino.

«Vecchio».

Non riconobbe la propria voce impastata dal sonno. Lui le si inginocchiò accanto e la fece sollevare sui gomiti. Le diede da bere un latte vagamente dolciastro, e si ritrovò in bocca delle granaglie.

«Cos'è?» disse con voce di corvo.

«Acqua dove ho fatto bollire l'avena».

«Chi te la dà l'avena?»

«La terra».

Le sistemò le coperte che le si erano arrotolate intorno a una gamba lasciando scoperta l'altra.

Voleva dire qualcosa ma non ce le fece. C'era luce naturale nella stanza. Fece vagare pigramente lo sguardo intontito in quello spazio angusto. Non notò i libri. Non subito.

Sporche e spelacchiate pelli rinsecchite di cinghiali e altri animali che non seppe riconoscere penzolavano sulle pareti e riducevano gli spifferi d'aria. Tre sgabelli grezzi erano stati ottenuti da tronchi segati in pezzi irregolari. Martelli, seghe, e altri strumenti di lavoro erano appesi a una parete con chiodi arrugginiti. Accanto alla porta era stata fissata una spiegazzata stampa fotografica, in cui il sole si rifletteva nei segmenti dei vetri di un grattacielo lucidato a specchio. La donna teneva gli occhi aperti a fatica. Il suo sguardo ondeggiò davanti alle sculture di legno che erano ordinatamente disposte sulle mensole. Sul pavimento erano ammucchiati alla rinfusa sacchi e vestiti, pezze lerce e coperte che attutivano il rumore dei passi formando una miserabile moquette. Le ombre oscillavano e tremavano su teneri volti infantili. Appoggiati alle pareti e accucciati negli angoli c'erano frotte di bambini. In un istante una banda di marmocchi di diverse età le fu attorno ridacchiando. Provò a parlare loro ma non ce la fece, la lingua rimase incollata al palato. Chiuse gli occhi, il vecchio tossì.

Li riaprì e guardò in direzione della porta. Sentì qualcosa muoversi nel suo ventre. Il suo bambino. Le mancava l'aria e spostò la coperta di lana, ma ogni movimento le costava una fatica immensa. Udiva il vento infilarsi tra gli spifferi ma non sentiva freddo. C'era odore di aria consumata e carbone. All'esterno un ramo dell'albero su cui era costruita la casa sbatacchiava ritmicamente contro la parete di legno alle sue spalle. Le palpebre si fecero di nuovo pesanti.

«Non hai finito ancora», disse enigmaticamente il vecchio accanto a lei.

Scivolò di nuovo nelle tenebre.

Le scappava pipì e l'urgenza la strappò al sonno. Riaprì gli occhi e si sollevò a sedere. Il vecchio era sempre lì, chino su qualcosa, e le dava le spalle. Si schiarì la voce roca.

«Buongiorno».

Il vecchio interruppe quello che stava facendo e sollevò la testa senza voltarsi. La sua nuca era lucidissima.

«È pomeriggio», disse.

La donna si alzò dal giaciglio facendo leva con il palmo della mano sui materassi rustici. Il mal di testa era passato, così come i dolori alle gambe. Il vecchio si alzò e posò una lima e un ciocco di legno sull'ordinario tavolo di lavoro e si voltò finalmente verso di lei.

«Hai fame?»

Si avvicinò alla pentola di rame e alla minestra già assaggiata. Odore pungente di aglio. La donna dondolò sui piedi assentendo con la testa.

«Sì. Devo andare in bagno».

La donna poggiò entrambe le mani sul ventre e lo frizionò con movimenti circolari. Il vecchio le lanciò uno sguardo di sottecchi.

«Non c'è nessun bagno qui». Poi aggiunse, «Devi andare fuori, già».

La donna s'infilò il giubbotto lurido di fango, andò verso la porta aperta e si immobilizzò. Ebbe un momento di incertezza e il vecchio se ne accorse.

«Devi calare la scala», disse.

Lei si voltò ma lui le dava le spalle. Afferrò la corda ispida e scese, reggendosi forte e graffiandosi le mani contro quella canapa da cui fuoriuscivano spine dure. La corda gemeva sinistra. L'aria era gelida.

Una volta a terra, girò attorno al cespuglio quasi correndo e si accucciò. Qualche uccellino cantava poco lontano, e il cespuglio frusciava. Chinò il capo a osservare quel liquido caldo che scolava tra i suoi piedi e li allargò un altro po'. Una ciocca di capelli le cadde sul viso e le solleticò il naso.

Prima di risalire controllò il cespuglio compatto che cresceva lì accanto. C'erano resti di animali su un tappeto di foglie marce. Guardò la casa e poi di nuovo le piume e le ossa ammucchiate tra le radici. Si affrettò a risalire con uno sgradevole senso di inquietudine.

«Tirala su, non voglio estranei in casa mia», disse il vecchio quando la donna fu rientrata.

La donna armeggiò per ritirare la scala, sbuffando e sudando. Era più pesante di quanto sembrasse. Si avvicinò al tavolo rozzo al centro di quell'unica stanza.

«Va meglio».

Lui non rispose.

«Mi sento meglio, grazie di tutto», ripeté la donna.

Per tutta risposta il vecchio le posò il piatto ricolmo di grano e lenticchie sul tavolo e le avvicinò una sedia. La donna mangiò con voracità, quasi senza respirare. Il vecchio teneva il viso rivolto al camino ma la guardava con uno sguardo obliquo.

«È buona?»

«La minestra? Sì. È sciapa».

Lui si alzò e prese un cucchiaio di polvere verdastra da un sacchetto di jeans appeso a un chiodo nella parete, le si avvicinò e lo spolverò sulla minestra.

«Cos'è?»

«Licheni».

«Licheni?»

Guardò quelle erbe legnose sbriciolate nel suo piatto ricolmo di grano, si chinò e le annusò. Odoravano di bosco.

«Ma si mangiano?»

Il vecchio la guardò con gli occhi acquosi senza risponderle. La donna alzò le sopracciglia e assaggiò con la punta del cucchiaio. Avevano un vago sapore di funghi e di erba appena tagliata. Il vecchio la guardava con i pugni nelle tasche dei pantaloni lerci e consunti.

«Li trovo sui pini, in inverno. Solo in inverno. Subito perdono acqua e si seccano. Quando arriva la neve li faccio bollire e bevo il brodo».

Lei assentì con la testa.

«È buono», disse.

«È buono», fece il vecchio.

Quando ebbe finito, il vecchio le si avvicinò per toglierle il piatto ma si fermò, fece un passo indietro e rimise le mani in tasca.

«Ne vuoi ancora?»

«Sì, grazie».

«Fai da sola».

La donna si avvicinò all'angolo che il vecchio le aveva indicato con la mano, che era la brutta copia di una cucina, con pentole e utensili di metallo ammonticchiati alla rinfusa, e prese mezza porzione di cibo. Solo allora si avvide che la parete di fronte a lei era invasa da teste di bimbi scolpite nel legno e poste in fila su mensole parallele. Si ricordò dei bambini visti attorno al suo letto quella stessa mattina e capì.

Tronchi sagomati e scolpiti. Il suo sguardo saettò a destra, in alto e in basso.

Ad una prima occhiata, le sculture di legno si somigliavano tra di loro ma non era così. C'erano bambini e bambine, con gli occhi aperti, i capelli scavati e appena accennati, rifiniture di copricapi e acconciature diverse. Bambine con orecchini attaccati ai lobi. Alcuni tratti di corteccia erano stati lasciati per modellare cappelli di sghimbescio, e qua e là i nodi scuri sembravano nei e cicatrici sui visi. Nessun adulto, nessun vecchio, nessun colore o scritta.

Esitò, con il mestolo a mezz'aria, poi guardò il vecchio e riempì il piatto fino all'orlo. Tornò a sedersi e lo svuotò in silenzio, ascoltando il tonfo ritmico dei rami contro le pareti di legno e il sibilo del vento che passava tra i tronchi.

Il vecchio non mangiò. Era tornato al suo tavolino da lavoro, accanto all'ingresso, e scartavetrava il mento di legno di un bambino.

«Io sono…»

«No», la interruppe, «non dirmelo».

Le parole non dette le si incastrarono tra la lingua e il palato. Richiuse la bocca e posò il cucchiaio. Il vecchio soffiò sulla scultura e uno sbuffo di limatura si gonfiò nell'aria e planò sul pavimento lurido.

«Non voglio sapere il tuo nome. E non voglio dirti il mio».

«Perché?»

«Perché no».

La donna aggrottò le sopracciglia: «È un segreto?»

«No».

«Allora perché no?»

Il vecchio prese un punteruolo dal tavolo e avvicinò la scultura al viso strizzando gli occhi. Schioccò la lingua un paio di volte.

«Perché il nome si tira dietro un sacco di roba. Un luogo, tipi di cibo, antenati con tutte le loro dannate storie, e un Dio. Non le voglio sapere».

«Continuo a non capire».

«Non mi aspetto che tu capisca, già».

La donna giocherellò con il collo del suo maglioncino per qualche istante.

«Senza un nome come si fanno a indicare le cose?»

Il vecchio si alzò e posò la testa semilavorata del bambino accanto al volto di una bambina. Le rispondeva senza rivolgersi a lei.

«Col dito».

La donna non si arrese e incalzò: «E se uno non può vedere il tuo dito? Ad esempio, se voglio dire a qualcuno che sta fuori di portare dentro un secchio?»

Il vecchio si voltò verso di lei e allargò le braccia.

«Non sarai mica una pazza di quelle pericolose, vero?»

«Non capisco».

«No dico, hai per caso visto qualcosa che non c'è? Vedi qualcun altro in questa stanza, oltre a te e me?»

La voce del vecchio si era alzata di un tono. La donna si grattò una tempia e deglutì.

«No, certo».

«Ah, ecco. Bene. No, dico, allora perché dovrei aver bisogno di chiedere a qualcuno che non c'è di portarmi un secchio? Se lo voglio me lo vado a prendere».

La donna rimase ferma con le mani sul ventre gonfio e batté le punte dei piedi sul pavimento un paio di volte. Guardò il vecchio.

«No, certamente. Ho capito».

Rovistando nelle tasche della giacca lisa, il vecchio tirò fuori una pipa vecchia e lucidata dall'uso, di un bel colore marrone scuro. La tenne stretta tra pollice e indice, mentre con l'altra mano cercò il tabacco. Tirò fuori dalla tasca una scatolina di latta che in origine doveva essere servita a contenere qualcos'altro. Si chinò per pinzare un tizzone dal fuoco e diede fuoco al tabacco. Seduto su un ceppo, appoggiato con le spalle contro la parete di legno, il vecchio aspirò due lunghissime boccate e contemplò le volute di fumo. La conversazione era finita.

Lo osservò di nascosto.

Era talmente magro che se non fosse stato per le spirali di fumo che rotolavano via dalla pipa e per il movimento della mano, a un occhio distratto sarebbe apparso come un mucchio di vestiti lerci accatastati alla rinfusa sullo sgabello.

«Una maschera, dico io».

La donna sobbalzò, il vecchio sembrò non accorgersene. Un'altra boccata.

«Una maschera. Ecco cos'è».

Non si stava rivolgendo a lei. Parlava da solo, con se stesso. La donna fece finta di nulla. Sollevò gli occhi e fissò le travi grezze della casa, nere di fuliggine. Il vecchio continuò come se lei non fosse lì.

«Una maschera che viene prima di me. Così carica di significati da diventare più importante di me. Come mi chiamo? E che ne so. Gli uccelli hanno un nome per chiamarsi, forse? I nomi, i nomi. Il peggiore errore del mondo è chiamare le cose. Ogni singola, minuscola, inutile cosa. Una etichetta qua, un titolo là e il peggio è fatto, già. Non vedi più le cose, vedi solo il nome. Vedi un guscio vuoto. I nomi sono utili come un guscio vuoto. Come una casa disabitata, un piatto senza minestra. Una chiesa senza Dio».

Il vecchio aspirò un'altra lunga boccata di fumo, guardando un punto invisibile al centro della stanza.

«Non ho nome, io. Non lo voglio. Decido io, qui. E dico che qui dentro non voglio nomi. Non ci devono entrare da quella porta a ingombrarmi lo spazio. Io voglio l'aria, ecco cosa. Io voglio respirare».

La donna rimase seduta sullo sgabello accanto al tavolo a osservare le figure di fumo di pipa, poi si alzò e rimise il piatto sporco al suo posto.

«Posso darti una mano?»

«No».

«Lavare i piatti, qualcosa».

«No».

«Vorrei ricambiare».

«Ho detto no».

La donna si guardò intorno, le mani sui fianchi.

Notò che lui la stava guardando, così si sedette. Il vecchio riprese a intagliare il legno e la donna ne osservò gli abili movimenti con la testa appoggiata alla mano.

Trascorse mezz'ora.

Nel silenzio della stanza i suoi pensieri galoppavano senza freno e fu per imbrigliarli che cominciò a pregare, dapprima solo nella sua mente poi bisbigliando, con le mani in grembo. A metà rosario, proprio sul *gratia plena*, il vecchio interruppe il brusio.

«Sai fare il pane?»

Lei si riscosse e aggrottò le sopracciglia.

«Come?»

«Lo sai fare il pane?»

Se sapeva fare il pane.

«Sì, lo so fare».

«Be' comunque qui non si può fare. Peccato. Non c'è il forno ma me lo sogno di notte».

«Mi spiace».

«Mi piace molto il pane, già».

«Mi spiace».

«L'odore, soprattutto. L'odore del pane».

Lei sollevò appena la testa e di colpo fu scaraventata a quattro giorni prima della sua fuga, il giorno in cui era cominciato tutto.

Non li aveva visti arrivare. Stava impastando l'acqua e la farina sulla spianatoia quando il cancello aveva cigolato e dalla finestra aveva contato tre uomini. Uno alto con un gilet verde, uno grasso e tarchiato. Il terzo, dietro di loro, le mani in tasca, aveva i capelli rossi. Lo conosceva, era il figlio del Luogotenente, ma non ne ricordava il nome.

Asciugandosi nervosamente le mani con uno strofinaccio era andata ad aprire. Erano entrati senza salutare, guardandosi attorno.

Quello alto si era sfilato il fucile che portava a tracolla e lo aveva appoggiato sul tavolo senza nemmeno salutare.

«Dove sono gli uomini?»

«Nei campi».

In casa c'era un grande silenzio.

«Prego, sedetevi».

«Non c'è bisogno, facciamo presto».

Rimase in piedi anche la donna.

Il soldato con il gilet verde notò una scatola di legno su cui era riportata una nota marca di vino. Si avvicinò, la prese tra le mani e la ribaltò per leggerne l'etichetta. Era scolorita. La aprì. All'interno bottoni e aghi d'osso infilati nei rocchetti di fili colorati. Si voltò verso la donna con la scatola sollevata.

«Ne ho anche io uno uguale a casa. Mia moglie le colleziona. Ne abbiamo uno per ogni tipo».

Lei non rispose niente. L'uomo la rimise a posto. Il ragazzo con i capelli rossi batté i palmi delle mani sulle cosce.

«Acqua. Ce l'hai dell'acqua?» disse.

«Sì, certo».

Si chinò per prendere la bottiglia e non colse lo sguardo che i due uomini si lanciarono. La voce della donna giunse ovattata, il volto ancora nascosto tra le ante.

«Vi serve qualche cosa?»

«Ci risulta che non avete ancora contribuito, quest'anno. Come mai?»

La donna si alzò, la bottiglia stretta tra le mani. Deglutì.

«Abbiamo finito da poco di seminare. Li porteremo presto. Tutti i sacchi che dobbiamo, tutti».

L'uomo grasso si sedette, guardandosi attorno. La sua voce in falsetto, da donna, contrastava con la sua corporatura.

«Ho fame. Hai qualcosa?»

La donna indicò la dispensa.

«C'è del pane, pomodori. Volete?»

L'uomo con il gilet verde si rivolse al soldato seduto.

«Lascia stare il cibo, non è il momento di mangiare».

Poi tornò a rivolgersi alla donna, i pollici infilati nei passanti. Mentre parlava si sollevava sulle punte delle scarpe, dondolando su e giù.

«Dovevate portarli ad agosto, se non mi sbaglio. Non potete mica fare come vi pare».

La donna chinò il capo e fece un passo indietro. L'uomo grasso sbuffò.

«Senti, io ho fame, mi prendo qualcosa».

Senza aspettare risposta si alzò e si diresse verso la dispensa. Il soldato vestito di verde allargò le braccia e lo strattonò.

«Ti ho detto di no. Cazzo».

«Io ho fame».

Il figlio del Luogotenente fissava la donna senza parlare. Lei lo notò e distolse in fretta lo sguardo. Le mani le tremavano.

«Vi preparo qualcosa da mangiare, va bene?»

Il soldato alto si allontanò dal focolare e si mise dietro di lei.

«Non vogliamo mangiare».

«Avrete il grano. Ve lo portiamo domenica. In qualche modo facciamo, ve lo assicuro».

Il ragazzo con i capelli rossi si leccò le labbra con la lingua e inclinò la testa.

«Ma quest'acqua?»

«Sì, eccola».

La donna versò l'acqua in tre bicchieri. Le mani tremavano e alcune gocce caddero sul tavolo. Si avvinghiò alla bottiglia che tenne appoggiata in grembo. Il soldato grasso fece un cenno con il mento.

«Prendi il pane».

La donna si diresse verso la dispensa ma si bloccò quando sentì dire: «Lascia stare questo maledetto pane di merda».

«Ma io ho fame».

«Fattela passare».

Il soldato che era stato in silenzio per tutto il tempo si passò le dita tra i capelli rossi. La fronte e il labbro superiore erano lucidi di sudore. Guardò il soldato grasso e con voce appena udibile disse: «Vai nel porcile e prendi il maiale».

La bottiglia scivolò dalle mani della donna e si frantumò ai suoi piedi. Tutti e tre i soldati si voltarono verso di lei. Con la testa bassa, la donna guardava le impercettibili schegge di vetro mimetizzate nell'acqua sul pavimento di cotto. Parlò senza sollevare la testa, immobile come una statua.

«Non ci tocca il maiale. Solo il grano».

Il volto lentigginoso del figlio del Luogotenente si contrasse in una smorfia.

«Ma davvero? Allora scusa, dai. Abbiamo sbagliato noi. Lasciamo il maiale e ci dai il grano, va bene?»

Il soldato vestito di verde giocherellava con i bottoni del gilet.

«È solo dovere, ricordalo», disse. «Dovere e basta».

Il figlio del Luogotenente le si avvicinò e le sollevò il mento con due dita costringendola a guardarlo.

«Allora, dov'è il grano, che lasciamo il maiale?»

La donna irrigidì il volto per nascondere ciò che provava. Il sangue le si era ghiacciato nelle vene. Il soldato grasso guardò prima l'una e poi l'altro, sbuffò e disse con la sua vocina stridula e acuta.

«Allora, vado o no?»

Il soldato alto lo afferrò per le spalle e lo spinse verso la porta, facendogli sbattere i grassi fianchi contro gli spigoli del tavolo.

«E vai...»

La porta si richiuse alle sue spalle. Nella stanza cadde un profondo silenzio. Il ragazzo con i capelli rossi afferrò uno dei bicchieri che erano rimasti sul tavolo e bevve con avidità, bagnandosi il mento e asciugandoselo con la manica della camicia. La ragazza strinse le mani a pugno. Il soldato lo notò. Posò il bicchiere e si rivolse al suo amico.

«Secondo me c'è qualcos'altro che ci possiamo prendere. Tu che dici?»

Il soldato vestito di verde, con uno scatto, fu sulla donna prima che lei potesse capire cosa stesse accadendo. Le afferrò le braccia e la trattenne saldamente. La donna cercò di divincolarsi. Il soldato con i capelli rossi l'afferrò da dietro.

«Sta' tranquilla», le disse.

Poi le mise una mano sul collo, lo avvicinò al suo viso e l'annusò. La donna si contorse cercando di liberarsi, e urlò: «No! Sono incinta...»

«Già, si vede», disse l'uomo con il gilet verde che non l'aveva lasciata. «Questo è proprio un peccato».

Più di dimenava, più la stretta dei due aumentava. Il respiro le si fece corto e si irrigidì.

«No, vi prego. No».

Il ragazzo con i capelli rossi le leccò l'orecchio. La donna scoppiò a piangere.

«No. No. No».

«Sì, continua», disse ansimando il soldato con i capelli rossi. «Continua a dire no».

E prima che lei potesse dire qualcos'altro, la spinsero in avanti piegandola sulla spianatoia, il pancione dondolante nel vuoto e il volto premuto contro la farina. Le gettarono la gonna oltre la testa e non vide più nulla. In quella tenebra che odorava di lievito e di grano sentì le unghie delle mani che si chiudevano ad artiglio sul suo corpo nudo e strizzavano i suoi seni gonfi. Le voci le giungevano ovattate.

«È incinta. Quasi non ne vale la pena».

L'elastico delle mutandine di strappò.

«Ne vale sempre la pena. Sai come? Ti faccio vedere».

157

«Cosa?»

«Come glielo metto nel culo».

Sentì qualcosa premere contro la coscia e cercò di spostarsi ma uno dei due uomini la teneva immobilizzata contro le proprie gambe.

«No, fermi, vi prego».

«Sta' buona».

«No, vi prego. No!»

Un ginocchio fu infilato tra le sue cosce costringendole ad aprirsi, e prima che lei potesse provare a richiuderle sentì qualcosa di duro che la penetrava. Il dolore le strappò un grido, e uno dei due la colpì in testa con un pugno.

«Ho detto stai buona».

La farina nelle narici le impediva di respirare, tossì tra i singhiozzi e la polvere si sollevò in una nuvola sospesa nello spazio vuoto tra il tavolo e la gonna. Chiuse gli occhi. Represse i lamenti mentre il dolore le giungeva a ondate regolari e sempre più rapide.

«Se lo dici a qualcuno, lo ammazziamo, lo sai vero?»

Qualcuno la teneva bloccata sul tavolo, con gli avambracci appoggiati sopra il matterello. Le sembrò che si spezzassero.

«Lo sai o no?»

«Sì».

Il dolore palpitava dentro di lei, vibrando a cerchi concentrici. La voce del soldato era a pochi centimetri dal suo orecchio, oltre la barriera di cotone della gonna.

«Non ti ho sentita».

Lei bofonchiò qualcosa, tra il muco e la farina che le chiudevano il naso. Uno dei due le afferrò la testa e la picchiò con forza contro il tavolaccio di legno.

«Non ho sentito, dillo più forte».

«Sì».

«Dillo di nuovo».

Il soldato con i capelli rossi ansimava, sempre più frenetico.

«Ancora, ridillo».

«Sì! Sì. Sì...»

La porta di entrata cigolò. Il soldato grasso si fermò sulla soglia, la voce in falsetto.

«Cristo, ma cosa state facendo?»

Qualcuno rise in modo crudele.

«Indovina?»

Il tavolo batteva ritmicamente contro il muro della cucina, sempre più velocemente. Di nuovo la voce in falsetto.

«Basta».

Il respiro ansimante si trasformò in mugolio e poi in gemito. La voce in falsetto era più vicina, ora.

«Basta, per la miseria».

Lo sfregamento si fece convulso fino a quando un grido liberatorio echeggiò insieme al pianto di dolore della donna bloccata al tavolo. La voce in falsetto tremava: «Cosa state facendo?»

Il figlio del Luogotenente si allontanò con un gesto brusco dal corpo della donna e si alzò la zip dei pantaloni.

«Un giorno lo spiegheremo anche a te. Quando diventi maggiorenne».

«Noi... n-non possiamo». Il soldato grasso balbettava. «No-non era questo che dovevamo fare».

«Altrimenti cosa? Ci cercano le guardie?»

«Non potete. Voi non potete farlo. Io... farò rapporto».

«Tu non farai un bel niente».

«Giuro che lo farò».

Una voce rude e malevola tagliò l'aria della stanza: «Tu provaci soltanto, e sarà l'ultima cosa che farai».

Seguì un lungo silenzio. La donna era ancora piegata sul tavolo e un rivolo di sangue le colava tra le cosce. Le liberarono le braccia ma lei rimase piegata, immobile. Il soldato alto riprese il fucile dall'angolo in cui lo aveva posato e se lo rimise in spalla.

«Hai trovato altro là dietro?»

«No, no non c'è altro».

«Allora qui abbiamo finito».

Qualcuno le schiaffeggiò una natica. La donna sobbalzò. Qualcuno rise.

«Signora, si può alzare. Abbiamo finito. Non faremo rapporto sul ritardo, ma non ci ringrazi. Solo dovere. A buon rendere».

Fuoco. La sua carne bruciava come se del sale fosse stato sfregato su una ferita aperta.

Attese che fossero usciti e solo quando sentì il rumore della porta che si chiudeva, si rialzò con il volto e i capelli infarinati.

I soldati se ne andarono di fretta, caricando il maiale su un vecchio furgoncino.

La donna rimase imbambolata a fissare il vuoto. Le ombre si allungavano. Si asciugò le lacrime e riempì con acqua pulita una bacinella, camminando adagio.

Per primo era rientrato il fratello, appena un quarto d'ora dopo, il volto rigato di sudore. Solo un quarto d'ora. Aveva spalancato la porta e sbirciato all'interno, strizzando gli occhi per mettere a fuoco la vista tra le ombre del crepuscolo. La sorella era seduta accanto al camino spento e si stava lavando il viso.

«Sono qui».

«Cosa ci fai al buio?»

Il fratello si era avvicinato alla lampada e aveva dato fuoco allo stoppino impregnato d'olio, proteggendolo con la mano. Una leggera corrente d'aria muoveva la fiamma in tutte le direzioni, e lui l'aveva allungata verso di lei, seduta in fondo mentre si spazzolava i capelli con un asciugamano in grembo, al buio.

«Tutto bene?»

Nella stanza si sentiva puzza di chiuso. Il ragazzo fece un paio di passi in avanti. La lampada illuminò delle gocce di sangue accanto al tavolo, sul pavimento.

«Ti sei fatta male?»

«No, non è niente».

«Il bambino? È successo qualcosa?»

«No, niente».

La lampada illuminò il volto di sua sorella. La ragazza sollevò le mani e si coprì il volto. C'era della farina sui suoi capelli. Il ragazzo le afferrò un polso e la costrinse ad abbassarlo. Scrutò i suoi occhi nella penombra.

«Cosa è successo?»

«Ci hanno portato via il maiale».

«Chi? Quando?»

«Oggi pomeriggio».

«E perché?»

Il fratello si spostò verso il tavolo per appoggiare la lampada, sentì scricchiolare qualcosa sotto le scarpe e abbassò il lume verso il pavimento.

«E questi vetri per terra, che si è rotto? Perché sei sporca di farina e di...»

Il fratello rimase paralizzato. Alla luce della fiamma il muscolo della mascella guizzò sul suo viso di pietra. Il fratello le afferrò una mano. Tremava.

«Cosa hanno fatto? Che cosa ti hanno fatto?»

«Niente. Ti prego, niente».

«Niente?»

La sorella si alzò in piedi, protese le mani e gli afferrò le braccia.

«Non è successo niente».

«Basta. Basta. Ora basta».

Il fratello si diresse verso la porta, ma lei fu più veloce, ci si appoggiò sopra e gli sbarrò l'uscita. Il fratello cercò di spingerla di lato.

«Lèvati».

«No».

«Ho detto lèvati».

«Mi stai ascoltando? Mi senti quando parlo? Ho detto che non è successo niente».

«Se è così, allora perché hai paura? Quando lo saprà tuo marito...»

«No! Non gli dirai niente».

«Ma sei impazzita?»

«No. Non deve sapere. Non deve sapere niente. Hai capito?»

«Ma cosa stai dicendo?»

«Ho detto smettila. Ora mettiti seduto e calmati».

«Cosa? Ma come puoi chiedermi una cosa del genere?»

«Ti scongiuro».

Il fratello la guardò con occhi sgranati. Fece un passo indietro, barcollando. La sorella lo raggiunse e lo abbracciò. Il fratello si divincolò e si allontanò da lei camminando all'indietro e scuotendo la testa.

«Tu vuoi che tuo marito parli e scherzi con gli animali che ti hanno fatto questo? È questo che vuoi? Lasciarlo all'oscuro di tutto?»

«Ti prego giuramelo».

I due gemelli si fronteggiavano alla luce della lampada. La voce del ragazzo tremò.

«Io... non posso».

«Se posso io, puoi anche tu».

«Ma perché?»

La sorella sospirò, indietreggiò fino alla porta e si appoggiò trattenendo una smorfia. Chinò il viso e cercò le parole. Quando lo sollevò, era calma.

«Perché lo ucciderebbe. Perché dal male deriva solo male. E ora giura. Nemmeno una parola. Mai, con nessuno. Giuramelo».

Il fratello abbandonò le braccia lungo i fianchi e scosse la testa.

«Non puoi chiedermi questo».

«Ti prego. Fallo per me. Giuramelo».

Il ragazzo si era seduto, con il volto tra le mani sporche di terra. La sorella gli si era avvicinata e gli aveva accarezzato i capelli a lungo. Glielo aveva giurato. Le aveva giurato che non avrebbe detto nulla a suo marito, e insieme avevano pianto.

Ma non aveva giurato che non si sarebbe vendicato.

«Anche il muschio è buono».

La donna alzò il viso.

«Come?»

Il vecchio colpì la sgorbia sul manico con un mazzuolo di ferro rifinendo un profilo.

«Il muschio è buono, però ci sono troppi insetti sotto, quando lo stacco dalle cortecce, e a volte me li ritrovo nel brodo».

Un ragno con lunghe zampe si arrampicava sul suo materasso di tela riempita. Il vecchio soffiò sul ciocco di legno che aveva in grembo.

«Morti, ovviamente, già».

La donna si stropicciò gli occhi e ricominciò da dove aveva interrotto.

«Ave o Maria, piena di grazia», odore di legna bruciata. «Il Signore è con te, tu sei benedetta tra le donne». Il vecchio lavorava in silenzio. «E benedetto è il frutto del tuo seno, Gesù». Ogni volta che riapriva gli occhi, lo vedeva, «Santa Maria, madre di Dio», immobile come un manichino egli stesso, «prega per noi peccatori», surreale come il parto di un sogno, «adesso e nell'ora della nostra morte». Un sogno che le aveva salvato la vita. «Amen».

Si svegliò quando il vecchio la scosse. Si era riaddormentata pregando, con la testa appoggiata sugli avambracci. Il vecchio le chiese se voleva mangiare. La donna rispose di no con la bocca impastata, si alzò inciampando nello sgabello e si gettò sul giaciglio.

Non sentì il vecchio che le augurava la buonanotte.

GIORNO QUATTORDICI

La mattina successiva il vecchio tuffò in una pentola di acqua bollente un paio di more secche, dei mirtilli appassiti, qualche bacca rossa che la donna non seppe riconoscere e delle scorze dure e rinsecchite di arancia, lasciandole in infusione per qualche minuto.

«Prendimi la tua tazza», le disse.

La donna si diresse verso il ripiano e fu solo allora che li vide. La stoffa che ricopriva un vecchio mobiletto di truciolato incastrato in un angolo si era spostata e lasciava intravedere dei libri, ammucchiati uno sull'altro, coperti da un dito di polvere. Non credette ai propri occhi. Si avvicinò e scostò il rivestimento. Non ne aveva mai visti tanti tutti insieme in vita sua. Ne prese uno a caso e lo aprì. Le pagine giallognole macchiate di muffa si attaccarono alla sua mano. Lo sfogliò con delicatezza. Il vecchio si voltò a guardarla, il viso tra il vapore.

«La tazza».

Lei non lo sentì e continuò a leggere. Il vecchio alzò la voce di un tono.

«La tazza».

La ragazza sobbalzò, afferrò la tazza e lo raggiunse. Nell'altra mano reggeva il libro che non aveva posato.

«Sono tuoi?»

«No, sono tuoi».

«Che risposta stupida».

«Come la domanda».

La ragazza imbronciò le labbra, e lui se ne accorse. Sbuffò versandole la tisana.

«Di chi vuoi che siano?»

Un profumo dolciastro si sprigionò per tutta la stanza. La donna sorseggiò appena, scottandosi la lingua.

«Non ho mai bevuto niente del genere».

Appoggiò la tazza sul tavolo.

«Dove li hai presi?»

«È buono», gracchiò il vecchio, «fa bene. Quando fa freddo queste tisane ti salvano la vita».

«Dove li hai presi i libri?»

Il vecchio faceva rumore quando beveva.

«Sono miei».

«Sono sempre stati tuoi?

«Sì. Più o meno».

La donna lanciò un'occhiata al mobiletto. Potevano essere una cinquantina. Solo allora notò che ce n'era uno poggiato su una griglia di acciaio sotto il tavolino da lavoro.

«Anche io ne ho uno. Sì, be' non proprio così, ma è un libro che è molti libri. Non ce l'ho qui».

Il vecchio sollevò la tazza e tuffò un dito nell'acqua per togliere un pezzo di foglia che galleggiava in superficie.

«Ci vorrebbe un po' di vino, ma l'acqua va bene lo stesso. Però col vino sarebbe stato meglio».

«Lo hai letto in qualcuno di quei libri?»

«Cosa?»

«Questa cosa delle bacche e del vino. L'hai letta lì?»

Il vecchio non rispose.

«Chi te lo ha insegnato?»

Il vecchio si appoggiò alla parete di legno.

«Perché ti interessa tanto saperlo?»

Lei aprì la bocca, poi la chiuse. Scrollando le spalle disse: «Così».

«Lo vedi?»

Il vecchio bevve un lungo sorso. La donna si grattò il braccio.

«Cosa?»

«Che di solito facciamo domande stupide quando vogliamo ignorare cose che sappiamo già».

La donna sollevò il mento e socchiuse gli occhi.

«Questi discorsi… Sei un insegnante?»

«L'hai rifatto».

«Cosa? Che cosa?»

«Hai fatto un'altra domanda stupida».

«Non è vero, questo mi interessa».

«Ti interessa».

«Sì, davvero».

«Allora mi sono sbagliato».

Il vecchio si alzò e posò la tazza sul tavolo di legno grezzo accanto al camino, spostando contenitori di legno e bottiglie di plastica scolorita. La ragazza lo seguì con lo sguardo.

«Che?»

Lui prese una mela selvatica da un largo piatto di legno scuro e si diresse verso l'angolo di lavoro. Si sedette prendendo in mano la testa di legno e il girabecchino per forare una narice. Anche lei si alzò e gli si avvicinò, le mani intrecciate dietro la schiena.

«Che cosa? Perché ti sei sbagliato?»

Dall'orecchio del vecchio colava un filo di cerume. Il vecchio sollevò gli occhi color ghiaccio.

«Guardati attorno», disse allargando le braccia. «Ti sembro un insegnante?»

«No, ora no. Ma forse lo sei stato, lo eri», e indicò i libri.

«Forse lo sono stato, forse lo ero, forse no. Ma cosa ti cambia? Qui e ora, che differenza fa? Insegno a chi? Alle mosche? Cosa significa "sei un insegnante"? Cosa diavolo significa?»

Silenzio. I loro sguardi si incrociarono per un istante, finché la donna non assentì con la testa un paio di volte.

«Hai ragione. Nessuna differenza».

Si allontanò dal vecchio e tornò al mobile con i libri. Si chinò. Con l'indice accarezzava il dorso di ogni libro leggendone il titolo. Si rivolse al vecchio.

«Posso... posso leggerne qualcuno?»

Il vecchio assentì col capo. La donna ne scelse uno con la copertina gialla, usurato. Si sedette e aprì la copertina.

Tre ore volarono. Si fermò perché aveva sete. Si alzò per bere e tornò a sedersi. Prima di riprendere dove aveva interrotto, chiuse di scatto la copertina e ne rilesse il titolo. *Delitto e Castigo*, Fëdor Dostoevskij. Lo aprì e riprese a leggere.

A un certo punto il vecchio si alzò e appoggiò una candela accanto a lei. Non si era accorta che stava facendo buio. La donna sollevò dal libro il viso rigato di sporcizia. Gli occhi le brillavano. Il vecchio fece per allontanarsi ma lei gli afferrò un lembo della giacca e lo trattenne. Il vecchio attese. Lei cercò le parole ma non le trovò, tirò su con il naso e lo guardò dritto negli occhi. Il vecchio assentì con la testa, e lei lo lasciò andare.

Riprese a leggere e continuò anche quando gli occhi le bruciarono. Si addormentò di nuovo seduta al tavolo, la testa sul libro, la bocca socchiusa. Russava un poco. Lui la scosse toccandole la spalla. La donna intontita sollevò la testa e si guardò intorno. Il vecchio indicò il piatto in cui rimaneva una sola mela.

«Vuoi mangiare qualche altra cosa?»

«No», disse lei, «ho sonno».

«Allora buonanotte».

La donna si alzò, sbadigliò, si stiracchiò. Era già arrivata al giaciglio quando tornò indietro, prese il libro e glielo mostrò.

«Posso tenerlo, stanotte?»

Lui lo guardò e assentì. La donna mise il libro chiuso accanto a sé, sistemandolo sotto le pellicce, mentre il vecchio mangiava qualcosa.

Non aveva mai avuto una bambola, una vera. Una ragazza più grande di lei che abitava poco distante le aveva regalato un paio di bambolotti di pezza quando aveva deciso di essere diventata troppo grande per certe cose. Erano sporchi e consunti, ma lei ci aveva giocato ugualmente. Le bambole vere, quelle con i vestitini nuovi e i capelli che sembravano veri erano troppo costose e non potevano permettersele.

Come le amiche.

Fin da quando erano bambini lei e suo fratello non avevano conosciuto nessun altro tranne loro stessi per giocare. Gli altri bambini li guardavano con sospetto. Fratelli. Questa la loro colpa, che pagavano con la solitudine. Qualsiasi cosa potessero fare o dire per convincere gli altri della loro assoluta normalità cadeva nel vuoto. Nessuno aveva fratelli o sorelle, nessuno poteva capire ciò che provavano. Nessuno nemmeno voleva.

Un pomeriggio di tanti anni prima si era chiusa nel bagno a piangere, cercando di sgonfiare gli occhi arrossati con l'acqua fredda, ma sua nonna li aveva notati ugualmente.

«Perché hai pianto?»

«Non ho pianto».

La nonna aveva continuato per un po' a ridurre un mucchio di pere a tocchetti per fare la marmellata.

«Cosa c'è che non va?», aveva chiesto dopo cinque minuti.

«Niente».

«A me puoi dirlo, non lo dirò ad anima viva».

Aveva tentennato, perché in fondo la nonna non conosceva nessuna delle sue compagne di classe e dirlo a lei sarebbe stato come dirlo a nessuno.

«Mi prendono in giro, a scuola. E io le odio».

«Le tue amiche?»

«Io non ho amiche».

«E come mai?»

«Perché sono oche stupide, ecco perché. E sono cattive». La voce le tremò.

«Cosa ti dicono?»

«Che sono bugiarda».

«E perché?»

«Perché a scuola ho detto che noi abbiamo una pistola, ma non mi credono e dicono che mi sono inventata tutto, che mio fratello e io siamo dei bugiardi, ma non è vero. Noi ce l'abbiamo davvero la pistola».

«Gli altri bambini non ci credono perché loro non ce l'hanno», disse sua nonna. «I civili non possono portare le armi».

«E perché noi ce l'abbiamo?»

«Ci sono delle eccezioni».

«Perché?»

166

«Bambina mia, è difficile da spiegare. Diciamo che noi siamo una famiglia fidata e che per questo possiamo avere una pistola».

La nonna le porse un canevaccio di tela consunta e bucherellata.

«Asciugati le lacrime, bambina. Sono pochi quelli che possono comprendere ciò che non conoscono, invece di temerlo. Sarà sempre così».

La bambina si asciugò il viso prima di rispondere con voce tremante:

«Ma non io, io sono diversa».

«Per questo non hai amiche».

«Be', allora vorrà dire che non ne avrò mai».

Accanto al suo viso le pagine del vecchio libro odoravano di muffa e di polvere. Appoggiò il palmo della mano sulla copertina del romanzo e si addormentò così.

GIORNO QUINDICI

Una porzione di zuppa, uguale a quella del primo giorno, fu integrata con delle noci. Non ne aveva molte. Erano in uno zaino sdrucito verde oliva, appeso alla parete di tavolacci come quasi ogni altro oggetto presente nella stanza. Il vecchio ne prese tre. Una alla volta, le appoggiò su uno dei ciocchi che fungevano da sedia e, reggendole tra l'indice e il pollice della mano sinistra, le frantumò con un martello prima di porgergliele.

La donna stava recuperando le forze. Dormiva e mangiava, e il fuoco faceva il resto. Parlava con il suo bambino soltanto nella sua mente e cercava di disturbare il vecchio il meno possibile. Leggeva in fretta. Smaniava dalla voglia di terminare quel romanzo, anche se non lo capiva interamente. Incontrava termini che non conosceva, come già le era capitato con il suo libro. Si soffermava spesso a pensare. La parola "usuraia", ad esempio, non l'aveva mai sentita, però ne intuiva il senso.

Gli occhi le bruciavano, e ogni tanto distoglieva lo sguardo dalla pagina. Dagli interstizi delle tavole grezze qualche raggio di sole entrava nella penombra. Strisce di luce sul pavimento che andavano e venivano, disturbate dal fogliame tremante.

Intermittenti come la vecchia lampada al neon della pompa di benzina abbandonata giù in paese.

Era cominciato tutto con delle palpitazioni. Niente di doloroso, solo questo tamburreggiare improvviso nel petto. La mattina si era svegliata con un cerchio alla testa che era aumentato quando si era accorta che suo fratello non era tornato a dormire.

Le faccende in cucina le pesavano più del solito. Quando si avvicinava alla spianatoia posata sui mattoni accanto al sacco di farina, distoglieva lo sguardo. Dopo l'emicrania erano arrivati dei brividi lungo la colonna vertebrale. Dapprima lievi, tanto da farle credere che fosse solo l'aria. Aveva chiuso le finestre ma non erano diminuiti.

A pranzo non aveva mangiato nulla, lo stomaco le si era chiuso. Suo marito le chiedeva in continuazione: «Cos'hai? Come stai? Come va? Che succede? Tutto a posto? Ti senti bene?», fino a quando avevano litigato.

«Un po' di nausea non ha mai ammazzato nessuno», aveva detto, e si era sforzata di mandar giù un paio di bocconi di pane.

Era andata in camera da letto per sfuggire agli sguardi del marito, si era infilata sotto le coperte per riscaldarsi e si era addormentata. C'erano stati dei sogni. Un puledro dalla criniera fulva in riva al mare e il sapore dell'acqua salata sulla lingua.

Si era svegliata per via del rumore della porta che si apriva. La voce di suo marito era concitata ma non ci avrebbe giurato. La chiamava, questo sì, lo ricordava bene.

«Mi senti?»

Sì, certo che lo sentiva. Cercò di scostare la mano del marito dalla fronte e dal viso: le stava facendo male. Provò a mettersi seduta e vide che aveva le caviglie gonfie come i polpacci. Due tronchi. La pelle a chiazze rosse, che sparivano e riapparivano in posti diversi, come vampate. Il mal di testa le martellava il cranio talmente tanto che cadde riversa sui cuscini senza poterlo impedire. La stanza le girava intorno. Chiese un bicchiere d'acqua fresca ma suo marito non c'era più. Per quanto lo chiamasse, non veniva. Stordita, si sentì risucchiare nel buio mentre il soffitto si allontanava e rimpiccioliva. Perse i sensi.

La riscosse sua nonna stringendole la mano sulla spalla verso le quattro del pomeriggio, più o meno.

«Nonna, ho sete».

E finalmente bevve. Le portarono l'acqua a letto, o forse era in cucina. Le scappava pipì. L'accompagnarono in bagno, ma l'urina era fuoco liquido e bruciava. Urlò per il dolore. La nonna le chiese perché. Indicò la zona dove le faceva male, all'altezza della vescica. Quando tornò a letto imbucò la porta che portava nel disimpegno di casa. Cercò il letto ma non lo vide. Non capiva come potesse essere.

«Come fa a entrare qui il letto, che dà sulla strada?» disse.

Suo marito le chiese di ripetere.

«Mamma», disse lei, e pianse.

Il marito la prese in braccio e la portò di corsa a letto. Le facevano male le reni e sua nonna le sistemò due cuscini dietro la schiena.

«Tra poco starai meglio, sta' tranquilla».

Qualcuno le accarezzava la fronte sudata. I dolori aumentavano.

L'immagine successiva era il volto di sua nonna annebbiato da fumi di vapore. Odore di sapone, di panni appena stesi e profumati di bucato. Poi una voce maschile, suo marito, che diceva a qualcuno che le si erano anneriti gli occhi. «Capillari rotti», fu la risposta. Aveva sete e le facevano male tutti i denti. Stringendoli, avvertiva in bocca qualcosa di resistente ed elastico che non riusciva a sputare.

La stanza era troppo illuminata. Gli occhi le lacrimavano. Fuori invece era quasi buio, lo intravedeva attraverso i vetri sporchi, avrebbe dovuto lavarli. Provava a portare la mano sugli occhi per ripararli da quella luce così fastidiosa ma qualcuno gliela teneva ferma. Non riusciva a parlare.

La terza immagine era vomito sparso sulle lenzuola e un dolore al collo come se glielo avessero spezzato. A quel punto, un altro momento di buio e poi il ricordo di un sapore amaro in bocca, sua nonna che le parla lentamente a pochi centimetri dall'orecchio a con voce alta: «Bevi, un altro po', coraggio. Forza». La nonna le scuoteva spesso le spalle per svegliarla e poi per accertarsene chiedeva: «Sei sveglia? Apri gli occhi».

Ma quella luce, quella luce era troppo forte. «Adesso passa tutto, capito?» La nonna parlava con voce calma e ferma, suo marito non diceva nulla. Laggiù in un angolo della stanza, incapace di parlare, muoversi. Di nuovo buio pesto.

Suonarono alla porta ma lei non chiese chi fosse. Non ci pensò. Il campanello era lontano centinaia di metri almeno. In cucina qualcuno stava cucinando cicorie, insaporite con l'origano. Forse alloro. Ricordava distintamente l'odore di spezie.

Quando aveva aperto gli occhi, suo fratello era in piedi contro la porta, o era vicino al fuoco. Non ricordava. Segni rossi sulla maglia bianca. Quando gli aveva dato il buongiorno, aveva fatto un cenno della testa ed era uscito.

«Vedrai che adesso torna».

Sua nonna le parlava con voce lieve.

Sentiva suo marito e suo fratello parlottare nella stanza accanto ma i suoni avevano contorni sfumati. Brividi e freddo e fitte lancinanti alle reni.

Era tornato dopo un po', si era piegato su di lei, le aveva dato un bacio sulla fronte e poi girandosi verso la nonna aveva detto: «Scotta». Le aveva preso una mano tra le sue e le aveva detto: «Mi senti?»

Non riusciva a rispondere.

«Ti voglio bene, lo sai?»

«Sì.

Appena un filo di voce. Qualcuno piangeva nella stanza. Che mal di testa.

«Non avere paura. Penso a tutto io».

Glielo diceva sempre.

«Sì».

Rimasero a guardarsi senza parlare. Lei sollevò la mano per accarezzarlo ma non ci riuscì, e gli occhi le si riempirono di lacrime. Suo fratello aprì la bocca e la richiuse, poi si voltò velocemente e scomparve oltre la porta.

Sentì un trambusto nella stanza accanto, qualcuno strillava, piangeva, ma lei era troppo stanca, troppo.

Perse i sensi a lungo.

Quando riuscì a riaprire gli occhi di nuovo, era l'alba. Nella stanza c'era una gradevole penombra e sua nonna e suo marito si erano addormentati, seduti su scomode panche accanto a lei, uno da ogni parte del letto. Suo marito aveva le braccia conserte. Guardò l'uomo che aveva sposato e per un attimo non lo riconobbe. Scostò le coperte scoprendo le gambe e vide che le caviglie si erano sgonfiate quasi del tutto. Il dolore alle reni e alla vescica era sopportabile, ma il mal di testa no.

«Nonna».

Gracchiò. La vecchia si svegliò di soprassalto, si alzò di scatto mettendole una mano sulla fronte.

«Come ti senti?»

«Ho mal di testa».

La nonna scoppiò a piangere, svegliando suo marito che si avvicinò in fretta. Pallido, le occhiaie profonde.

«Come sta?»

Sua nonna piangeva e non rispose.

Aveva sete. La fecero bere acqua addolcita con il miele e scivolò di nuovo nel sonno, senza accorgersene.

Quando si svegliò era quasi mezzogiorno. Sentiva il ticchettio della pioggia sul tetto. Non ricordava niente della notte prima.

Le dissero che aveva avuto la febbre, dovuta a un'infezione. Chiese di suo fratello, le risposero che non sapevano dove fosse. Lei scoppiò a piangere ma per poco, l'emicrania le arpionava le tempie pungendole il retro degli occhi. Si soffiò il naso con forza e sentì dolore nella pancia.

Una profonda spossatezza si era impadronita velocemente di lei, e prima di scivolare nel sonno di nuovo, sussurrò appena.

«Il mio bambino…»

Non completò la frase e nessuno rispose. Dormiva già.

Di quella sera non ricordava altro. La febbre l'aveva stordita. La febbre, il dolore.

A volte, nei giorni seguenti, le erano tornate in mente delle scene, per esempio il sudore che grondava dalla fronte e il prurito sul cuoio capelluto e un oggetto di metallo, una specie di pinza sfuocata, ma non le collegava a niente di particolare. E poi la fuga laggiù, in quel bosco sconosciuto.

In quel momento, mentre le lame di luce illuminavano il pavimento sporco di quella capanna, le tornò in mente un altro dettaglio.

C'era del sangue, da qualche parte. Ne era certa.

Ci pensò durante la giornata, ma proprio non riusciva a ricordare altro.

Quando non leggeva, si appisolava e quando si svegliava, per brevi attimi, guardava il vecchio.

Lui intagliava piccole figure di animali nel legno con un coltellino. Spesso spingeva lo sguardo fuori, verso il bosco, e rimaneva così. Silenzioso.

Quella sera sentì freddo, di nuovo, per la prima volta dopo giorni. Il fuoco era rimasto spento dalla sera precedente, la legna raccolta il primo giorno in cui era arrivata lei cominciava a scarseggiare. Con la pelle d'oca, ricordò il freddo provato nel bosco, tra gli alberi scuri. Non sarebbe rimasta per sempre lì, al riparo. Si strinse nella sciarpa di lana e il vecchio lo notò. Si alzò dal tavolo di lavoro, le passò accanto e si inginocchiò davanti al caminetto rudimentale. La donna lo raggiunse.

«Vuoi una mano?»

«Non mi serve, so farlo da solo».

Il vecchio ammucchiava un cumulo di foglie secche con mani nodose. La donna notò un accenno di artrite alle dita.

«Non ti senti mai solo, qui?»

Il vecchio si mise seduto sui talloni.

«Non sono mai solo. Il bosco», disse indicando fuori, «è fin troppo abitato, già».

Un'ombra passò sul suo viso, increspando appena la superficie di quegli occhi trasparenti come acqua, poi riprese ad armeggiare con i rametti. Dopo averli sistemati a castello raccolse dal rivestimento di pietra un piccolo pezzo di carbone e lo infilò, premendolo, nell'estremità di un osso lungo e cavo in modo che sporgesse verso l'esterno.

«Conosci qualche anarchico?»

«Chi?»

«Gli anarchici. Quelli che non vivono nei distretti».

«Come me?»

«Sei un anarchico?»

Il vecchio girò la testa verso di lei, con l'osso in mano.

«No, ma non vivo nel distretto».

Lei sospirò.

«Mai sentito parlare di gruppi di persone che rifiutano l'organizzazione dei distretti?»

«Qualcosa. Tempo fa».

«Hanno degli accampamenti, qui, nel bosco. A est, d'inverno».

«Leggende».

«Non sono leggende».

«Ah no? Quindi ne hai visto uno».

«No, però...»

«Ne hai le prove?»

«No».

«Allora sono leggende. Cose che si raccontano».

«Quindi tu non hai mai visto nessuno di loro? Nessun accampamento nomade?»

Il vecchio si pulì il muco con la manica della giacca.

«Non ho mai visto niente del genere».

«Da quanto tempo vivi qui?»

«Una vita».

«Che significa? Vent'anni? Trenta?»

«Più o meno. Sì».

«Mai, mai sentiti?»

Il cuore di lei batteva più forte. Il vecchio fece cenno di no con la testa. Fece scorrere l'osso in cui aveva infilato il pezzo di carbone dentro un altro osso più largo, e raccolse una pietra dal pavimento.

«Perché ti interessa tanto?»

«Sto andando lì».

«Lì, dove?»

«All'accampamento degli anarchici».

«A fare che?»

«Da mio fratello. Ho un fratello gemello. È lì che è andato».

«Sì, da tuo fratello a fare che?»

«Per me, per il mio bambino. Per salvarci. Possibile che non esista?»

Lui si bloccò e si sporse verso di lei, ruotando la testa lentamente.

«Mai sentito niente del genere».

Con un colpo secco e deciso della pietra, l'osso sottile penetrò in quello più largo. La compressione e lo sfregamento accesero il carbone. Il vecchio fece cadere il pezzo incandescente sulle foglie secche e ci soffiò sopra. In un attimo le foglie crepitarono divorate dalle fiamme. Il vecchio le introdusse sotto la capanna di rami e le fiamme avvolsero anche i ceppi, ancora basse e timorose.

«Nelle tue condizioni. Sì, insomma. Non credo ti convenga girovagare da sola nel bosco, già».

Allungò le mani verso il fuoco.

«Dovresti cercare aiuto. Andare nel paese più vicino e chiedere aiuto a qualcuno, già».

Lei avvicinò la sedia al focolare e allungò i piedi avanti a sé.

«A chi?»

«A qualcuno. Questo non lo so. Però posso indicarti la strada per uscire fuori di qui e andare in un posto più accogliente. Per te».

Lei non rispose. Il vecchio continuò.

«Un paio di giorni di cammino verso settentrione, più o meno».

«Verso nord?»

«Nord-est. Più o meno».

Inebetita dalle fiamme, la donna parlava con voce lontana.

«Lì c'è un monastero».

«Sì, anche».

«Ci sono già stata».

«Ah», disse il vecchio.

«Ci sono stata e me ne sono andata».

Il vecchio gettò un paio di rami secchi sulle fiamme ancora basse.

«Perché?»

«Non ero al sicuro. Non cambiava niente rispetto al posto da cui vengo».

Le loro voci erano poco più di un sussurro.

«Non cambia mai niente da nessuna parte. Noi cambiamo. Solo noi possiamo. Forse».

«Ma se non hai visto nessuno di loro, da chi è abitato, il bosco?»

«Da nessuno».

«Hai detto che è abitato. Lo hai detto prima».

«Hai capito male».

«Sembravi convinto».

«Cosa vuoi che ti risponda?»

«Niente, ma sembravi convinto».

«Mi sarò sbagliato. Contenta?»

Il vecchio si passò con lentezza una mano sul viso illuminato dal fuoco.

«Certe volte», disse, «sembra di vedere qualcosa».

Il cuore di lei batteva forte ma rimase impassibile.

«Cosa?»

«Non lo so. Niente di cui aver paura, comunque».

Il vecchio si girò verso di lei.

«Nessuna paura».

«Cosa vuoi dire?»

«Quello che ho detto».

«Sì ma chi sono? Cosa vuoi dire?»

«Quello che ho detto».

«Ma io non ho capito».

La voce del vecchio si alzò di un tono.

«Non capisci perché parli invece di pensare. Non si possono usare insieme la bocca e il cervello. O pensi o parli e chi parla troppo, pensa poco».

Lei provò a ribattere, ma quando ci provò lui si alzò poggiando le ossa su una mensola e allontanandosi verso il fondo dell'abitazione. Le domande le morirono in gola.

Dopo cena, lui riparò un asse del pavimento che aveva ceduto battendo con foga il martello sui chiodi.

La donna non riusciva a trovare pace sul giaciglio. Si girava e rigirava in cerca di una posizione comoda. In tutti quei giorni e quelle notti, lei non aveva mai incontrato nessuno. Ne era sicura.

Davvero?

GIORNO SEDICI

Il cigolio di una carrucola di ferro con il cavo non oliato. Il vecchio era salito su un ciocco di legno e si era affacciato in punta di piedi a una specie di abbaino. Tirava con forza una corda infilata in una carrucola inchiodata al soffitto, sudando e sbuffando. Lei sgusciò fuori dal giaciglio.

«Buongiorno».

Il vecchio rispose ma la sua voce giunse ovattata e non riuscì a sovrastare il gemito del bozzello arrugginito. Quando si voltò, reggeva tra le mani un secchio mezzo pieno di acqua. Il vecchio scese dal ceppo, appoggiò il secchio per terra e prese una delle zucche vuote appese alla parete.

«Vuoi bere?»

«Sì, grazie. Per favore».

Il vecchio le porse una zucca colma d'acqua, poi riempì le altre e le riappese. L'acqua sbatacchiava contro le pareti lisce echeggiando come un sonaglio. La donna gli porse la zucca.

«Dove la prendi?»

Anche il vecchio bevve. Indicò la finestrella con il dito adunco.

«Da lì».

Lei tentennò.

«Posso?»

Il vecchio assentì, bevendo un altro sorso. La donna si arrampicò sul ceppo, appoggiò le mani sul bordo frastagliato della finestra e si sporse fuori. L'aria fredda le schiaffeggiò il viso.

Sotto la finestra, in basso, c'era un serbatoio naturale di acqua piovana in un barile di plastica nera. Acqua fredda e pulita, nella quale galleggiava qualche rametto. Il vecchio urlò per farsi sentire.

«Chiudilo o evapora l'acqua».

La donna girò lo sguardo, finché non vide un coperchio ricavato da vecchie tavole affiancate, afferrò il manico di corda fissato con dei nodi e lo posizionò facendo coincidere i bordi del tronco con il coperchio. Rientrò con un brivido.

«Fatto».

Il vecchio posò la zucca vuota sul tavolo, poi si sporse anche lui a controllare.

Quando rientrò chiuse lo scuro della finestra tenuto aperto con un ramo scortecciato, riempì una ciotola con acqua fredda e vi gettò dentro una manciata di prugne dure e rinsecchite. Quando rinvenirono, gliele indicò e lei ne assaggiò una. Dolcissima. La masticò fino a ridurla a una poltiglia liquida per estrapolare tutto lo zucchero possibile.

«Molto buone».

Il vecchio scovò un contenitore di latta tutto ammaccato da una specie di cassapanca sbocconcellata dalle tarme e lo appoggiò sul tavolo, si sedette e lo aprì. Il barattolo fece un rumore secco e si piegò da un lato. Il vecchio batté con il palmo della mano sul lato esterno e lo raddrizzò.

Afferrò una manciata di qualcosa e lo mise sul tavolo accanto a lei. Bacche tondeggianti riunite in grappoli come le ciliegie, di un blu talmente scuro da sembrare nero.

Il vecchio ne prese una manciata e, masticando rumorosamente, le indicò le altre. Il tegumento ceroso le si frantumò in bocca, la polpa era dolce e dal sapore simile ai mirtilli. Le mangiarono tutte, poi il vecchio richiuse il barattolo e lo rimise a posto.

Il vecchio si sedette al tavolino di lavoro mentre lei apriva il libro. Il tempo volò.

Non sapeva che ore fossero ma quando sollevò di nuovo la testa la luce era cambiata.

La donna si stiracchiò il collo e guardò il vecchio che intagliava il legno e si grattava in continuazione. Sul collo si erano accumulati molti strati di sporco, i cui aloni erano striati dal sudore. La donna indicò le teste ammucchiate ovunque.

«Chi sono?»

Lui non rispose. Lei si schiarì la voce.

«Bambini che conosci?»

Fuori, i rami battevano contro le pareti di legno della casa. La donna scrollò la testa.

«Ma comunque non importa, sono belli».

La donna si mosse sulla sedia e si sistemò i capelli con il palmo della mano. Quando finì, si accorse che il vecchio la stava fissando. Indicò i volti dei bambini di legno.

«Hai un figlio?»

Il vecchio guardò fuori.

«Uno soltanto».

«Come tutti. Giustamente».

«Giustamente?»

«Be', sì».

«Giustamente per chi?»

«Per tutti».

«Anche per te e per me?»

«Sì».

«Noi siamo tutti?»

La donna notò che una delle assi del pavimento era incrinata per tutta la lunghezza. Incrociò le braccia sul petto e allungò le gambe davanti a sé.

«Siamo, anche, tutti».

Il vecchio dondolò la testa.

«Noi non siamo niente».

«Niente? Siamo troppi, vorrai dire. La terra non basta per tutti».

«Sì, è vero».

L'obiettivo è raggiungere un certo numero di persone e, solo dopo, finalmente, potremo fare due figli a famiglia. Questo è ciò che ci hanno sempre detto. Dobbiamo adeguarci. L'inquinamento. Ci tocca pagare per gli errori di chi ci ha preceduto ma se noi salveremo la terra...

«Da essa verremo salvati. Conosco la propaganda. È la stessa da più di mezzo secolo. Dovrebbero inventarsi qualcos'altro».

«Inventarsi? Questa è la realtà».

«Già».

«Già, cosa?»

«Dico, già. Questa è la loro salvezza».

«Nostra».

«Loro».

«È uguale».

«No, non lo è. Sarà giusto per tutti, come dici tu, ma non è giusto per me».

«Dio, parli come mio fratello. Tu sei diverso?»

«Sono unico, come te e come tutti quanti gli altri». Gli occhi cerulei del vecchio si incrinarono. «Come mio figlio».

«Dov'è ora?»

Due mosche roteavano appena sotto il soffitto. Un'altra si arrampicava sul braccio immobile del vecchio.

«È morto».

La donna portò entrambe le mani alla pancia. La sua voce era un sussurro.

«Mi dispiace».

«Già. Come vedi, sarà anche giusto per tutti, ma non lo è per me».

«Cosa è successo?»

Il vecchio di nuovo non rispose.

«Forse è...»

Il vecchio la interruppe.

«Tante cose, troppe e troppo grandi per essere raccontate».

«Parlarne ti farebbe bene».

«Chi lo dice?»

«Tutti».

«Tutti?»

«Sì, be', si dice così».

«Ah, si dice così. Quindi deve essere vero».

«Se si tirano fuori le cose, allora non fanno più male, dentro».

Il vecchio scosse la testa.

«Raccontarmi tutto quello che ti è successo non basterà a farlo diventare passato».

«No, io non ho detto...»

Il vecchio la interruppe.

«Ti dico io qual è la verità. La verità è che ci sono cose che non possono essere raccontate. Né dimenticate. Fanno troppo male e basta».

Il vecchio riprese a limare il ciocco di legno con foga. I trucioli si ammucchiavano sulle sue gambe, sulle scarpe di pezze logore da cui spuntava fuori l'unghia scura dell'alluce, sul pavimento lurido. La donna si pizzicò il labbro inferiore con le dita.

«Vecchio, se ne parli ti sentirai meglio».

«Se ne parlo starai peggio tu».

«Mal comune, mezzo gaudio».

«Mal comune, male di tutti. E basta così».

«Ma il dolore...»

«Cosa. Il dolore cosa?»

«Non piangi mai, tu?»

«No».

«Non piangi. Non ti lamenti. Non parli».

«No».

«Perché».

«Perché non serve a nulla».

La donna scosse la testa e si alzò. Le assi di legno scricchiolavano sotto il suo peso. Si fermò davanti a quella specie di uscio, guardando i rami grigi che si intrecciavano disordinatamente fuori di lì. Respirò una boccata di aria fredda e pulita. Una mosca si poggiò sulla sua mano.

«Mio marito è morto due settimane fa».

Suo marito era morto intorno alle undici di una mattina d'autunno inoltrato, fredda e bianca.

«Non era così che me l'ero immaginato. Non è morto nel suo letto, vecchio e stanco, no. È morto solo come un cane».

Il vecchio interruppe quello che stava facendo, e la lima che teneva in mano rimase sospesa a mezz'aria. Poi, lentamente, l'abbassò e rimase fermo immobile a guardare il ciocco di legno che stava lavorando.

«L'ho visto da lontano. Lui e loro. Mia nonna stava attizzando le braci, io ero a letto. Mi stavo riprendendo da una infezione. Ho avuto la febbre, sai, fino a qualche giorno fa. Forse ce l'ho ancora addosso, non lo so. Può essere».

La donna si interruppe, schiarì la voce che aveva tremato e respirò a fondo.

«Mia nonna li ha sentiti per prima. L'ho vista avvicinarsi alla finestra per vedere cosa stava succedendo. Io, be' io non ci avevo capito ancora niente».

Il tono della voce era amaro.

«Povera nonna. L'attizzatoio le è caduto dalle mani e ha fatto rumore. È allora che mi sono girata a guardare e l'ho vista indietreggiare. Mi sono alzata più velocemente che ho potuto, mentre lei veniva verso di me. Cercava di rispingermi verso il letto. "Torna a letto" mi diceva, "torna a letto". Ma la voce le tremava e io non sono mica una bambina. Ho capito che stava succedendo qualcosa di grave là fuori».

All'inizio, non aveva capito. Aveva visto figure muoversi in lontananza. Si era aggrappata alla sedia per non cadere. Quei soldati laggiù significavano guai. Si era affacciata dietro i vetri sul punto più esposto, dal quale si poteva guardare lontano, verso il granaio.

«Mi sono affacciata alla finestra. Da dove stavo io non si sentiva niente ma questo non ha fatto alcuna differenza perché è come se avessi ascoltato ogni cosa».

Il vecchio si portò una mano sugli occhi e poi la fece scivolare sulla bocca e sulla barba, ascoltando in silenzio. La donna continuò.

«Erano in quattro. Quattro contro uno soltanto. Quattro soldati contro un contadino».

La donna guardava senza capire e aveva chiesto alla nonna, cosa c'è? La nonna non aveva risposto, le mani intrecciate davanti alla bocca e la testa che dondolava avanti e dietro.

«Si lanciavano qualcosa, come facevamo mio fratello e io con la palla quando eravamo bambini».

La nonna non aveva risposto. Lei aveva urlato: "Nonna, che succede?" Ma lo sapeva già cosa stava succedendo. Lo sapeva. Chiederlo non avrebbe cambiato la realtà.

«Solo che non era un pallone quello, no. Non era un pallone. Era mio marito, gonfio di botte».

La voce della donna si incrinò.

«Un pallone con gli occhi gonfi e chiusi».

Suo marito aveva gli occhi tumefatti e, dov'erano i suoi occhiali? Era rimasta ferma aggrappata allo schienale di quella sedia di legno, una mano sulla pancia. "Che stanno facendo?" Aveva chiesto alla vecchia, ancora e ancora.

«Ho chiesto a mia nonna "perché?", ma lei non ha risposto. Un soldato ha lanciato una corda oltre il ramo basso del vecchio ulivo e sai cosa ho pensato?»

La donna si voltò verso il vecchio che ancora teneva lo sguardo fisso avanti a sé, sul ciocco di legno.

«Ho pensato a un serpente lunghissimo che si avvinghiava strisciando lungo le fronde. Capito? Mio marito stava per morire, e io pensavo a uno stupido, ridicolo serpente».

Pausa.

«C'era un cane con loro, che abbaiava. Lo vedevo ma non lo sentivo. Uno dei soldati stava in disparte. Se ne stava appoggiato alla staccionata, e rideva. Sì, quel bastardo figlio di puttana, rideva. Che possa provare lui quello che ho provato io, mille e mille volte ancora. Maledetto bastardo. Mio marito non ha mai fatto niente, ma proprio niente per meritare tutto questo».

I soldati comparivano e scomparivano dietro il tronco. Solo suo marito rimaneva immobile, la testa china, le mani legate dietro la schiena. "Ti prego". Aveva cominciato a pregare senza accorgersene. Si sentiva svenire. "Piano, fate piano". Con la mano sinistra aveva palpeggiato l'aria dietro di lei, cercando un sostegno che non c'era e brancolando nel vuoto. Aveva afferrato lo scialle appeso alla parete con le mani esangui, la testa che le girava.

«C'era gran trambusto in paese. Mia nonna mi aveva detto che il Comandante era stato ammazzato, e molti si erano dati alla macchia per paura di ritorsioni. Compreso mio fratello. È lui che sto cercando, è da lui che vado, te l'ho già detto, no? Lui… be', è una testa calda ma non ha mai fatto male a nessuno, mai, solo che in queste situazioni è meglio essere previdenti e sparire per un po' finché le acque non si sono calmate. Così mi aveva detto mio marito, e io avevo capito che era una cosa buona. Allora sono andata verso la porta perché glielo dovevo dire che mio marito non c'entrava niente con la morte di nessuno ma mi sembrava lontanissima e le mie gambe erano dure come pietre. Mia nonna ha provato a fermarmi. "Ferma", mi ha detto. "Dove vai? Scappa figlia mia, vai su al monastero, corri"».

La donna si interruppe. I rami battevano contro le pareti esterne della casa, scandendo il racconto con colpi secchi. La vecchia l'aveva afferrata per le spalle scuotendola con forza e costringendola a guardarla negli occhi acquosi. Il suo volto aggrinzito era una maschera di disperazione.

«La sogno, sai? E non riesco a dimenticare il suo volto e le sue parole roche. Nel sogno urla ancora, "scappa. Corri via, lontano. Vai, ora"».

Ma lei no, continuava a guadare oltre la finestra e non riusciva a staccare gli occhi da ciò che stava succedendo a qualche centinaio di metri. La nonna le aveva messo il capotto pesante e le aveva avvolto lo scialle di lana sulla testa e intorno al collo stringendoglielo con le vecchie dita nodose e tremanti. "Mettiti le scarpe", le aveva detto, e lei si era infilata in fretta il vecchio paio di scarpe da ginnastica, senza allacciarle.

«Non ricordo tutto, sai? Alcuni pezzi mi mancano e per quanto io mi sforzi, niente da fare. Non me li ricordo proprio».

Uno dei soldati aveva afferrato per un braccio suo marito e lo aveva tirato verso la quercia.

«Un soldato rideva. Te l'ho già detto? E poi la corda si è stretta attorno al collo di mio marito e lo hanno sollevato verso il ramo».

Lo aveva visto preda di spasmi incontrollati, con la camicia strappata, nudo dalla vita in giù, e aveva mormorato con la voce strozzata: "Copritelo, vi prego. Fa freddo".

«Lo hanno sollevato. Così. Come un manichino».

La donna cercava di scostare la nonna per uscire, ma era debole.

«Ero riuscita a raggiungere la porta, ma mia nonna mi ha afferrata per un braccio e mi ha dato uno schiaffo e mi ha detto che no, non dovevo. Non potevo. Non ci potevo fare proprio niente».

Sotto shock, la donna ascoltava la voce roca della nonna, "Devi scappare, hai capito? Vado io, vado io. Ma tu no, non devi andare, mi hai capito?" La nipote aveva assentito tra le lacrime.

«Alla fine ci è andata lei. Cosa potevo fare? Una vecchia, ho pensato. Le daranno retta. È uscita in fretta e furia e io sono rimasta lì a guardare senza fare niente. Come sempre, in tutta la mia vita».

Prima di uscire la vecchia si era guardata intorno e aveva afferrato l'unica cosa commestibile che c'era. Tre fette di pane avvolte malamente in uno strofinaccio e due uova che avrebbe dovuto cucinare per il pranzo. Gliele aveva fatte scivolare nella tasca della gonna. Lei non se n'era neanche accorta, in principio.

«Mia nonna mi ha accarezzata ed è uscita».

Le aveva accarezzato il viso con la mano ruvida e poi era uscita in fretta nel sole. Il soldato appoggiato alla staccionata si era voltato verso la casa e lei era scivolata dietro le imposte della finestra. Non l'avrebbe vista nemmeno se fosse rimasta in piedi in piena luce, ma non poteva saperlo. Si era accasciata fino a sedersi sul pavimento ed era rimasta acquattata, sbirciando dal davanzale, senza udire null'altro che il proprio respiro.

Il vecchio la guardò. La lunga barba bianca tremava.

«Proprio in quel momento il soldato, quello alto, il figlio di puttana, stava venendo verso casa. È lui che ha notato per primo mia nonna, le è andato incontro e quando era a pochi metri da lei ha estratto la pistola e le ha sparato in pieno viso. Così».

La ragazza soffocò un singhiozzo, tirò su con il naso e strinse il pugno appoggiato alla parete di legno fino a che le nocche non divennero bianche.

«Sai qual è la cosa più incredibile? È che...»

Pausa.

«È che quel soldato non ha mai smesso di ridere. Mai, nemmeno mentre mia nonna moriva».

Il corpo sottile si era accasciato per terra come un mucchio di stracci neri. Ansimando, lei si era abbracciata il ventre e aveva sussurrato: "Non è niente, figlio mio. Non è niente. Niente". Poi con le mani tremanti aveva indietreggiato, la bocca secca, gli occhi sbarrati.

«E poi sono scappata. Non sono andata ad aiutare mio marito che penzolava giù dall'albero, o mia nonna che moriva. No. Sono scappata. Come sempre».

La porta posteriore si era schiantata dietro la sua spinta, aveva imboccato il sentiero che conduceva oltre la collinetta che l'avrebbe nascosta ai loro sguardi. Si era acquattata per quanto poteva, per quando il dolore al ventre le permetteva, e nel punto più alto si era buttata a terra, strisciante, aggrappandosi con le mani alle radici scoperte degli alberi. Con un balzo che le aveva procurato una fitta sul fianco era riuscita ad andare oltre il rialzo di terra. Da lì, non potevano vederla. E aveva corso, via lontano, verso il bosco. Ignorando i brividi e il mal di testa che le arpionava le tempie, ignorando la tachicardia che le faceva scoppiare il cuore nel petto.

Non aveva potuto ripetere altro tranne quella parola, *niente*, perché si era messa a piangere e le lacrime si erano mischiate al muco e le avevano chiuso il naso togliendole il respiro. "Non è niente, figlio mio. Niente". Senza respiro laggiù, sotto la quercia, suo marito stava morendo. Impiccato.

«Sono scappata, e stavo male. La febbre, la paura, e poi gli incubi e i brividi di freddo. Ho solo ricordi confusi. I giorni più importanti della mia vita, e non ricordo quasi niente».

Il viottolo sterrato che portava dalla masseria al tratturo e da lì al limitare del bosco si era allagato per via della pioggia incessante del giorno prima. Lo aveva percorso per un pezzo con il risucchio ritmico delle scarpe da ginnastica che si sollevavano dalla mota schizzandole le calze e l'orlo della gonna, fino al punto in cui, allargandosi, formava un piccolo lago melmoso. Lì si era fermata la prima volta a riprendere fiato. Le doleva il fianco sinistro.

Si era toccata il ventre gravido tra i singhiozzi facendo qualche confuso passo in avanti. Aveva guardato oltre quella pozzanghera viscida e il sentiero non era che una traccia incerta tra le foglie sminuzzate e le pietre. Facendo forza con le reni si era aggrappata con la mano libera a una roccia che si sporgeva in fuori. Piano, era salita sul monticello ricoperto d'erba.

Davanti a lei si stagliava il vasto pezzo di terra coperto di rovi e muschi, e alberi a perdita d'occhio. Si era voltata indietro per la prima volta e aveva visto giù, lontana e sbiadita, non più grande dell'unghia del pollice, la sua casa. C'era la pentola sul fuoco e la porta aperta che sbatteva lamentandosi sui cardini. Un colpo d'aria bastava per far cadere in frantumi tutti i vetri. Era da tempo che avrebbero dovuto sostituire gli infissi decrepiti e arrugginiti. Con gli occhi lucidi si era voltata, e il bosco l'aveva accolta, grigio e freddo.

«Tutto. Ho perduto, completamente, tutto».

Quando si voltò il vecchio teneva la testa talmente bassa che il mento barbuto poggiava sul petto.

«Vecchio».

L'uomo riaprì gli occhi, tornando da molto lontano. Quando rispose, la voce roca era poco più di un sussurro.

«Ti senti meglio, ora?» disse.

Il vento portava nella casa odore di terra bagnata. La donna si asciugò una lacrima con il dorso della mano prima di prendersi la testa tra le mani piangendo a singhiozzi.

Il vecchio si alzò, posando la lima sul tavolo senza far rumore. Rimase a guardarla, prima di sfiorarle una spalla con la mano. Lei si voltò di scatto verso di lui, aggrappandosi a quella mano e stringendola forte. Il vecchio l'accarezzò.

«L'espressione più vera, l'unica possibile, del dolore, è il silenzio. Il resto, è cornice. Non tormentarti. Non avrai mai tutti i pezzi. È questo che succede, quando si perde qualcosa. Non si può comprendere tutto. Non tormentarti».

Rimasero abbracciati e in silenzio finché lei non smise di piangere. Il vecchio la lasciò andare e tornò a lavorare il legno.

Non si parlarono più, nemmeno durante la cena.

Però prima di addormentarsi, al buio, rannicchiata sotto le pellicce calde, si girò nella direzione in cui sapeva essere il vecchio e disse: «Grazie».

Lui rispose dopo qualche istante.

«Prego».

Quella notte la donna si svegliò nel buio. Aveva sentito bussare qualcuno alla porta, doveva essere suo marito.

Sentì il vecchio russare dall'altro lato della stanza. Ebbe l'impressione di aver sognato qualcosa di importante, ma non riuscì a ricordarlo. Il vento si lamentava soffiando tra le travi e i rami scuri battevano sulle pareti di legno.

Sentì lontano il lamento di una civetta, poi più nulla.

GIORNO DICIASSETTE

Il giorno successivo mangiarono carne. A metà mattina, il vecchio rovistò in un angolo, sollevò alcuni stracci e tirò fuori un vecchio giaccone di lana grossa. Lei lo notò e si alzò dalla sedia. Lui si voltò a guardarla mentre infilava un paio di guanti erosi sui polpastrelli e lucidi di sporcizia.

«Vado a prendere della legna fuori, tu rimani qui».

«Ci posso andare io».

«Serve per l'inverno, se ci vai tu torni che è estate».

«Allora posso venire con te».

Il vecchio prese lo zaino logoro con l'accetta legata in cima.

«E va bene, ma sbrigati».

La donna si rivestì più in fretta che poté e mentre si infilava il maglione, una zaffata di sudore stantio le pizzicò il naso. In un barlume di lucidità si rese conto che puzzava come il vecchio, di urina e sudore, e che il suo alito doveva essere terribile. Indossò il piumino e il berretto di lana che aveva appesi a un gancio nel muro e lo seguì, scendendo lungo la scala di corda.

Il vecchio camminava lento e curvo in avanti. La donna notò che dall'intricato disordine di tronchi caduti al suolo spuntavano nuovi alberelli. Dietro un groviglio di arbusti intrecciati che formavano una parete naturale, notò delle orme.

«Ci sono cani, qui?»

Il vecchio voltò la testa, tornò indietro e si accovacciò per guardarle meglio. Erano fresche.

«Lupi. Già».

«Così vicini?»

«Il giusto».

Silenzio.

«Il giusto per chi? Per noi o per loro?»

Il vecchio si alzò.

«Non lo so», disse. «Non lo so mai».

La donna si strinse nel giubbotto. Il vecchio seguiva percorsi a lei sconosciuti, superando rovi e macchie di spine, scavalcando dune di terra indurita dal gelo e aggirando radure erbose. La donna rimaneva incastrata nei rami spinosi e flessibili liberandosi con degli strattoni. Il vecchio non ci faceva caso e non modificava l'andatura.

Camminarono un'oretta. Il vento si era calmato ma l'aria era fredda.

«Perché non raccogli la legna che è vicina alla casa?»

«La tengo per le emergenze».

«Emergenze?»

«Se mi ammalo meglio avere legna a portata di mano, già».

«Non hai paura?»

«No».

«Come fai?»

«Non lo so».

«Tutti hanno paura».

Il vecchio si fermò e si raddrizzò un poco.

«Di vivere?»

«No, di morire».

«Più o meno».

«Come, più o meno?»

«Be', non sono ancora morto, quindi non lo so se ho paura o no di morire. Quando mi capiterà, te lo dirò».

«Me lo dirai?»

«Era per dire, già».

Proseguirono per un'altra ora verso est, finché il vecchio non deviò repentinamente verso meridione. Davanti a loro, nei radi spazi lasciati liberi dagli alberi alti, si intravedevano le cime innevate dei monti lontani. Era mezzogiorno passato quando il vecchio aggirò con calma una siepe naturale e si fermò.

Davanti a loro quattro uccellini erano intrappolati nella ramaglia, nascosti dal fogliame di cespugli arbustivi selvatici alti un paio di metri. Il vecchio si sfilò lo zaino e lo lasciò cadere lì accanto.

Gli uccelli erano stati catturati senza gabbie. La donna notò che le piume erano incollate a dei rami scortecciati e levigati a mano, nascosti dentro gli arbusti. Anche i rami attorno erano impregnati di una sostanza lattea e collosa. Il vecchio afferrò il primo uccellino, ancora vivo, e lo analizzò.

«Cos'è?»

«Un tordo».

«No, cos'è questa cosa?»

«Una trappola per gli uccelli».

Accanto ai rami appiccicosi c'era una vaschetta di legno, vuota.

«Cosa te ne fai?»

«Li mangio».

«E sono buoni?»

«Sì, sono buoni».

«Li cucini?»

«No, li mangio crudi, comprese le penne».

«Volevo dire, come li cucini?»

«Vedrai».

«Questi, li mangi subito?»

«Sono per te», disse.

«Per me?»

«Sì, ne hai bisogno. Non ho molto da dividere a casa, già».

«Non… non ne ho mai mangiati».

«Non sono tanto male».

«Mi dispiace».

«Cosa?»

«Ucciderli. Gli uccellini».

«Se ne hai bisogno non c'è niente di cui dispiacersi. Dammi una mano».

«Cosa devo fare?»

«Libera quello. Non lo mangiamo».

«Perché?»

«Non mi piacciono le gazze».

«Questa è una gazza?»

«Sì».

L'uccello aveva le piume incollate ai rami intorno. Quando la donna lo prese tra le mani sentì sotto le dita il cuore che batteva forte nella piccola cassa toracica.

«Attenta a staccare i rami e non le penne».

«Devo strappare?»

«Lentamente».

«Ho capito. Cos'è questa? Colla?»

«Vischio. Si fanno bollire le bacche e si ottiene questa colla. Non è molto forte, bisogna spalmarla bene. Spalmare molti rami, ma funziona bene sulle piume».

La donna cominciò a staccare le piume della gazza ma le mani le divennero appiccicose. Cercò di pulirsi i polpastrelli strofinandoli sulla stoffa del giubbotto.

«Mi sto attaccando anch'io».

«Sputa. La saliva la scioglie un po'».

Il vecchio sputò un paio di volte sul tordo, spalmando i succhi della saliva nei punti in cui i rami toccavano le penne. Sputò anche lei. L'uccellino preso in trappola cinguettò un paio di volte con un verso acuto.

«E questi?»

«Questi sono buoni. Due tordi e un passero».

«Il passero no, ti prego».

«È buono».

«Ti prego».

«E va bene. Liberiamo anche quello».

«Grazie».

Non appena l'ultima piuma della gazza fu scollata, la donna aprì la mano e l'uccello volò via con un frullare di ali. Lo guardò scomparire nel fogliame, poi affrancò anche il passero. Quando i due tordi furono liberati dalla colla, invece, il vecchio li legò per le zampe e li infilò nello zaino. Emettevano un verso secco e metallico ma al buio divennero d'un tratto silenziosi.

Il vecchio spostò i rami levigati e li sostituì con altri uguali, presi dallo zaino.

Gettò quelli vecchi un paio di metri più lontano, coprendoli con un mucchio di foglie. Da una tasca laterale dello zaino tirò fuori un contenitore grigio di alluminio, chiuso ermeticamente, contenente altro vischio. Aiutandosi con un ramo dall'estremità sfrangiata li spennellò tutti di colla. Fece un passo indietro e si fermò a guardare. Non del tutto soddisfatto, abbondò su alcuni rami disposti perpendicolarmente lungo quello principale. Riempì la vaschetta di legno con acqua presa da una bottiglietta di plastica verde, ammaccata e graffiata. Tirò fuori dei semi dalla tasca e li sparpagliò sulla colla e sui bordi della vaschetta.

I movimenti del vecchio erano lenti e metodici e tutta l'operazione richiese più di un'ora. La donna lo osservava con attenzione.

Quando il vecchio ebbe finito, tornarono indietro. A metà strada raccolsero la legna, costruendo una carriola rudimentale identica a quello del giorno in cui si erano incontrati. Lei l'aiutò a spezzare i rami, scegliendo i più grossi e pesanti. Il vecchio lo notò ma non disse nulla.

Quando finirono, il vecchio staccò un ramo dalla chioma fitta e lo usò come scopa per spazzare le schegge di legno che avevano prodotto, ammucchiandole tutte insieme e nascondendole sotto un tappeto di muschio.

Quando arrivarono a casa era pomeriggio inoltrato e si era appena sollevato un vento freddo e umido.

«Se non fossi venuta con te, mi sarei preoccupata».

«Di cosa?»

«Di te, che non tornavi».

«Di me o di te?»

La donna ci pensò un attimo prima di afferrare la corda saldamente e dire: «Di entrambi».

L'interno della casa puzzava dopo quelle ore trascorse all'aria aperta, e quell'odore pungente la nauseò. Quando anche il vecchio fu salito e la legna sistemata, la donna lasciò aperta la porta di pelli conciate. Il vecchio si voltò a guardarla ma di nuovo non disse nulla.

Bevvero avidamente, poi il vecchio accese il fuoco e si sedette accanto al camino con il sacco dei tordi, un secchio e un coltello. La donna gli si sedette accanto.

«Ti serve una mano?»

«No».

Il vecchio tirò il collo al primo uccello con un movimento deciso. Con mano esperta e movimenti regolari cominciò a spiumargli il ventre e il dorso. Le piume morbide si raccoglievano nel secchio come batuffoli di lana cardata.

La donna si reggeva la testa con una mano. Alla luce del fuoco poteva ancora leggere che il secchio di plastica arancione aveva contenuto pittura acrilica idrorepellente: *Import-Export, International Trade co. Corrispondente in esclusiva per.* Il resto delle scritte blu era semicancellato e illeggibile.

Le piume della coda vennero strappate tutte insieme, poi toccò alle ali. Il corpo del volatile nascosto sotto il piumaggio era magro e rosa e le fece impressione.

Nel giro di una decina di minuti entrambi gli uccelli furono spiumati. Il vecchio infilò uno spiedo di ferro nell'ano del primo tordo e lo fiammeggiò sul fuoco. Le poche piume rimaste si abbrustolirono e scomparvero. Nella stanza si liberò un odore acre di peli bruciati.

Il vecchio ne prese uno, gli staccò le zampe, poi il becco e infine con la punta del coltello gli cavò gli occhi bluastri, gettandoli nel secchio assieme a tutto il resto.

La stanza era impregnata di un odore fetido. La donna si portò una mano alla bocca contorta in una smorfia. Mentre il vecchio sbuzzava i tordi, due vespe entrarono dalla porta lasciata aperta poco prima. Il vecchio le notò e si rivolse alla donna.

«Chiudi».

La donna obbedì. Il vecchio si alzò, raccolse un po' di acqua della cisterna e li lavò. L'acqua divenne torbida. Il vecchio la gettò via sporgendosi dalla porta e lanciandola verso il luogo in cui lei aveva già notato resti di animali. Lo stesso fece con le interiora, le piume, il becco e le zampe. Pulì il secchio alla bell'e meglio con uno straccio sudicio prima di abbandonarlo in un angolo della stanza.

Condì i due uccelli con erbe e bacche viola, infilandole anche all'interno della cassa toracica. Li infilzò nello spiedo e raccolse un po' di braci a lato del focolare, tenendole scostate dalle fiamme.

Il vecchio si accese la pipa, si appoggiò alla parete e allungò le gambe sulla sedia. Di tanto in tanto girava i tordi. Il resto della stanza era in ombra, nessuno dei due aveva acceso candele. La donna gli era seduta accanto con le braccia conserte.

«Ho fatto un sogno, stanotte».

«Cosa?»

«Ho sognato il soldato che rideva. Quello che ha sparato a mia nonna. Pausa. Ho sognato che l'uccidevo, e che il suo cadavere continuava a ridere anche dopo».

Dal camino proveniva un odore forte di carboni bruciati e carne arrostita. La donna fissò con occhi semichiusi le fiamme che danzavano nel camino, intontita dal calore.

«Avevano detto che l'omicidio era vietato».

«Sì. Si dicono tante cose. Gli ideali sono sempre puri, la loro realizzazione non lo è mai. Per questo non ha senso lottare per un'idea, perché quando si realizza è diventata qualcos'altro, già».

«Hanno mentito».

«Tutti mentono continuamente».

«Io no».

«No?»

«Non su queste cose, almeno».

«Immagino. Già».

«Li hanno uccisi».

«Sì, e avrebbero ucciso anche te».

La donna scosse la testa. Il vecchio si chinò a girare i tordi mentre la pelle abbrustolita si ritirava.

«I tuoi torneranno in vita?»

«Cosa c'entra?»

«Rispondi, torneranno in vita?»

«No».

«Quindi i tuoi non torneranno in vita e tu non smetterai di soffrire per questo. Fattene una ragione e volta pagina».

«Come hai fatto tu?»

Il vecchio tirò un lungo sospiro.

«Al male non si rimedia, all'ignoranza sì. Perché spiegare con la malvagità ciò che è solo ignoranza? È più facile perdonare qualcuno che sbaglia perché è stupido».

«Forse i soldati sono stupidi, ma chi li guida? Che mi dici dei capi, eh? Anche loro sono solo stupidi?»

«Trovami qualcuno, uno soltanto, che non abbia fatto una guerra credendo di essere nel giusto. Trovamelo, e ti darò ragione. Ma non è così».

«Allora cosa devo fare?»

«Trovare la tua verità».

«Che cosa significa?»

«Significa che il mondo che vuoi realizzare, lo devi diventare».

«Io da sola?»

«Tu, per te. Ognuno per sé».

Il vecchio tolse il residuo di tabacco incombusto dal fornello della pipa con uno scovolino arrugginito e lo gettò tra le braci. La sua voce era bassa e profonda.

«È così che si cambia il mondo e si mutano i destini. Non con la vendetta, la guerra o le armi. Soprattutto, non con gli ideali. È giorno dopo giorno, la vera rivoluzione è nella vita quotidiana di ogni uomo».

Gli uccelli furono cotti in pochi minuti. Li mangiarono con le mani, seduti accanto al fuoco. Li spolparono e gettarono le piccole ossa nelle fiamme. Lo stomaco di lei brontolò. Il vecchio lo sentì.

«Hai ancora fame?»

«Sì. Un po'».

Il vecchio prese una bisaccia rattoppata e schiacciò una ventina di noci, le mangiarono insieme a una manciata di fichi secchi prima di alzarsi e accendere le candele.

Le due vespe volavano intorno al secchio. Il vecchio le colpì con una maglia lurida e sdrucita presa dal mucchio di pezze accatastate nell'angolo.

La donna si avvicinò a una candela con il libro. Quando rialzò la testa, fuori era buio.

Il vecchio guardava il ciocco che teneva stretto tra le mani, strizzando gli occhi alla luce fiacca delle candele mentre cercava di bucarlo con un punteruolo. Ai suoi piedi, una montagna di trucioli.

La donna si schiarì la voce e disse: "Vedo gli uomini, poiché vedo come degli alberi che camminano"». Il vecchio interruppe ciò che stava facendo e sollevò la testa a guardarla. Lei si schiarì di nuovo la voce resa roca dal silenzio prolungato e recitò.

«"Allora preso il cieco per mano, lo condusse fuori del villaggio e, dopo avergli messo della saliva sugli occhi, gli impose le mani e gli chiese: vedi qualcosa? Quegli, alzando gli occhi, disse: vedo gli uomini, poiché vedo come degli alberi che camminano. Allora gli impose di nuovo le mani sugli occhi ed egli ci vide chiaramente e fu sanato e vedeva a distanza ogni cosa. E lo rimandò a casa dicendo: non entrare nemmeno nel villaggio"».

La donna indicò le teste di legno.

«Uomini come alberi che camminano. È un pezzo del Vangelo».

Il vecchio rimase con le mani sospese a mezz'aria. Nella stanza il vento si infilava tra gli interstizi e sollevava le pesanti pelli conciate appese alle pareti di legno. Un ramo batteva contro la porta che dava sul vuoto. La donna indicò il retro della casa con il pollice.

«Dovresti tagliarlo. Sembra che ci sia qualcuno fuori che bussa dalla mattina alla sera».

Il vecchio lasciò il punteruolo e prese un foglio di carta vetrata. La donna sbadigliò. Illuminata dalle candele, vide una zecca che saltava dal suo giaciglio nascondendosi sotto i trucioli ammonticchiati per terra.

«Che cosa ci fai con tutte queste statue, le vendi?»

Il vecchio si stropicciò gli occhi arrossato con il dorso della mano «No».

«Penso che se le facessi io, le venderei per guadagnarci qualcosa».

Il vecchio la osservò con un occhio chiuso.

«Sta di fatto che non le fai tu, ma io, e che già ci guadagno qualcosa».

La donna aggrottò le sopracciglia.

«Ma allora le vendi o non le vendi?»

«No che non le vendo, non vendo niente, e anche se potessi non le venderei».

«Ho capito, ma forse...»

Il vecchio appoggiò la carta vetrata su una mensola stracolma di oggetti e soffiò nelle orecchie del bambino prima di rispondere.

«Forse che?»

«No, non ho capito. Come fai a guadagnarci qualcosa se non le vendi?»

Il vecchio si alzò per posare la statua accanto a quella di una bambina con un naso molto lungo. Le dita seguivano il contorno del volto di legno.

«Quando ero bambino...»

La voce del vecchio veniva da così lontano che la donna trattenne il fiato.

«Quando ero bambino mio nonno mi portava a pescare in uno stagno torbido poco più grande di una tazza di latte, tutte le estati fino a quando divenni troppo pesante per galleggiare in quella specie di pezzo di legno che chiamava barca. Ho sempre odiato pescare. Ore e ore in silenzio, sotto il sole e con i bagliori dell'acqua negli occhi, tornavo a casa con il mal di testa e completamente cieco, ma non glielo dissi mai. Lui era troppo contento e io troppo buono, già. Quando ero bambino, dicevo, andavo a pescare con mio nonno, pace all'anima sua, tutte le estati e ogni volta, prima di salire su quel tappo galleggiante, tagliava un paio di canne che crescevano lì vicino e le metteva sul sedile di legno, proprio in mezzo tra me e lui. Arrivati al centro della tinozza, dopo aver lanciato la lenza con l'amo e fissato le canne da pesca ai ganci sulle assi di legno del fondo, strappava via le foglie e tagliava lungo le interruzioni naturali del legno piccoli tubi larghi quanto la mia mano. Cacciava un coltellino dalla tasca e lavorava in silenzio finché quella banale canna di quel lago puzzolente diventava un flauto. È lui che mi ha insegnato a intagliare, e io non aspettavo altro che l'estate per scendere giù allo stagno e lavorare in silenzio ai miei pezzi di legno e quando ritornavo a casa e mi chiedevano come fosse andato rispondevo sempre "bene", anche se non mi capitò mai, in tutti quei lunghi anni, di pescare nemmeno una trota, già».

Si staccò dalla scultura e prese una rozza scopa di saggina appoggiata contro la parete, ma la donna si alzò e gliela tolse di mano.

«Faccio io».

Il vecchio assentì, e si appoggiò alla porta di legno. La donna ammonticchiava i trucioli in un angolo.

«Vuoi dirmi che ci guadagni i ricordi?»

Il vecchio guardava oltre lei, in un punto imprecisato al centro della stanza.

«Quando rientravamo a casa, la sera, con gli stivali incrostati di fango secco e la puzza di umido addosso, mi parlava senza mai farmi domande, e io non lo interrompevo mai, già. Mi diceva che lavorava il legno perché il legno è come noi. L'anima è una radice. Anzi, diceva qualcosa che allora non capivo ma che ora invece sì. Diceva che l'anima è la radice di Dio che penetra in tutto ciò che esiste, sempre e ovunque, anche qui e ora, in questo istante, in questa casa, nelle mie parole e nelle tue domande e succhia, succhia, succhia».

Abbassò lo sguardo su di lei.

«Non siamo altro che fertili zolle di terra con una radice ficcata in profondità, zolle di terra in un universo di creta e verrà il momento oh se verrà in cui l'intero mondo e le stelle e tutto il resto si sgretoleranno e finiranno ammucchiati in una montagna di polvere da qualche parte ai piedi di Dio e sarà allora che ci soffierà sopra e inizierà tutto da capo».

La donna si appoggiò alla scopa, e rimase in silenzio a lungo. Poi abbassò lo sguardo sul suo ventre.

«Vuoi dire che Dio non esiste?» disse.

Lui le rispose dopo quella che a lei parve un'eternità.

«No. Dico che esiste, e che ha bisogno di noi più di quanto noi abbiamo bisogno di Lui».

Il vecchio andò verso il camino.

«Portami qua quei trucioli».

La donna si riscosse e glieli avvicinò trascinandoli sul pavimento con la scopa. Le fiamme si drizzarono alte. I ciocchi rovinavano sulle braci spezzandosi dove il fuoco li aveva consumati.

Si sedettero accanto al fuoco e il vecchio tirò fuori la pipa ancora una volta. Mentre pressava il tabacco le lanciò un'occhiata obliqua.

«Non puoi restare», disse. «Non ho abbastanza cibo per sfamare due persone per un inverno intero».

La donna era imbambolata dalle fiamme e non rispose. Il vecchio accese il tabacco e fece una tirata a vuoto. Il tabacco era spento

«Mi senti?» disse

«Sì. Sì, ti sento. Lo so».

Le fiamme si specchiarono sul suo cranio liscio quando si chinò per raccogliere un tizzone. La donna sospirò. Il vecchio incendiò il tabacco e fece penzolare le mani tra le gambe.

«Devi continuare per la tua strada».

Lei allungò una mano verso di lui ma si fermò e la chiuse a pugno prima di ritirarla. Il vecchio se ne accorse. Entrambi fissarono le fiamme.

Il vecchio tirò una lunga boccata di fumo e lo espirò drappeggiandoselo intorno come un vestito. Un ciocco di legno cadde e le scintille si sollevarono tremando nel buco di pietra. La donna incrociò le caviglie sotto la sedia. Il volto del vecchio era nell'ombra e lei ne udiva solo la voce gracchiante.

«Devi trovare un posto che sia tuo».

La donna protese le mani verso le fiamme e quando furono riscaldate le passò sul viso assonnato.

«Ho paura».

«Di cosa?»

Pausa. La donna sospirò.

«Io non volevo cambiare».

«Nessuno vuole mai».

«Cambiare è doloroso».

«È lo spazio tra un cambiamento e l'altro a essere doloroso. Quando te ne accorgi, sei già oltre, già».

«Ma io ho paura, e ho paura ora».

Un ciocco rotolò appena fuori dai confini di terra del camino. Il vecchio si chinò e lo rigetto tra le fiamme.

«La prima volta che tagliarono i capelli a mio figlio, tra i complimenti — ma per cosa, poi? — delle amiche di mia moglie, un pensiero mi turbò. Qualcosa era cambiato. Fino a quell'istante mio figlio era stato una tavola vergine su cui poter scrivere qualsiasi cosa e ora, invece, quel taglio mi diceva che era un essere umano come tutti, soggetto alle leggi che condannano chiunque di noi all'inevitabile. Una caduta da un paradiso perfetto. La prima perdita di un pezzo di sé. In quell'istante mio figlio aveva cominciato a morire. Fu allora che capii che non c'è nulla di cui aver paura, perché non c'è nulla che possiamo fare per sottrarci a ciò che non può essere evitato».

I due guardarono il fuoco in silenzio finché le fiamme non si abbassarono, morirono, e divennero braci.

Quando lei si addormentò sotto le coperte di lana e il suo respiro divenne regolare, il vecchio si avvicinò ai ciocchi di legno e li allargò con un uncino per farli raffreddare più rapidamente. Rimase seduto accanto ai tizzoni, ancora tiepidi al di sotto della cenere, a fumare. Le scintille volteggiavano nell'oscurità prima di spegnersi in volo. Nella tenebra della stanza il suo profilo era appena delineato dal chiarore rosso della brace.

Si addormentò seduto, il mento sul petto e la pipa nella mano poggiata in grembo.

GIORNO DICIOTTO

Il giorno successivo si scambiarono poche battute.

Il vecchio intagliò figure nel legno senza mai alzare la testa dal tavolo di lavoro. Lei dormì quasi tutto il giorno e mangiò più che poté, come se potesse fare scorta per i giorni a venire. Per il resto del tempo rifletté su ciò che avrebbe dovuto fare.

C'era qualcosa che non andava. Come vivano tutte quelle persone là fuori nella Comune, se c'era? Sole con se stesse o tutte insieme? Cosa cambiava *davvero* rispetto al resto? Rispetto a prima?

Prendeva il libro tra le mani, lo apriva senza leggere e poi lo posava, incessantemente.

Ma poi un posto migliore esisteva davvero, lì fuori? Quella linea oltre la quale sarebbe stata, anche lei, salva?

La sera, il vecchio tolse la buccia esterna ad una mezza dozzina di piccole cipolle selvatiche, eliminò le radici e le mise in ammollo per un paio d'ore. L'acqua si intorbidì per via del siero colloso e amarognolo. La dovette cambiare tre volte prima che risultasse limpida. Le cucinò in una bassa padella, assieme a un mazzo di cicorie e a una cucchiaiata di uva passa. L'odore che si sprigionava dal camino la riportò in un altro luogo, in un altro tempo e le fece inumidire gli occhi. La donna si prese la testa tra le mani e il vecchio lo notò. Si asciugò le lacrime con il dorso della mano. La sua voce tremava.

«Sai, c'è una frase, nel libro che ho lasciato a casa, che ho scritto molte volte sui vetri appannati».

«Quale?»

«"Ma, quando niente sussiste d'un passato antico, dopo la morte degli esseri, dopo la distruzione delle cose, soli, più tenui ma più vividi, più immateriali, più persistenti, più fedeli, l'odore e il sapore, lungo tempo ancora perdurano, come anime, a ricordare, ad attendere, a sperare, sopra la rovina di tutto il resto, portando sulla loro stilla quasi impalpabile, senza vacillare, l'immenso edificio del ricordo"».

Il vecchio l'ascoltò e alla fine disse: «È così».

Mangiarono in silenzio. La donna si offerse di lavare i piatti e questa volta il vecchio accettò. Fu mentre strofinava il fondo della padella con uno straccio impregnato di acqua e cenere che decise di tornare indietro.

All'imbrunire uscì per espletare tutti i suoi bisogni.

Quella era l'ora del coprifuoco, quando i generatori venivano arrestati e le lampade si spegnevano all'unisono ovunque. In un istante tutto il distretto era al buio, proprio come quella casa laggiù nel bosco. Le finestre delle case facevano l'occhiolino quando qualcuno si spostava da una stanza all'altra con le candele.

Le stelle brillavano con più forza lì al buio tra i rami spogli. Miliardi di luci antiche. Scrutò con attenzione, si girò su se stessa, coprì una decina di metri con il naso all'insù, finché non ci rinunciò. Tornò alla scala di corda e salì scricchiolando nell'oscurità.

Da lì, la stella polare non si vedeva.

GIORNO DICIANNOVE

Quando si svegliò seppe che non poteva aspettare ancora.

«Devo andare», gli disse. «Mi muoverò in qualche modo verso qualche posto lontano, fuori da questo distretto. Non ho ancora deciso quale. Non lo so, da qualche parte».

Lui alzò la testa dal lavoro che stava facendo, e annuì.

Il vecchio preparò uno zaino logoro e rattoppato con pezzi di stoffa multicolore. Ci infilò dentro una coperta di lana che odorava di muffa, bacche selvatiche, radici commestibili, un mucchietto di noci, e mandorle in un contenitore di plastica bianca con un coperchio graffiato e macchiato. Dal ripiano in basso del mobile di legno che faceva da dispensa tirò fuori una cassetta con dei funghi secchi. Quando li vide, la donna emise un gemito. Il vecchio glieli mostrò.

«Li mangi?»

«Sì, li mangio. Mi piacciono moltissimo».

In un panno di cotone sporco e dai bordi sfilacciati mise dei fichi secchi e quelle che sembravano prugne.

«Non posso darti di più».

«È molto più di quanto potessi sperare, e le tue scorte sono appena sufficienti per te».

«Avrei voluto darti di più».

«Va bene così. Se solo si potesse portar via il fuoco».

Guardarono i carboni spenti. Il vecchio si infilò una mano in tasca e ne estrasse un coltello a serramanico. Lo aprì con uno scatto e ne controllò il filo della lama socchiudendo un occhio in controluce. Lei fece un passo indietro.

«Ti potrebbe servire», disse richiudendolo e mettendolo in una tasca laterale dello zaino. Poi ci ripensò e glielo porse.

«Mettilo in tasca».

La donna lo fece scivolare nella tasca del giubbotto. Sopra le provviste il vecchio appoggiò una corda.

«Anche questa», disse indicandola con il dito lungo e sottile. «Potrebbe servirti».

Il vecchio staccò dalla parete una borraccia di alluminio che spogliò da un consumo rivestimento di stoffa verde chiaro. Svitò il tappo trattenuto da una catenella e lo riempì di acqua affacciandosi all'abbaino dov'era la cisterna. Lo legò ad una tracolla con un moschettone e glielo mise al collo.

«Portalo a parte. Meglio avere da bere a portata di mano».

Lei lo sollevò tra le mani. Sulla sua superfice grigia erano stati incisi, con mano esperta, due occhi di civetta. Il vecchio scrollò le spalle.

«Due occhi in più, di notte, servono sempre».

Infine il vecchio prese il libro che la donna aveva letto in quei giorni e lo infilò velocemente nello zaino prima di chiuderlo.

Prima che lei potesse dire qualsiasi cosa, lui si caricò lo zaino in spalla e si avvicinò alla porta.

«Te lo porto io», disse.

L'istante successivo era già appeso alla scala di corda.

Prima di andarsene, la donna lanciò un'ultima occhiata all'interno della casa. La fuliggine e la polvere ingrigivano le assi di legno e le suppellettili. Con il capo chino si diresse anche lei verso l'uscita.

Il vecchio faceva strada e lei lo seguiva qualche passo indietro. Camminarono per ore senza mai fermarsi. A mezzogiorno inoltrato il vecchio si arrestò di colpo e la donna, che lo seguiva camminando con la testa abbassata, andò a sbattergli contro. Notò che il vecchio guardava verso destra.

Si diressero da quella parte finché non udirono un gorgoglio. Davanti a loro si stiracchiava un ruscello profondo mezzo metro e largo due. Si bloccarono ad ascoltare il canto dell'acqua. Lui fu il primo a riscuotersi.

Le posò una mano sulla spalla facendola tornare in sé.

«Seguilo. Ad un certo punto si divide in due. Segui il ramo di acqua che va a sinistra, verso nord. Porta fuori dal bosco, fino alla fine. Poi, una volta fuori dovrai andare verso destra rispetto a dove vieni. C'è di sicuro un centro abitato. Ci vorranno un paio di giorni. Forse tre se vai piano. O quattro. L'acqua è potabile».

Il ruscello scivolava sulle pietre grigie, correndo su curve sinuose fino a dove lo sguardo riusciva ad arrivare. Il vecchio si tastò le tasche, ma invece della solita pipa tirò fuori una piccola statuetta di legno, le prese una mano e gliela appoggiò sul palmo.

Colta di sorpresa la donna chinò la testa e vide un piccolo cavallo senza sella o finimenti, con la criniera al vento e i muscoli tesi.

Il vecchio si accarezzò la barba un paio di volte.

«È un portafortuna».

Lei lo strinse forte nella mano e lo portò al petto. Aveva gli occhi lucidi.

«Non ti dimenticherò», disse. E lo abbracciò.

Il vecchio rimase impietrito e quando lei si staccò, indietreggiò di un passo dicendo: «Già già». Poi si sfilò lo zaino, lo lasciò ai suoi piedi, si voltò e proseguì per la propria strada senza dire altro. Non si voltò mai.

La donna si caricò il fagotto in spalla e si diresse a nord, di nuovo, seguendo il sole e il ruscello alla sua destra.

Per tutto il resto del giorno camminò a passo rapido. L'acqua sciabordava contro le pareti della borraccia ritmando i suoi passi come un sonaglio.

Prima che calasse il buio trovò riparo contro un largo tronco, in un tratto in cui il ruscello si assottigliava. Mangiò qualcosa mentre sfogliava il libro approfittando dell'ultima luce del giorno. Un crepitio di foglie dietro di lei. Si voltò di scatto. Un rospo brufoloso e marroncino cercava di arrampicarsi sull'argine del fiume stretto. Rabbrividendo, distolse lo sguardo e tornò a leggere.

Non è niente, figlio mio.

Quando fu troppo buio si arrotolò nella coperta calda. Il sonno non veniva mai. Fu la notte più lunga di quelle trascorse nel bosco.

Quando si addormentò, l'aurora schiariva il cielo cobalto e dormì solo un paio d'ore, stringendo forte in un pungo il cavallo di legno.

GIORNO VENTI

Fu svegliata da un raggio di sole che le ballava sugli occhi. Sgusciò fuori dalla coperta e come prima cosa si sciacquò i denti.

Prese una manciata di funghi secchi e li fece rinvenire in una scodella riempita con acqua di fiume. Quando ebbe finito di mangiare piegò la coperta e riprese il cammino.

Le ci vollero più di tre ore per arrivare alla biforcazione, che era esattamente come le aveva assicurato il vecchio. Fece un salto goffo per superare un punto in cui il nastro di acqua era più affusolato e proseguì seguendo quello a destra.

Proseguì dritta e spedita per molte ore. Man mano che avanzava, il bosco diventava più fitto e buio. Si fermò una volta sola per fare pipì e una per mangiare. Aveva fretta di uscire fuori di lì.

Fu nel pomeriggio inoltrato che trovò un'altra biforcazione. Il fiumiciattolo si divideva di nuovo, ma questo non era previsto. Lanciò un'occhiata intorno, senza notare nulla di diverso. Fece un giro su se stessa. Guardò dietro di sé l'intricata trama di rovi e rami. Fuori discussione. Si prese il volto tra le mani.

Il ramo di sinistra si allungava dritto verso il fondo del bosco, quello di destra strisciava sinuosamente su un crinale rivolto ad est. Doveva andare a nord, quindi a sinistra.

Prese quello di sinistra.

Il terreno in salita le sembrò un buon segno. Prima di arrivare dal vecchio, il percorso era discendente, e proseguiva verso il centro del bosco. Ora risaliva, quindi andava bene.

Doveva andar bene.

Il fiume si assottigliava e ben presto divenne poco più di un torrente ciottoloso. Continuò a camminare fino a pomeriggio inoltrato, senza mangiare. Le si era chiuso lo stomaco.

Il bosco era gelido e buio. Doveva razionare il cibo. Ci avrebbe messo più del previsto a tirarsi fuori di lì, sbucando chissà dove. Un dolore cupo le artigliava le tempie e gli occhi le bruciavano. Si fermò per riposarsi e per stiracchiarsi la schiena. Si inginocchiò sulle foglie marce e bevve un sorso d'acqua gelida dalla borraccia.

Un'ora alla sera, forse due. Si rialzò e proseguì per un ultimo pezzo prima di decidersi a cercare un riparo per la notte, ma qualcosa la fece immobilizzare.

Voci.

Si voltò verso destra. La mano corse alla tasca dov'era il coltello. Tra le fronde, qualcosa si muoveva.

Silenzio.

Si abbassò e sgattaiolò in quella direzione per una ventina di metri, facendo attenzione a non fare rumore, fermandosi ai piedi di un rialzo di terra.

Per un istante credette di essersi immaginata tutto, finché non le udì di nuovo.

Lanciò un'occhiata alla lama del coltello e allungò il collo per guardare oltre il dosso contro il quale si era accucciata. Il sangue le si gelò nelle vene.

Uno dei due soldati le dava le spalle, seduto per terra con le gambe incrociate. L'altro, più lontano, con la testa reclinata in avanti, cercava qualcosa in uno zaino.

Una ragazzina era seduta per terra, legata a un grosso albero. Una corda la tratteneva contro il tronco, lasciandole libere le gambe e le spalle. Anche i polsi erano legati tra loro. Indossava vestiti luridi e sbrindellati, testimoni di un lungo uso, cuciti evidentemente a mano, tagliati male e rattoppati in diversi punti. L'occhio destro era chiuso e gonfio, tumefatto per le botte. Sangue sul naso, sulle labbra e sul collo. I corti capelli irti e unti. Il corpo magro e nervoso era afflosciato sulle radici di quel grosso tronco. Una figura miserevole e stanca.

In quel momento la ragazzina sollevò sopra la testa i polsi legati stretti, come per stiracchiarsi. Poco più di una bambina.

La donna fece per indietreggiare senza distogliere lo sguardo dalla comitiva, ma si rese conto che il rischio di essere vista era decisamente alto. Le foglie secche crepitavano sotto i suoi piedi. Alle sue spalle la strada proseguiva con una leggera pendenza in salita. Se si fossero voltati mentre si allontanava, l'avrebbero vista.

Si rannicchiò dietro un grosso cespuglio appiattendosi per terra più che poté, sfilandosi lentamente la borraccia e lo zaino dalle spalle e appoggiandoli accanto a sé.

Di nuovo, voci.

«Allora, l'hai trovato questo vino della malora?»

«Oh, io non ti ci porto in spalla fino al paese se ti ubriachi. Ti lascio qui, giuro».

«Non rompere le palle. Ho sete».

«Bevi l'acqua. C'è un ruscello intero».

La ragazzina si rivolse al soldato più giovane.

«Ho sete anche io», disse.

La voce di una bambina. Dio Santo. Il soldato scrollò le spalle.

«Hai sentito? Ha sete anche lei», disse. «Niente da bere per te finché non ci dici dove stavi andando».

La donna non poteva rimanere lì e non poteva alzarsi. Sbirciò oltre i rami contorti e strisciò adagio verso un punto in cui i cespugli creavano un tetto naturale. Dopo ogni passo si immobilizzava, facendo attenzione a non spezzare rami secchi con i piedi. Raggiunse una posizione più comoda, dalla quale riusciva a vedere meglio. Appoggiò una mano sulla pancia, e notò che tremava. Si acquattò.

La ragazzina insisteva, rivolgendosi al soldato più giovane con voce piagnucolosa.

«Per favore».

«Per favore un cazzo. Per favore tu mi dici come ti chiami, da dove vieni e soprattutto dove stai andando, da sola, in questo bosco di merda».

L'uomo che aveva parlato aveva la barba incolta e la camicia tirata sulla pancia rotonda. Stava mangiando una pera. Sbuffando, si sedete per terra dandole le spalle. L'altro soldato, giovanissimo e con un rozzo berretto di lana rossa appoggiato sulle cartilagini di un paio di orecchie a sventola, stava aprendo una bottiglia di vino tirata fuori dallo zaino. La ragazzina fece scattare la testa su e giù.

«Per favore, fatemi bere. Non ce la faccio più», disse.

«Che rottura di coglioni che sei. Perché non l'abbiamo imbavagliata?»

«Perché ci deve dire chi è».

«Che lagna».

Il soldato addentò di nuovo la pera, masticandola rumorosamente.

«Allora, chi sei?»

Di nuovo silenzio. Il soldato con il berretto rosso gli porse un bicchiere di vino, toccandogli un braccio con l'altra mano.

«Capitano».

«Era ora».

La ragazzina li guardava con il volto messo di sbieco, cercando di metterli a fuoco con l'occhio che non era gonfio.

«Capitano, dove stiamo andando?»

Il soldato giovane scoppiò a ridere, e il Capitano rispose ciancicando con la bocca piena.

«Ma allora mi prendi anche per il culo», disse.

«Perché sono legata? Perché non mi fate bere?»

Il soldato rideva come un pazzo. Il Capitano gettò il torsolo lontano da sé, si infilò un dito in bocca e si sfilò un pezzo di buccia incastratoglisi tra i denti.

«E smettila di ridere, idiota».

La donna lanciò uno sguardo tutt'attorno. Due zaini, nessuna pistola in vista. Il Capitano si rivolgeva alla ragazzina legata all'albero.

«Lo sappiamo, che vi siete allacciati alla rete telefonica», disse. «Lo sappiamo. Anche noi abbiamo le nostre spie. Ora tu mi dici dove vi siete allacciati. Me lo dici, o io t'ammazzo».

«Ehi, Capitano ma perché le stai dicendo queste cose, si può sapere?

«Io faccio quello che mi pare. Tu sta' zitto e accendi il fuoco, che inizia a far freddo».

«Capitano, se le va a raccontare in giro siamo fregati. Gli ordini sono di portarli in Centrale, no?»

Il Capitano piegò la testa da un lato.

«Gli ordini qui li do io».

«Sì, è chiaro signore, solo che...»

Il Capitano si alzò in piedi, afferrò il soldato per la nuca e si avvicinò al suo viso finché non fu che a pochi centimetri.

«Non ti devi chiedere niente. Devi solo fare quello che ti ordino di fare. E basta».

Il Capitano lo lasciò di scatto. Il soldato fece un passo all'indietro, si grattò la nuca e chinò il capo senza dire nulla. Un tic alle labbra sottili, che si arricciavano a intermittenza, mostrava un incisivo mancante. Si allontanò di qualche passo per raccogliere rami secchi.

Il Capitano si sedette sui talloni di fronte alla ragazzina.

«Siete solo un branco di coglioni senza disciplina e senza organizzazione. Quindi siete destinati a morire, tutti quanti. È solo questione di tempo, troietta. Prima mi dici chi sei, e prima la facciamo finita. Non ho molta pazienza, sai?»

Lei si appiattì contro il tronco più che poté.

«Vaffanculo», disse.

L'uomo spalancò gli occhi per un istante e la colpì con un ceffone. La ragazzina urlò. Il soldato con le braccia cariche di sterpi fece un passo in avanti.

La ragazzina continuava a urlare. Il Capitano non si scompose.

«Smettila», disse.

Il Capitano le sferrò un pugno sull'occhio già gonfio. La ragazzina strillò a squarciagola. Le nocche paffute erano sporche di sangue. Il soldato sussurrò.

«Capitano. Così l'ammazzi».

Il Capitano si pulì le nocche della mano destra contro le tasche posteriori dei jeans.

«E se anche fosse? Questi sono cani, e come i cani vanno trattati», disse. «La scorsa settimana ne hanno catturato uno con delle bombe a mano sotto il giubbotto. Sai quanti anni aveva? Quindici. Quindici fottutissimi anni. Crescono come i bastardi che sono».

Il Capitano agitò la mano davanti a sé.

«Si voleva arruolare», disse.

«Arruolare?»

«Sì, per spiarci. Maledetti bastardi».

Il Capitano schiaffeggiò di nuovo la ragazzina, che gemette debolmente prima di reclinare il collo in avanti. Il Capitano guardò la ragazzina. Si alzò e si riempì un altro bicchiere di vino. Il soldato si grattò il collo, le labbra curvate in continuazione dal tic.

«Capitano, forse è…»

Il Capitano si asciugò le labbra con il dorso della mano.

«Macché. Respira ancora».

«Perché li odi così?»

Il Capitano fece schioccare la lingua prima di rispondere.

«Questi qui sono i fottuti eredi figli di papà dei latifondisti che occupavano queste zone», disse.

«Come?»

«Hanno degli interessi materiali, ecco cosa. Altro che liberarsi dall'oppressione dell'esercito, come dicono. Solo e soltanto propaganda». Il Capitano si stropicciò un occhio con le dita della mano testa. Parlò con voce atona. «Quando arrivò l'esercito ad occupare il territorio», disse, «questi figli di cagna si cagarono sotto e scapparono via e ora vogliono riprendersi le loro terre. Questi "eroi" se ne fottono dell'inquinamento e di tutto il resto. Se ne fottono del razionamento, capito? Se ne fottono del bene comune. Loro vogliono riprendersi la terra e fare come gli pare».

Il soldato annuì, lasciò la legna per terra e si avvicinò sedendosi per terra con le gambe incrociate ad ascoltare.

«Questi qui sono anarchici perché non gli conviene mettersi con gli altri, ecco perché. Altro che lotta all'oppressione. Ma dico io, non lo vedono come siamo messi? Figliano come i conigli, e perché? Per diventare più forti, più numerosi, e riprendersi le terre».

Il Capitano scosse la testa.

«Quando le risorse cominciarono a scarseggiare, fu allora che si procurarono le armi», disse. «Vorrei solo capire dove diamine recuperano i proiettili».

«Già, come fanno?»

«Assassini. Assassini di merda. Ci hanno provato anche con me».

«Che è successo?»

«Un paio di anni fa. Ci catturarono, eravamo in due. Lo vedi questo naso, sì?»

Indicò il setto nasale deviato.

«Un calcio. Uno di loro era un mio vecchio compagno di scuola. Quando lo chiamai per nome, mi diede un calcio in faccia».

Il capitano si chinò e sputò tra le gambe divaricate, a pochi centimetri dagli scarponi. Il soldato fece un cenno con la testa.

«E poi?» disse.

«Poi ci bendarono per portarci non so dove. Chiesi di fermarci ma non mi risposero. Mi pisciai nei pantaloni mentre camminavo».

Il Comandante indicò una zona del bosco alle sue spalle.

«Arrivammo non so dove», disse. «In una casa sperduta in mezzo al buco del culo del mondo e mi tolsero le bende. Quello che ho visto…»

Il Capitano si portò una mano agli occhi chiusi. Il soldato si alzò a prendere il vino e gliene versò ancora fino a quando strabordò dal bicchiere. Il Capitano non ci fece caso, aveva lo sguardo lontano. La mano scivolò sul mento.

«Le mosche ronzavano sui cadaveri. Corpi ammassati uno sull'altro. Mi spinsero in avanti e io scivolai su quel pavimento viscido di sangue e affondai il tacco su qualcosa di morbido e sentii uno scricchiolio. Mi voltai e sai cosa? Avevo sfondato il cranio di un cadavere. Quando me ne accorsi, non mi trattenni e vomitai».

«Ma dove eravate?»

«E che ne so? Una puzza di piscio, di merda e sangue riempiva quella stanza. Chi se lo scorda più? Quell'odore ce l'ho ancora nel naso».

«E poi?»

«C'era qualcuno che piagnucolava in quel buio e per la miseria, non ero io. Poi, ho sentito un rumore di catene sulla destra e c'era un tizio che si sistemava una catena attorno al braccio. La mano era piena di sangue e non credo che fosse il suo, no».

«Gesù».

«Mi ha detto, con quella voce da figlio di puttana, scusa se non ti offro del caffè, ma non sono il tuo cameriere. Poi mi si è avvicinato e ha cominciato a picchiarmi con il pugno avvolto dalle catene».

L'uomo si abbassò il colletto della camicia, mostrando una pelle coperta da una ragnatela di cicatrici.

«E questo è il resto», disse.

Il soldato si portò una mano alla bocca. I tic erano aumentati. Il Capitano si rimise a posto la camicia.

«Mi hanno preso di peso e mi hanno portato davanti a un ceppo».

L'uomo bevve il bicchiere tutto d'un fiato. Il soldato deglutì.

«E poi?» disse.

«Mi ci hanno fatto appoggiare la faccia. Ero circondato da teste mozzate coperte di formiche. Mi sembrava di appoggiarmi su della colla, invece che su sangue».

«Cristo santo. E perché sei ancora vivo?»

«Come?»

«Voglio dire, come hai fatto a scappare?»

«Non sono scappato. Quello che era stato il mio compagno di scuola disse che non ero un ufficiale, che ero uno che non contava niente e mi lasciarono andare. Mi dissero di tornare e dire quello che avevo visto e che se non li avessimo lasciati in pace ci avrebbero uccisi tutti quanti. Poi mi incappucciarono e tornammo indietro ed io vomitai ancora, nel cappuccio».

Il soldato si fece indietro e raddrizzò le spalle.

«Ti è andata bene», disse.

«Io non li mando ai lavori forzati. Non se li meritano».

La ragazzina mugugnò qualcosa, poi sollevò la testa dondolante. Diceva: «Acqua».

Il Capitano la colpì di nuovo con un pugno. La ragazzina urlò. Il soldato sollevò un braccio.

«Capitano», disse.

L'uomo lo ignorò. Uno strattone. Il soldato unì le mani e le appoggiò sul mento.

«Capitano», disse.

Per tutta risposta l'uomo gettò il bicchiere, si alzò, si avvicinò alla ragazzina.

«Parla», disse.

La ragazzina rantolava, aveva il fiatone. Il Capitano si accanì, colpendola con un calcio sulle gambe.

«Parla, stronza».

Il soldato allargò le braccia.

«Capitano, basta», disse. «L'ammazzi davvero».

«E chi se ne frega. Un bastardo in meno».

Le urla della ragazzina si ridussero a mugugni, suoni soffocati. Il Capitano le afferrò il viso e lo sollevò.

«Come ti chiami?»

Attraverso i rami, la donna intravide il soldato rimasto seduto accanto alla legna che le dava le spalle. Accanto agli zaini, un paio di bottiglie di vino vuote. Il Capitano afferrò la ragazzina per le spalle e la scosse sballottando la testa da ogni lato.

«Da dove vieni? Chi sono i tuoi compagni? Dove sono?»

Le avrebbe spezzato il collo. Se avesse continuato, glielo avrebbe spezzato. La donna cercò di capire se fosse ancora viva. Il Capitano ubriaco si chinò per darle un'altra sberla, ma la lisciò.

«Parla», disse bofonchiando.

La donna si asciugò i palmi sudati sul giubbotto lercio e cercò a tentoni il coltello che aveva appoggiato per terra. Lo afferrò e lo fece scattare. C'erano dei sassi puntuti vicini a lei. Calcolò la distanza che la separava dal soldato accucciato di spalle. In una mano strinse il manico del coltello e con l'altra afferrò un sasso, tenendolo ben stretto.

Doveva farlo. *Ora.*

La donna si spinse con un colpo di reni. Compì un breve viaggio di tre passi e le sembrò di volare.

Quando abbatté la pietra sulla testa coperta dal berretto rosso, la donna sentì rumore di noci frantumate. Lo colpì due volte di seguito, prima ancora che questi potesse anche solo voltarsi. Il soldato si accasciò in avanti con la testa fracassata.

Appena la vide arrivare, la ragazzina afferrò il Capitano ubriaco per la giacca spingendolo verso di sé e l'uomo sbatté la testa contro il tronco dell'albero al quale lei era legata.

La donna gli fu subito accanto. Stringendo saldamente la pietra colpì l'uomo sulla nuca con tutta la forza che aveva. Il corpo del Capitano si sgonfiò.

Le mani tremarono e il sasso le cadde dalle mani. La donna afferrò l'uomo per il colletto della camicia e provò a trascinarlo, ma era troppo pesante per lei. L'uomo mugugnò. Non era svenuto, solo stordito.

La donna lo afferrò per i capelli e gli strattonò la testa all'indietro finché non gli vide la gola scoperta. Fu investita da una zaffata di vino.

«Apri gli occhi».

L'uomo rantolò. La donna ebbe un moto di rabbia.

«Aprili!»

L'uomo sbatté le palpebre e agitò confusamente le mani per spingerla via. I suoi occhi erano verdi. La donna tentennò, e quell'esitazione fu fatale. L'uomo sollevò le mani e gliele serrò attorno al collo.

La ragazzina urlava qualcosa.

La donna cercò di liberarsi ma la presa del capitano era salda. Le mancò l'aria.

Stringendo il coltello con tutta la forza che possedeva, spinse la lama nella gola dell'uomo, ma le mani le tremavano e riuscì a fare soltanto un piccolo taglio superficiale. Un rivolo di sangue colò scomparendo dentro la divisa. Boccheggiò, cercando ossigeno invano, ed ebbe un mancamento, poi gli avvicinò di nuovo il coltello alla gola. Aria, non aveva aria. La stava strangolando.

La ragazzina lanciò un urlo acuto.

Gli occhi dell'uomo erano verdi, come quelli di suo marito.

Con un verso gutturale e strozzato la donna conficcò il coltello nella gola dell'uomo e lo immerse a fondo lacerandogli la pelle, la carne, e le vene. Uno squarcio si aprì da parte a parte e un fiotto di sangue le zampillò sulla mano che ancora stringeva il coltello.

La donna ingoiò bocconi di aria mentre il corpo dell'uomo crollava supino ai suoi piedi.

Il primo passo è applicare pressione diretta per aiutare la coagulazione del sangue. Il sangue colava a fiotti dalla gola del soldato, i suoi occhi erano tizzoni nel vento. La donna stringeva nella mano ancora chiusa a pugno un ciuffo di capelli del Capitano. *La morte per recisione della vena giugulare è di dodici secondi.* Si ripulì gli schizzi che aveva in faccia con la manica del giubbotto e trattenne un conato. L'uomo ai suoi piedi fu scosso da sussulti e riversò gli occhi all'indietro, finché non fu visibile nient'altro che la sclera. Il sangue denso e appiccicoso gli inondava la camicia della divisa.

Gli occhi verdi divennero vitrei.

La donna cercò compassione dentro di sé ma trovò solo un'infinita stanchezza. Pensò a qualche preghiera da dire, ma non gliene venne in mente nessuna. Le forze l'abbandonarono, fece due passi barcollanti verso la ragazzina e cadde in ginocchio accanto a lei.

«Liberami», le disse la ragazzina.

La donna tagliò la corda con le mani tremanti e il coltello ancora sporco di sangue.

Appena fu libera, la ragazzina si gettò sul cadavere del Capitano e lo tempestò di pugni con tutta la forza che aveva. Con gli occhi folli si alzò e cercò qualcosa nello zaino. Trovò una forma di pane e ne strappò un pezzo. Tornò indietro, si inginocchiò e lo intinse nel sangue che fuoriusciva dallo squarcio nella gola dell'uomo. Lo mangiò spingendolo in fondo alla bocca con le dita luride, masticandolo a lungo prima di ingoiarlo.

La donna si coprì la bocca con la mano.

La ragazzina si voltò a guardarla, gli occhi gonfi e violacei quasi completamente chiusi, la raggiunse e l'abbracciò fino a toglierle il respiro. Dalle labbra spaccate le colava un rivolo di sangue.

Il buio calava rapidamente.

La ragazzina si staccò e si diresse verso gli zaini su gambe instabili. Tirò fuori una bottiglia di plastica e la bevve d'un fiato. Versò le ultime gocce su una mano e la passò con delicatezza sulle labbra. La donna si afflosciò accasciandosi contro l'albero e appoggiò una mano sporca di sangue sul suo ventre gonfio. La ragazzina lo notò.

«Hai fame?»

«Non lo so».

La ragazzina si grattò la testa. Cercò nello zaino e tirò fuori un pezzo di formaggio, pomodori avvolti in un panno di cotone, due scatole di fagioli con il simbolo verde del distretto N-174: l'aratro e una spiga di grano. Sotto, lo slogan "Produzione agricola e ortofrutticola. Grano, cotone. La terra ci salverà". Frugò ancora e trovò un apriscatole.

La donna la seguiva con lo sguardo.

«Perché ti hanno catturata?»

La ragazzina rispose senza voltarsi. Si grattò le tempie.

«Che ne so?»

«Cosa volevano sapere, da te?»

«Non l'ho capito».

«Sei un'anarchica, davvero?»

La ragazzina smise di cercare nello zaino e si girò a guardarla.

«Che cosa?»

«Da dove vieni?»

La ragazzina tuffò il viso nello zaino e non rispose. La donna incalzò:

«Come ti chiami?»

«Perché vuoi saperlo?»

«Non vuoi dirmelo?»

«No».

«Va bene».

La donna si alzò su gambe malferme.

«Dove vai»? disse la ragazzina.

«A prendere le mie cose».

La donna raggiunse il dosso di terra dietro il quale si era nascosta, raccolse lo zaino e la borraccia e tornò indietro. Nel frattempo la ragazzina aveva perforato la scatola di fagioli. Il coperchio saltò. La donna rabbrividì.

«Accendiamo il fuoco?»

«Sì, ci penso io».

La ragazzina posò la scatoletta in bilico su un tronco caduto e recuperò la legna, scavalcando con un passo il soldato con il berretto rosso che l'aveva ammucchiata poco prima. La ragazzina si toccava spesso la testa.

«Ti fa male?» le disse la donna.

«Uh?»

«Il viso. Hai gli occhi gonfi. Ti fa male?»

«No, sto bene».

La ragazzina accese il fuoco con un accendino che aveva nella tasca posteriore del vecchio jeans bisunto. Strappò l'etichetta di carta dalla scatoletta di latta e l'appoggiò su due pietre che aveva sistemato a ridosso del fuoco. La donna si accarezzò il ventre con le mani sporche di sangue.

«Cos'hai lì?» disse la ragazzina.

«Sono incinta».

La ragazzina sgranò gli occhi e si alzò in piedi. La donna si sedette sul tronco accanto alla scatola di fagioli.

La ragazzina la guardò senza parlare, poi prese un cucchiaio dalla sacca del soldato, lo sfregò sulla maglia per pulirlo, prese la latta con i fagioli ancora freddi e gliela porse.

«Mangia».

«E tu?»

«Adesso anche io. Prendo l'altro. Tu mangia».

La ragazzina glieli spinse fin sotto al naso.

«Mangia».

La donna prese la scatoletta con il cucchiaio e cominciò a mangiare. La ragazzina le porse il pane. Ne mancava un pezzo. La donna ebbe un conato e scosse la testa

«No grazie».

La donna fissava le scintille che salivano nel cielo per non guardare i cadaveri accanto a loro. Aveva la nausea.

La ragazzina aprì l'altra scatola e mangiò in piedi. Tra un boccone e l'altro tagliò una fetta di formaggio e gliela offrì su una fetta di pane.

Lo stomaco le si contorse.

«Basta così. Davvero. Non ho più fame».

«Sicura?»

La ragazzina rimase con la mano sospesa. La donna ebbe un'altra fitta. Un brivido.

«Sì. Mi… mi devo stendere un attimo».

«Stai bene?»

«Sì. Solo un momento».

La ragazzina l'aiutò a stendersi e la donna ne approfittò.

«C'è una coperta, nello zaino. Per favore».

«Sì, certo».

La ragazzina si muoveva in silenzio. Le sistemò la coperta e la liberò dai rimasugli di cibo. La donna si stese con la faccia rivolta alle fiamme, rannicchiandosi per cercare calore. La ragazzina si avvicinò e le accarezzò i capelli.

La mano della ragazzina scese sulle sue spalle e infine sul suo ventre, trasalì e si voltò a guardarle il viso stanco e sporco.

La donna le coprì la mano con la sua. Gli occhi divennero pesanti. Cadde in un torpore profondo e si addormentò di colpo.

Si svegliò che era notte. Fuoco. Si rizzò a sedere. Dall'altro lato del bivacco la ragazzina la fissava. Si guardarono per qualche istante. La donna era confusa.

«Non fissarmi così», disse.

«Così come?»

«Così come stai facendo».

«Hai fame?»

«C'è altro cibo?»

«Sì».

«Allora sì».

Le passò un pezzo di pane e i fagioli messi a riscaldare sulle braci. Di nuovo rifiutò il pane e mangiò senza parlare. Sentì che la narice destra era tappata. Si toccò il naso e lo sentì gelido. Si ricordò dei cadaveri e li cercò con lo sguardo.

«Li ho portati più in là. Iniziavano a puzzare», disse la ragazzina.

«Va bene».

La donna intrecciò le mani dietro la nuca. Guardava le faville che salivano nell'aria fredda.

«Sono vere le cose che ha detto il capitano?»

La ragazzina non rispose.

«Che gli anarchici hanno quegli interessi e tutte quelle cose lì?»

«Non lo so».

La donna appoggiò per terra la scatoletta vuota con dentro il cucchiaio e si ridistese sospirando.

«"Quando entra in gioco il possesso delle cose terrene è difficile che gli uomini ragionino secondo giustizia"», disse.

«Come?»

«Niente, ripetevo una cosa di un libro».

«Un libro?»

«Sì».

«Che libro?»

«Un libro che deve essere molto antico. Parla di un frate francescano e di un suo allievo in un monastero benedettino».

«Sai leggere? Hai dei libri?»

«Sì. Ma non qui».

«Io non ne capisco molto, di queste cose».

«Non preoccuparti. L'ho detto solo così, tanto per dire».

«La donna allungò le mani verso le fiamme».

«Questo fuoco è ipnotico», disse.

La ragazzina si grattò la fronte e la testa.

«Teniamo acceso il fuoco, per gli animali».

Indicò i cadaveri con il pollice.

«Quello che per noi puzza, per loro profuma».

La donna non ci aveva pensato. Si irrigidì.

«Facciamo dei turni?»

«Ci penso io. Tu dormi».

«Sicura?»

«Sì».

«Va bene».

«Hai incontrato qualcuno, nel bosco?» disse la ragazzina.

«In che senso?»

«Qualcuno, chiunque. Soldati».

La donna guardò le fiamme per un poco.

«Nessuno», disse.

«Ho capito».

«I primi, siete stati voi».

«Ho capito».

«Non mi aspettavo di trovare nessuno, quaggiù. Così lontano dal mondo».

«Alcuni soldati si spingono fin qui. Sono pochi, pochissimi. Di solito ci lasciano in pace».

«Lasciano in pace chi?»

Silenzio.

«Ce ne sono altri, secondo te?» disse la donna.

«Non lo so».

«Ma secondo te?»

«Non lo so».

«Dove ti hanno trovata, quei due?»

«Qua vicino».

«Dove?»

«Non lontano da qui».

«Ti avrebbero uccisa?»

«Forse sì. Ma è andata diversamente».

«Perché?»

«Perché cosa?»

«Cosa volevano da te?»

La ragazzina sospirò e si grattò la nuca.

«Delle informazioni che non potevo dargli».

«Ti saresti fatta uccidere?»

«Sì».

«Perché?»

«Perché sì. Ma è andata diversamente, non ci pensare».

La ragazzina si raddrizzò con fierezza, sollevò il mento e si pulì il naso con il dorso della mano. Quando parlò con un sopracciglio sollevato, sembrava recitare qualcosa a memoria.

«Certi pensieri sono come cani randagi», disse. «Anche se vuoi scacciarli, continuano a seguirti e se ti fermi ad accarezzarli ti mordono la mano. Li devi cacciare via. Non ci devi pensare».

La donna la ascoltò con gli occhi che le si chiudevano. Il fuoco le bruciava la pelle. La ragazzina scuoteva la testa.

«Non potevamo fare altro. Nient'altro. Non pensarci più».

La donna non rispose. Si era addormentata.

GIORNO VENTUNO

Il mattino successivo un vento sottile soffiava da meridione disperdendo la cenere tutt'intorno. Il fuoco era spento e l'odore umido del sottobosco si mischiava all'odore dolciastro e pungente dei cadaveri.

Si alzarono intirizzite, battendo i piedi per scaldarsi. La donna domandò se non fosse il caso di seppellirli. La ragazzina sollevò le spalle e disse che non ci voleva spendere nemmeno un altro minuto. Decisero di allontanarsi da lì.

«Dove andiamo?»

«Via».

«Io stavo seguendo il ruscello».

«Va bene, torniamo lì».

Presero ciò che poterono, lasciando i due cadaveri rannicchiati uno accanto all'altro. Prima di allontanarsi, la donna passò loro accanto. Foglie morte erano già cadute sui loro corpi rigidi e freddi. Quell'odore nauseabondo le diede il voltastomaco.

Arrivarono al ruscello.

«Siamo troppo vicini. Dobbiamo spostarci ancora», disse la ragazzina

«Ho ancora mal di stomaco».

«D'accordo, ma andiamo un po' più su».

«Non conosco la strada».

«Io sì, vieni con me».

Camminarono per una mezz'oretta. La ragazzina si voltava spesso a controllarla, lei la seguiva strascicando i piedi.

La donna sudava. Vampate di calore si alternavano a brividi di freddo. Si appoggiò a un tronco e diede di stomaco. La ragazzina sentì i conati e la raggiunse. La guardò con le mani sui fianchi e l'espressione indecifrabile. La donna si pulì la bocca con il dorso della manica.

«Ho la febbre, credo».

La ragazzina lanciò uno sguardo tutt'intorno e disse.

«Tra poco ci fermiamo, ma non qui».

Superarono un crinale oltre il quale si apriva uno slargo senza alberi. La ragazzina camminava guardando avanti a sé e non notò una buca stretta una decina di centimetri accanto al suo piede destro.

La donna affrettò il passo, le afferrò un braccio e la tirò indietro.

«Cosa c'è?» disse la ragazzina.

La donna sollevò le spalle.

«Una buca. Non di qua. Facciamo il giro».

Girarono intorno allo slargo seguendone il contorno e camminando sulle radici degli alberi. Si fermarono dove un tronco spezzato a metà era caduto tra le foglie. La donna si sedette massaggiandosi la pancia. La ragazzina rimase in piedi, le mani appoggiate ai fianchi. Sbuffò.

«Ci vorrebbe della corteccia di salice. Una tisana con la corteccia di salice, ma qui non ce ne sono».

«È tutto a posto, non preoccuparti. Va bene lo stesso. Forse è solo stanchezza».

La ragazzina si guardò intorno mentre si grattava la testa.

«Senti, io non posso fermarmi molto. Sono già in ritardo per colpa di quei due coglioni».

«Dove devi andare?»

«Non te lo posso dire».

«D'accordo».

«E tu?»

«Io. Io sto andando a est».

La ragazzina le si sedette accanto. Fu solo allora che la donna notò che la ragazzina aveva i pidocchi. L'immagine di sua madre che le passava tra i capelli un pettine bianco dai denti strettissimi le balenò nella mente. Quando saltavano sull'asciugamano bianco, piccoli puntini neri che si muovevano, sua madre li schiacciava usando il pollice riverso dalla parte dell'unghia. Un prurito insopportabile, soprattutto di notte. Si alzò dal tronco.

«A est? È un po' vaga come indicazione», disse la ragazzina.

«Sto cercando mio fratello».

«Tuo chi?»

«Mio fratello gemello. Siamo uguali, ha i capelli ricci, come me, e un neo sotto l'occhio, proprio qui».

«Mi pare di aver visto un paio di ragazzi nuovi, giù al campo, ma non saprei».

«Quale campo?»

La ragazzina si morse il labbro inferiore.

«Niente».

«Hai detto "giù al campo". Quale campo?»

La ragazzina posò lo sguardo in terra. La donna socchiuse gli occhi.

«Tu vieni dalla Comune».

«Non so di cosa parli».

«Sì invece. Ecco perché i soldati ti avevano catturata. Tu sei una di loro».

Silenzio.

«Ti prego, dimmi che è così, dimmi che sei una di loro e che puoi aiutarmi a raggiungerli perché è lì che io sto andando».

«A fare cosa?»

«A cercare mio fratello».

«Vaneggi».

«Oh nossignore, sono lucidissima invece».

La ragazzina scrollò le spalle. La donna fece un passo avanti.

«Lo conosci?»

«Chi?»

«Mio fratello. Hai detto che sono arrivati dei ragazzi nuovi, lo hai visto? È lì?»

«Non lo so».

La ragazzina si interruppe. La donna le si avvicinò e la ragazzina la guardò dal basso verso l'alto. La donna tremava forte. La ragazzina le toccò la gonna.

«Stai calma, va bene? È tutto a posto».

«È arrivato all'accampamento, vi ha trovati. Non è così? Sei una di loro, sì?»

«Calma, stai calma».

La ragazzina le afferrò le mani tremanti e la fece sedere di nuovo accanto a sé, ma la donna si scostò. La ragazzina non ci fece caso.

«Sì, vengo dalla Comune».

«Lo sapevo, oh lo sapevo. Mio fratello è lì?»

«Può darsi. Da quanto tempo sei in viaggio?»

«Due settimane o tre, credo. Non me lo ricordo più».

«Tre settimane, da sola, nel bosco. Tutto questo tempo. E non conosci la strada».

«Mi sono orientata, più o meno. Ci ho provato».

«Sola, nel bosco, senza mappa. Sei un miracolo. Sei sposata?»

«Sì».

«Tuo marito dov'è?»

«L'hanno ucciso».

«Hai viaggiato da sola?»

«Non ero sola».

Pausa.

«Sono incinta. Non sono sola».

La donna tossì. La ragazzina osservò quel viso smunto, sbocconcellato dal freddo, sporco di sangue e di terra.

«Va bene. Adesso ci riposiamo un po'».

«Non possiamo. Io devo raggiungere l'accampamento prima possibile».

La ragazzina la guardò per un lungo istante, l'espressione indecifrabile. Soppesò la sua figura curva, infagottata in spessi strati di lana lurida. Il dorso delle mani ruvido e violaceo.

«Sì, va bene. Ho capito. Ti ci porto io. Ma non subito».

«Quando?»

«Sono partita per una missione. Devo raggiungere un paese e portare un dispaccio urgente a un tizio. Non posso ritardare ancora. Vieni con me, poi torniamo indietro insieme».

«Io non ce la farò. Non ne ho le forze».

«Non ci mettiamo molto. Un paio di giorni, forse tre. So dove fermarmi, cosa mangiare».

«Tipo?»

«Corbezzoli selvatici più a sud. Cardi ovunque. Cicorie selvatiche lungo i bordi delle strade asfaltate da mangiare crude. Non è un problema. So dove cercare».

«È lontano da qui?»

«Te l'ho detto. Tre giorni, più o meno».

«No, dico il vostro accampamento».

«No. È vicino».

«Dov'è?»

«Non posso dirtelo».

«Perché?»

«Ho giurato. A nessuno».

«Ma mi ci porti però».

«Sì. È diverso. Vieni con me».

«Ma prima dobbiamo andare in un paese?»

«Sì».

«Io credo di essere ricercata».

«Allora mi aspetterai nel bosco. Ci metterò poco».

«Ma poi torni?»

«Sì. Torno».

«Io sono già tanto stanca».

«Cosa vuoi fare?»

«Ci possiamo fermare, oggi? Soltanto oggi. Non ce la faccio. Ma riprendo le forze e domani si parte».

«Senti, non posso portarti in queste condizioni. Mi aspetti qui?»

«No. No, ce la faccio, ti dico. Vengo con te».

La ragazzina rifletteva e si grattava. La donna implorò.

«Ti prego».

«Va bene. Fermiamoci. Si riparte domani, però. All'alba».

«Grazie».

«Però non qui. Più lontano».

La donna le stava attaccata mentre la ragazzina si orientava tra gli alberi. In lontananza si sentirono dei tuoni. Il cielo era un coperchio di acciaio grigio.

«Non ci voleva», disse la ragazzina. «Speriamo che non venga a piovere».

Tirò fuori un cappellino di plastica e dei teli di un materiale lucido e liscio e li indossò.

«Ne ho solo uno. Speriamo non venga giù un acquazzone».

Il vento che le accarezzava portava l'odore della terra bagnata. Si fermarono verso mezzogiorno. Accesero il fuoco e mangiarono qualcosa. La donna sbocconcellò un pezzo di formaggio ma lasciò tutto il resto. Condivise la frutta secca.

«Dove l'hai presa?»

«È una lunga storia».

La testa le si spaccava in due. La ragazzina scosse la testa.

«Ti dico che non ce la farai a venire con me, in queste condizioni».

I suoi occhi brillavano come carboni. La donna appoggiò una mano sul suo braccio.

«Sì che posso. So fino a dove mi posso spingere».

La ragazzina sollevò le spalle. «Come vuoi», disse. Poi afferrò un lungo ramo, ci appoggiò il piede sopra schiacciando con tutta la forza che aveva. Il legno si spezzò con un rumore secco. Piccoli uccelli si librarono nel cielo nero con un frullare di ali. La ragazzina raccolse qualche rametto e lo accatastò.

«Ma non lamentarti se poi sei stanca o non ce la fai, perché io ti dirò che te l'avevo detto», disse.

«Non mi lamenterò».

Con tonfi cupi i ciocchi cadevano sulla capanna accesa di rami secchi. La donna ebbe un capogiro. Respirò a fondo.

«Ora devo riposare», disse.

«Dormi».

La donna si stese sul terreno umido e duro gettandosi la coperta sulle spalle. La ragazzina si allontanò per raccogliere legna e quando tornò riattizzò il fuoco. Si allontanò di nuovo.

La donna era sola. I tuoni si allontanarono fino a diventare fievoli mormorii. Si addormentava a intermittenza. Dormiva un sonno leggero. Si svegliò, ed era sola. Il fuoco scoppiettava, le palpebre si facevano pesanti, e si riappisolava.

Sentì un rumore dietro di sé. La ragazzina le dava le spalle.

La donna reclinò la testa. Da quella posizione vedeva il mondo sottosopra. La ragazzina le dava la schiena. Stava per chiamarla quando si fermò. Le spalle esili sussultavano. La donna rimase ad ascoltarla piangere sottovoce.

Le fiamme crepitavano lì vicino.

Fece per alzarsi e allungare una mano verso di lei ma si paralizzò. La ragazzina stava cullando un fagottino di stracci alitando impercettibilmente una nenia senza parole. Il respiro le si arrestò. La ragazzina teneva il viso chinato verso un tronco nodoso avvolto in uno strofinaccio lercio.

La donna si ridistese lentamente e finse di dormire muovendo ritmicamente il petto in un respiro regolare finché il braccio che aveva lasciato sotto il corpo non divenne insensibile.

Poi mugugnò e si mosse. Sentì che la ragazzina si alzava di scatto e si allontanava dal fuoco. Attese qualche istante ancora. Sentiva armeggiare alle sue spalle, vicino al bivacco. Rumore di scatolame. Aprì gli occhi e si morse il labbro. Dietro di lei sentiva sfrigolare qualcosa. Annusò l'aria, ma l'odore era solo un accenno. Si voltò verso il fuoco. La ragazzina aveva un coltello in mano.

«Ehi», disse. «Ti ho svegliata io?»

La donna la guardò e il sangue le si raggelò nelle vene.

«No. Ho freddo».

Ed era vero.

«Sto riscaldando qualcosa. Se hai fame, ci siamo quasi».

«Va bene», disse la donna.

Si alzò e gettò uno sguardo intorno. Vide il tronco-fantoccio accanto al suo giaciglio, ma gli stracci non c'erano.

La ragazzina le andò incontro. «Ti aiuto», disse porgendole la mano libera. Nell'altra mano brillava la lama del coltello.

La donna scartò e fece un passo indietro. La ragazzina la guardò senza espressione, la mano a mezz'aria. La donna tentennò un istante, prima di afferrare la mano che l'altra le porgeva. Quando fu in piedi, la ragazzina le indicò un ceppo vicino al fuoco.

Sulle braci incandescenti due scatole di latta borbottavano e nell'aria annusò odore di fagioli. La ragazzina armeggiò nella bisaccia verde oliva e ne tirò fuori una scatola quadrata, poi fece un buchino sul coperchio spingendo la punta del coltello con dei colpi dati con il palmo. Quando il buco fu abbastanza grande, usò il coltello come un apriscatole, spingendo la lama affilata verso l'alto. La latta si tagliava con facilità.

Nella scatoletta quadrata c'era del sugo di pomodoro e la ragazzina lo rimescolò con il coltello prima di unirlo ai fagioli che bollivano.

Mangiarono in silenzio mentre l'oscurità scendeva su di loro cancellando il contorno degli alberi.

La ragazzina fissava le fiamme scoppiettanti e le scintille che saltellavano ai loro piedi. La condensa modellava fantasmi di respiri davanti al loro viso, oltre il chiaroscuro delle fiamme. La donna l'osservava con discrezione ma la ragazzina se ne accorse.

«Che c'è?»

«Niente».

«Perché mi guardi?»

«Mi chiedevo se ti fa male l'occhio».

«Sì. Pulsa senza tregua».

«Mi spiace».

«Fa niente».

«Quanti anni hai?»

«Quattordici».

«Sei una bambina».

«Sono adulta».

Protese le mani verso il fuoco.

«Lo sembri».

«Cosa vuoi dire?»

«Che sembri più grande della tua età, ma rimani una bambina».

«Sono più grande di molte donne che conosco».

«Lo immagino. Lo vedo».

La donna si rannicchiò accanto al fuoco, avvolgendosi nelle coperte. La ragazzina si sistemò dall'altro lato. Prima di girarsi, sollevò la testa e disse: «Buonanotte».

«Buonanotte a te».

La donna sentiva freddo alle spalle rivolte verso il bosco tetro, mentre il viso rivolto verso il fuoco bruciava.

Quella notte non dormì. Ogni volta che le palpebre diventavano pesanti, si mordeva l'interno delle labbra fino a sentire il sapore ferroso del sangue. Quando diventava un compito troppo arduo, recitava a memoria le frasi del suo libro. Ma ogni parola che ripeteva aveva su di lei l'effetto di una ninna nanna, e smise.

Di tanto in tanto lanciava sguardi alla ragazzina che russava leggermente. Stringeva forte tra le dita il cavallino di legno.

Verso l'alba, quando il fuoco si era spento da un pezzo e l'umidità penetrava attraverso la coperta di lana, il sonno divenne feroce. La donna scostò la coperta, e il freddo la risvegliò. Osservò l'aurora che schiariva il cielo con gli occhi gonfi e lucidi di febbre.

GIORNO VENTIDUE

La ragazzina si agitò nel dormiveglia e solo allora lei chiuse gli occhi e finse di dormire. La sentì alzarsi e stiracchiarsi mugugnando. Rumore di passi nella sua direzione. Si irrigidì sforzandosi di non sobbalzare quando la mano della ragazzina si appoggiò sulla sua spalla.

«Sveglia».

Sbatté le palpebre un paio di volte, aprì gli occhi e la vide sopra di lei. Si puntellò sui gomiti e si passò una mano sui capelli.

«Buongiorno».

«Dormito bene?»

«Sì».

«Come ti senti?»

«Molto meglio».

«Mangiamo qualcosa e partiamo, sta bene?»

La ragazzina ravvivò il fuoco con un piccolo ramo. Un millepiedi si allontanò dal calore nascondendosi tra le foglie secche.

«Prepara le tue cose, intanto».

La donna si mise a sedere su un largo tronco.

«Senti, forse è meglio che io non venga con te», disse sfregandosi le dita.

La ragazzina sollevò il viso dallo zaino e la guardò.

«Mi aspetti qui?»

«No. Pensavo di proseguire verso l'accampamento».

«Ma non sai dov'è».

«Sì ma non posso allungare ancora i tempi. Non so quanto manca, sai?»

«A cosa?»

«Al parto».

La ragazzina si grattò il naso e si passò le dita sul livido della gota.

«Senti, se mi aspetti qui, torno presto».

«No. Io proseguo per l'accampamento».

«Non lo troverai».

«Proseguirò verso est».

«Non sai dove andare. Verso est è un po' vaga come indicazione, no?»

La donna si alzò in piedi e piegò la coperta prima di metterla nello zaino.

«Io continuo verso l'accampamento».

Ma perché?»

«Sento che è la cosa giusta. Devo prepararmi a partorire. Non so più quanto manca. Non sto bene. Non posso stare ancora qui, al freddo. Né venire con te. È troppo faticoso».

La ragazzina si sfregò lentamente i palmi delle mani, e si guardò intorno.

«Accidenti».

«Cosa?»

«Non posso lasciarti andare alla cieca. Ti perderai».

«Allora dimmelo. Dimmi come ci si arriva».

La ragazzina si alzò in piedi e camminò avanti e dietro grattandosi la nuca.

«Non posso. Se lo facessi, tradirei».

«Chi?»

«È un segreto. Giuriamo di non parlarne a nessuno, nemmeno sotto tortura».

«E allora come si fa a trovarvi?»

«Parenti, o amici stretti. Cose così».

«Tu come ci sei arrivata?»

«Ci sono nata».

«Non hai mai vissuto in un distretto?»

«No, mai».

La donna si toccò il ventre.

«Non ho molto tempo. Devo trovarlo prima che...»

«Prima che?»

«Prima di partorire».

La ragazzina si prese il volto fra le mani. Le dita sporche lasciavano strisce di nerofumo sulle gote.

«Ti prego».

La voce della donna era poco più di un sussurro.

«Ti prego, dimmi come fare. Ci devo arrivare il prima possibile».

«E se ti perdi?»

«Non mi perderò se tu mi dirai dove devo andare».

«E se te lo dico e tu ti sbagli lo stesso? Se ti perdi e non ti trovo più al mio ritorno?»

«Avrai fatto quello che potevi».

«Ti ci porto io, se solo mi aspetti».

«Non posso aspettare».

«Non posso dirtelo».

«Ti prego».

La ragazzina si rosicchiò le unghie. La donna sollevò il mento.

«Andrò da quella parte comunque, che tu mi dia una mano o no. Se non vuoi avermi sulla coscienza, allora dimmi la strada».

La ragazzina sospirò, aggiunse legna al fuoco. La donna le si avvicinò, incombendo su di lei.

«Devi fidarti di me. Me la merito, la tua fiducia».

La ragazzina guardò nella direzione in cui avevano abbandonato i due cadaveri e lanciò un ramo secco nel fuoco. Le scintille crepitarono tutt'intorno.

«E va bene. Ma devi giurarmi che non lo dirai mai a nessuno».

«A chi vuoi che lo dica?»

«Tu giuramelo e basta».

«Te lo giuro».

La ragazzina scosse la testa un paio di volte, poi raccolse un pezzo di carboncino dal fuoco e rovistò negli zaini dei soldati.

«Accidenti», disse.

«Cosa c'è?»

«Mi serve un pezzo di carta, di pelle o di stoffa».

«Ce l'ho io».

La donna tirò fuori dal fondo dello zaino il libro che le aveva regalato il vecchio e glielo porse.

«Tieni».

La ragazzina sgranò gli occhi cerchiati di sporcizia.

«Dove l'hai preso?»

«È un regalo».

«Avevi detto che non ne avevi con te».

La donna si bloccò, interdetta.

«No, intendevo che non ho quello che ti ho citato».

«Non è questo?»

«No».

«Allora ne hai più di uno».

«È una storia lunga».

La ragazzina accarezzò la copertina dagli angoli sollevati con le dita sporche.

«Ti piace?» disse la donna.

«È vecchio. Ne ho visti altri così».

La ragazzina lo aprì alla prima pagina dove c'era il titolo e nient'altro. Con mano sicura tracciò linee sottili e disegnò una mappa.

«Noi siamo qui, vedi?»

«Sì».

«Questo è il ruscello, qui da dove arrivi tu. Devi proseguire tenendotelo sulla destra, ignorando un crocevia dove un altro versante ti porterebbe lontano, verso le montagne. Alla fine, proprio qui», la ragazzina disegnò una X, «c'è una cascata. Sembra invalicabile, ma da questo lato», e segnò una O, «c'è un varco seminascosto dai rami e dalle foglie. Lo devi trovare e superare. C'è una parete di rampicanti sempreverdi che pendono da una trave naturale di pietra e separano il dentro dal fuori come una tenda. Oltre quello, c'è un tunnel e poi sei arrivata».

La donna guardò il disegno.

«Sembra molto complicato».

«Lo è».

«E se mi perdo?»

«Ritrova il ruscello e tienilo alla tua destra».

«E se non trovo il varco?»

«Allora mi aspetti qui?»

«No, no, lo trovo da sola. Lo troverò».

«Come vuoi».

«C'è solo questa strada?»

«No, ce ne sono altre».

«Tu dove vai?»

«Io devo cercare qualcuno e portarlo all'accampamento».

«Chi?»

«Non posso dirtelo».

La donna riprese il libro e si guardò attorno.

«Grazie».

«Se ti perdi ancora…»

«Lo so. Non mi perderò».

«Ti posso accompagnare, se mi aspetti».

«Ci vediamo lì. All'accampamento».

«Come vuoi. Ora memorizzala».

La donna riprese il libro e si mise seduta. Controllava la mappa e si guardava intorno. La ragazzina cominciò a mangiare scuotendo la testa. La donna le chiese: «Dov'è il nord?»

La ragazzina si avvicinò, si piegò sul libro e disse con la bocca piena: «Qui». Il dito sudicio indicò un punto sulla mappa.

«Ho capito».

«Mangia adesso».

Mangiarono in silenzio. La ragazzina scuoteva la testa e diceva: «Ma sei sicura?»

Il vento aveva sgombrato il cielo dalle nubi. Macchie di sole dipingevano il bosco di un verde vivace.

«Hai memorizzato la mappa?»

«Sì».

«Sicura?»

«Sì, sicurissima».

«Bene».

La ragazzina si fece restituire il libro, andò alla pagina dove aveva disegnato la mappa e la strappò, poi incendiò il foglio e lo osservarono annerirsi e accartocciarsi prima di scomporsi nel vento. Quando ebbe finito le ridiede il libro e si alzarono all'unisono preparandosi a partire, ognuna nella propria direzione.

«Tieni», disse la donna porgendole la borraccia.

«E tu?»

«Io seguo il ruscello. Bevo da lì».

La ragazzina se la mise a tracolla. «Grazie», disse. La donna tentennò.

«Vuoi del cibo?»

«No, so dove trovarlo quello».

«E dove?»

«Nel bosco».

«Dove?»

La ragazzina sollevò le spalle: «In giro».

«Mi insegnerai tu, allora».

«Sì».

La donna si sistemò lo zaino sulle spalle e allungò la mano davanti a sé.

«Allora buona fortuna».

La ragazzina ignorò la mano e l'abbracciò stretta per un istante.

«Ricordati quello che ti ho detto».

«Stai attenta anche tu».

Sollevando la mano, la ragazzina le diede il suo ultimo salutò e si incamminò. La guardò scomparire tra le foglie.

La donna si diresse verso il ruscello e lo seguì a lungo. Ogni tanto si fermava e acuiva l'udito. Niente. Solo lo scroscio dell'acqua sui ciottoli del ruscello, lo stormire delle foglie e il canto dei pettirossi. Solo il bosco.

Andiamo figlio mio, siamo davvero vicini, ora. Coraggio, un ultimo sforzo.

Ripeteva mentalmente le linee della mappa e si fermava per assicurarsi che la direzione fosse quella giusta. Ogni verifica le confermava la direzione, l'est.

Fino a mezzogiorno inoltrato continuò verso levante. Lo stomaco brontolò ma lei l'ignorò. Nel primo pomeriggio si accorse che il suo cammino deviava verso sud, avvicinandosi alle montagne che vedeva sempre più vicine.

La vegetazione cambiava, inverdendo progressivamente. Superò dei rami giovani che si aggrovigliavano uno sull'altro e si accorse che il terreno diventava più impervio. Arbusti sempreverdi alti tre metri le intralciavano la via. Si faceva strada aprendosi varchi con le mani per non perdere di vista il ruscello. Lo zaino si impigliava nei rami e nelle spine ed era costretta a strattonare continuamente per liberarsi da quelle pastoie.

Spezzò un lungo ramo che penzolava da un albero e con questo si aiutò per lunghi tratti, allungandolo laddove dove non arrivavano le sue braccia.

L'aria si fece umida. Un velo di sudore l'avvolse e si gelò. Una leggera nebbia offuscò il paesaggio e coprì il terreno ubertoso.

Nel mucchio raffazzonato di pagine che le aveva procurato suo marito e che si ostinava a chiamare *il suo libro*, c'era un fumetto con due storie complete e una a metà di un certo Paperino con uno zio tirchio e dei nipoti spocchiosi che ne sapevano più di tutti messi insieme. Le venne in mente in quel preciso istante il momento in cui Paperino era sul punto di dimostrare che lui no, non è affatto stupido.

Tenendo d'occhio la direzione e il ruscello, parlottò ad alta voce.

«Per un attimo ho avuto fiducia in te, ma ora ho capito che non c'è speranza, quindi: Stomp stomp. Sgrunt. Eh no! Rinchiuditi pure se vuoi! così starai al sicuro! Ma io proseguirò le indagini! Vedrai che riuscirò a scoprire qualcosa!»

La strada in salita divenne ripidissima. Lo sforzo le deformava la voce.

«Clack clack. Mumble mumble... ehi! Ora che ci penso... potrebbe esserci un passaggio segreto! verifichiamo! Tock tock».

Scivolava ad ogni passo, appesantita dalla pancia, dallo zaino e dai vestiti pesanti. Aveva il fiatone.

Ne sentì il rumore molto prima di vederla.

Facendo attenzione a dove metteva i piedi seguì il roboante scroscio di acqua. Il muschio era una guaina di velluto che avvolgeva ogni tronco e ogni roccia. Le foglie erano umide. Anche le sue mani lo erano ma non se ne accorse finché, scostando l'ennesimo ramo, non si aprì davanti a lei uno spettacolo straordinario che le tolse il fiato.

Una larga colonna di acqua spumeggiante si rovesciava sulle rocce sottostanti, schiaffeggiandole in due salti dopo un primo dislivello di almeno cinquanta metri, e un secondo di trenta. Il flusso di acqua velato da una nuvola di schiuma bianca precipitava con rombo di tuono prima di gettarsi nella gola del fiume sottostante.

Avevi ragione, nonna. È davvero incredibile.

Si tolse lo zaino e si concentrò sul ricordo della mappa. Secondo il disegno sfumato dalle impronte delle dita e dall'umidità, avrebbe dovuto risalire fino al primo salto. Il passaggio doveva essere lì. Abbandonò lo zaino con la coperta e il contenitore di latta. Si assicurò di avere il coltello con sé e il cavallo di legno in tasca.

Adagiò il libro su un tappeto di muschio, ai piedi di un imponente albero, e ne accarezzò la copertina prima di allontanarsi.

Di molto alleggerita si avventurò inerpicandosi lungo un terreno scivoloso e insidioso.

Alla sua sinistra la cascata lasciava una depressione di svariate decine di metri. Prima di spostare il peso del corpo su un piede, verificava la stabilità del terreno fradicio. Appoggiandosi al bastone improvvisato, si proteggeva il ventre con la mano libera.

Forza, bambino mio, ci siamo quasi, è uno spettacolo incredibile.

Ci mise più di due ore per arrivare in cima e quando ritenne di essere più o meno nel punto segnato sulla cartina si fermò per riprendere fiato. Il rumore era assordante. Sotto i panni bagnati dagli schizzi dell'acqua era completamente sudata. Non aveva freddo, in quel momento, ma la notte sarebbe arrivata, e tra poche ore.

Infilò la mano alla tasca sinistra e tastò il cavallino di legno.

Socchiudendo gli occhi per ripararsi dagli spruzzi di acqua cercò il varco. Scivolò un paio di volte, ma strinse i denti.

Una parete di rampicanti sempreverdi che pendevano da una trave naturale di pietra e separavano il dentro dal fuori come una tenda.

Sollevò lo sguardo per cercare una trave di pietra. Fece su e giù un paio di volte. Aveva già provato quel turbamento, quando era nella buca.

La terza volta che scendeva notò con la coda dell'occhio un tramezzo di pietra grigia tra il fogliame fitto. Si fiondò in quella direzione con un gemito. Le mani affondarono in un muro mobile di piante penzolanti e bagnate.

Ebbe un brivido. Oltre le foglie, il vuoto.

Sradicandole con forza strappò alcune piante e allargò il passaggio. Ci passò in mezzo e si ritrovò in penombra. Una pallida luce filtrata dalla tenda di acqua sulla sua sinistra illuminava fiocamente un budello umido, lungo una decina di metri.

La trave di pietra che aveva visto all'ingresso altro non era che un soffitto formato da strato di roccia più dura sotto il quale un terreno soffice e cedevole si era eroso formando quella caverna sotto la cascata.

Un corridoio stretto con un pavimento fradicio si allungava davanti a lei. Mentre lo attraversava delle gocce pesanti di acqua gelida le caddero sul cuoio capelluto. Puzza di alghe e di muffa. Il fragore della cascata la rese cieca e percorse gli ultimi metri con le mani protese davanti a sé.

Al termine del corridoio naturale si apriva un varco di pietra che sboccava in una lunga grotta buia di cui non si vedeva la fine.

Deglutì appoggiando la mano destra sulla parete viscida. Avvertì sotto le dita un rivolo di acqua. Camminò nella tenebra per un lungo tratto finché non perse la cognizione della distanza. Contò i suoi passi. La puzza di chiuso e di muffa era insopportabile.

Il palmo della mano sfiorò qualcosa di disgustosamente molle che si mosse sotto le dita ma non la allontanò per non perdere il contatto con quell'unica guida nella tenebra nera. Centodieci, centoundici, centododici. Il tunnel curvava verso destra.

D'un tratto un punto luminoso e lontano. Centoventicinque, centoventisei. Il puntino si allargava fino a diventare grande quanto l'unghia del pollice e poi ancora più grande. Smise di contare e cominciò a correre inciampando in qualcosa di tagliente che sporgeva dal pavimento. La caverna le rimandò indietro l'eco della sua voce. Mantenne l'equilibrio e proseguì più piano.

Nastri di luce si irraggiavano da quella fonte luminosa che si ingrandiva a vista d'occhio. Raggiunse l'uscita quasi correndo, inseguita dall'eco dei suoi singhiozzi.

Una intelaiatura di foglie verdi incorniciava l'apertura della grotta. Socchiuse gli occhi alla luce intensa che veniva da fuori, e fu fuori.

Le raffiche di vento soffiavano in ogni direzione. Disorientata, si guardò intorno. Ancora alberi, cespugli e rami intrecciati.

Fece qualche passo in avanti, guardando a destra e a sinistra, in alto e davanti a sé. Alle sue spalle il lungo labirinto buio. Una parete rocciosa le sbarrava il passo. La seguì per una trentina di metri e la superò.

Fu allora che li vide.

Di là da quegli ultimi alberi, in basso, cinquecento metri oltre un ripido sentiero appena accennato da steli d'erba piegati, uomini e donne attorno a fuochi accesi, tende e basse capanne di legno. Qualcosa le esplose nel petto.

Sì.

Superò quasi correndo i lisci massi bianchi che ostacolavano il cammino, girando attorno a infide pozzanghere di melma.

Man mano che si avvicinavano all'accampamento notò impronte di stivali sul terreno accidentato. Fili d'erba piegati e calpestati dai tacchi di scarpe pesanti tracciavano sentieri che scomparivano tra i faggi. Due ruscelli scorrevano sul fianco del pendio scosceso aprendosi dopo qualche centinaio di metri e delimitando quel villaggio precario.

L'accampamento era montato in modo approssimativo, seminascosto da abeti altissimi che lo occultavano per molta parte.

Non si fermò finché non ebbe raggiunto una modesta radura che dava sul lato meridionale del villaggio. Non aveva modo di capire quanto fosse esteso e quante tende e baracche fossero state costruite ma a colpo d'occhio ne dedusse che dovevano essere almeno una trentina. Non una fortificazione, né un recinto. Anche la posizione non era loro favorevole in caso di una incursione o di un'aggressione da parte di estranei.

Proseguì tenendo lo sguardo basso per non scivolare e non vide i due uomini di guardia al varco, semi nascosti dal fogliame, che imbracciavano il fucile venti metri più dietro.

Sentì solo un dolore acuto sulla nuca e poi, il buio.

Si svegliò tra le tende, con la luce del sole negli occhi e volti sconosciuti che campeggiavano sopra di lei. Non sapeva quanto per quanto tempo avesse perso i sensi, ma nel chiacchiericcio di voci sconosciute sentì distintamente: «Si è svegliata».

Subito dopo, un volto preoccupato, che conosceva molto bene, si chinò su di lei. Con un urlo la donna sollevò le braccia e gli si aggrappò al collo, nascondendo il viso contro di lui e chiamandolo per nome tra i singhiozzi.

Era salva. Dio, era salva ed era tutto finito. Ce l'aveva fatta. Il fratello la strinse forte a sé, le accarezzò i capelli insudiciati e la baciò sulla fronte deformata dal pianto.

«Shhh... non piangere. Ci penso io a te», le diceva.

Ogni volta che muoveva il collo sentiva una fitta che arrivava fino ai gomiti e un formicolio alle labbra. I volti intorno a lei apparivano e scomparivano intermittenti, e benché stessero all'aperto avvertiva distintamente una puzza di sudore rancido. I pensieri si fecero confusi e labili, ebbe un capogiro e si lasciò andare di nuovo ma il fratello la tenne stretta a sé finché non smise di piangere.

Le spiegò che a colpirla erano state due guardie di vedetta, le stesse che l'avevano portata al centro dell'accampamento. Non l'aveva riconosciuta subito.

Il fratello guardò ancora la figura emaciata e pallida che gli stava davanti, gli occhi cerchiati da profonde occhiaie, i capelli ispidi e arruffati. Con il riverbero della luce sugli zigomi e l'ombra che cadeva sulle guance scavate, la donna sembrava indossare una maschera dalle sembianze di teschio.

Un uomo con la lunga barba folta e bionda le si inginocchiò accanto. Calzava vecchi stivali di gomma inzaccherati di fango. Sotto un montgomery di panno blu sbottonato la donna vide una salopette di jeans schiarita dall'uso. Accanto a lui un ragazzo magrissimo lanciava occhiate a lei e a suo fratello accompagnandole con rapidi movimenti della testa. Gli occhiali gli erano scivolati sulla punta del naso.

Erano le vedette, ed erano stati loro a colpirla. Il più giovane, in verità. Si scusò con la signora guardando un punto lontano, dietro di lei. Attraverso le lenti unte degli occhiali il contorno delle palpebre, l'iride, le ciglia e tutto il resto sembravano sfumati con i pastelli a cera. Il ragazzo si rinforcò gli occhiali con un movimento svelto delle lunghe dita affusolate e si voltò verso il suo amico che stava sistemando il fucile a tracolla. Con un movimento nervoso e rapido il ragazzo fece altrettanto.

La donna roteò con lentezza la testa per dare tregua al torcicollo che l'attanagliava. Il ragazzo si passò il pollice sotto il naso e sollevò un paio di volte le spalle, rapido. Era mortificato, diceva, ma credevano fosse un'intrusa.

La donna lo interruppe. Prima di rispondere, deglutì un paio di volte. Non c'era nessun problema, disse assentendo con un movimento della testa. Poi indicò una sedia che intravedeva attraverso le persone che si agitavano tutt'intorno, un paio di metri dietro di loro e chiese di sedersi. Il fratello l'aiutò a mettersi in piedi.

Il ragazzo sbirciò alle sue spalle, si batté le labbra con il pollice e fece due passi indietro. Anche l'uomo con la barba si staccò dal suo compagno, girò intorno alla donna e si allontanò in direzione del versante più popoloso di tende.

La donna sedette con un sospiro, le mani sul giubbotto lercio, una sopra l'altra, a protezione del suo ventre.

Suo fratello le si era inginocchiato accanto e le stava porgendo una bottiglia con dell'acqua quando udirono lo scalpiccìo di pesanti stivali sul terreno pietroso e qualche parola indistinguibile.

Dal fondo di quel tratto rado del bosco l'uomo con la salopette camminava spedito accanto a un ragazzo alto e biondo.

Suo fratello si alzò e attese in piedi.

Gli uomini si scambiarono delle parole che lei non comprese, poi i due di ronda si allontanarono per riprendere il loro turno di guardia. Nessuno dei due la salutò.

Suo fratello le chiese se se la sentiva di camminare e di parlare e lei gli assicurò di sì. Fu così che lei, suo fratello e quel ragazzo biondo si diressero verso quella che sentì chiamare "la sala grande", una costruzione dall'altro lato dell'accampamento.

La donna afferrò la mano del fratello e non gliela lasciò mai.

Qua e là erano accesi alti fuochi delimitati da circoli di pietre sui quali erano state montati telai di ferro ai quali erano appese pentole dai manici di plastica mezzi sciolti e smangiati dalle fiamme.

Vestiti bagnati erano appesi a grosse funi legate a tronchi di alberi attigui. Una donna dal viso sporco di fuliggine si fermò a guardarli con delle mollette tra le labbra. Una mezza dozzina di ragazzini cenciosi sciamarono da una tenda all'altra, urlando "c'è una nuova". Dalle abitazioni improvvisate si affacciavano gli abitanti del villaggio, i volti seri e sospettosi, guardandoli passare. Un ragazzo mingherlino era appollaiato su una sedia arrugginita davanti a una grossa cambusa a righe arancioni e grigie, scalzo, avvolto in una trapunta lurida.

Nonostante il vento sottile, quando furono entrati nel cuore dell'accampamento tra le tende e le lamiere dei fabbricati, sentì un cattivo odore. Le singole abitazioni sembravano isolate l'una dall'altra.

La donna si sentì osservata da sguardi sconosciuti che si posavano su di lei curiosi e avidi, ma nessuno li fermò per chiedere loro nulla.

Superarono anche l'angusta radura dove un enorme tavolo di legno massiccio campeggiava sotto un telone di plastica rossa, che riparava dal sole e dalla pioggia un signore anziano chino su fogli di carta ingialliti. Quando gli passarono accanto il ragazzo biondo lo chiamò. Il vecchio sollevò il volto grinzoso e li guardò con un occhio soltanto. L'altro era coperto da un monocolo di ingrandimento che teneva stretto tra le pieghe della palpebra. Quando li riconobbe alzò la mano in segno di saluto.

Entrarono finalmente in un fabbricato di legno e lamiera che sembrava pericolante, costruito senza ingegno alcuno, la cui area incorporava, proprio al centro, due alberi che non erano stati abbattuti e che sfondavano il tetto. Le finestrelle senza scuri facevano entrare poche lame di luce. Vecchie sedie scompagnate e malridotte, unite a treppiedi e sgabelli rustici, ingombravano in maniera disordinata tre quarti dello spazio interno, ampio un centinaio di metri quadrati. Nell'angolo più buio tre uomini di mezza età parlottavano tra di loro. Si voltarono contemporaneamente al loro ingresso.

Uno dei tre, il più alto e massiccio, i capelli tagliati corti e il volto coperto da una barba brizzolata, sussurrò qualcosa agli altri due, che si alzarono, sollevarono il mento in segno di saluto e uscirono dalla stanza. Quando furono a un metro dall'uomo il fratello si staccò da lei, e le indicò una poltrona girevole con i braccioli di legno che un tempo doveva essere stata imbottita.

«Siediti», disse.

Lei obbedì e si sistemò rigidamente per via del dolore pulsante che avvertiva alla base del collo. La sedia scricchiolò sotto il suo peso. Il meccanismo che la faceva girare doveva essersi arrugginito perché diede un piccolo slancio con i talloni ma avvertì attrito, e la sedia stridette. Bloccò il sedile puntando bene i piedi per terra e sollevò lo sguardo sul fratello.

«Non avere paura, loro sono amici».

Glielo disse indicando il ragazzo biondo dall'espressione indecifrabile che si era appoggiato alla parete con le braccia conserte e l'uomo che era rimasto seduto al buio, gli occhi azzurri stretti in due fessure. Lanciò loro una rapida occhiata e l'uomo seduto che si stava accarezzando la barba assentì con la testa.

Accanto a lui c'era un tavolino di metallo pieghevole su cui erano appoggiati mozziconi di candele e due libri. L'uomo notò che la donna cercava di leggerne i titoli sul bordo e abbassò un poco la testa.

«Benvenuta», disse, e nient'altro.

Suo fratello prese una sedia che un tempo doveva essere cromata di bianco e la sistemò di fronte a lei sbattendone rumorosamente i piedini arrugginiti sul pavimento di legno grezzo. Per un lungo istante nessuno parlò.

Qualcuno fuori percuoteva con ritmo cadenzato un martello su un pezzo di ferro. Voci infantili di bambini che giocavano si sovrapponevano alla risata acuta di un uomo a pochi metri dalla struttura.

La donna vide che una barba folta e ispida era cresciuta sulle gote di suo fratello, e il collo che si intravedeva dal giubbotto aperto era lurido di sporcizia. Si passò le mani sulla nuca e si lasciò scappare un gemito. Il fratello le chiese: «Come ti senti?»

«Debole. Frastornata. Ma sto bene».

Allungò una mano verso di lei e le sfiorò la manica del giubbotto:

«Mi dispiace averti lasciata così, in paese, senza una spiegazione. Ho saputo tutto. Mi dispiace tanto».

«Perché sei scappato?»

«Non avevo scelta».

«Hai avuto paura che ti incolpassero per l'uccisione del Comandante, è così?»

Il fratello chinò la testa e si massaggiò la nuca. La sorella lo notò.

«Tu non hai... Voglio dire, tu sei innocente, vero? È così?»

Il fratello fuggiva lo sguardo di lei, rifugiandolo presso i suoi amici lì accanto. La sorella incalzò.

«È così, come diceva la nonna? O è successo quello che penso?»

«Tu cosa pensi che sia successo?»

La donna voltò la testa verso i due uomini e il fratello allungò una mano verso di lei, senza toccarla.

«Te l'ho già detto. Ti puoi fidare di loro, sono amici».

La donna li soppesò con lo sguardo, voltò la testa verso l'ingresso senza porta e quando parlò la sua voce era appena un sussurro.

«Sei stato tu? Hai ucciso tu il Comandante?»

Il fratello si voltò verso l'uomo seduto, che assentì impercettibilmente. Il fratello portò una mano alle labbra e si morse delle pellicine che aveva sul mignolo. La sorella si voltò a guardarlo.

«Rispondimi».

Il fratello appoggiò il tacco dello stivale destro sulla suola dell'altro che teneva con la caviglia appoggiata al pavimento. Quando cominciò a raccontare, scomparvero i rumori che provenivano dall'esterno e rimasero soli, e sospesi al centro di ogni cosa, ovunque questo si trovasse.

Lui le aveva giurato che non avrebbe mai detto nulla al cognato, e non lo fece mai. Non gli disse che avevano stuprato sua moglie, con il loro bambino in grembo. E di ciò che successe dopo non ne avrebbe dovuto sapere niente nemmeno sua sorella, almeno fino a quel momento.

Il giorno successivo aveva preso la pistola e se l'era infilata nel retro dei pantaloni, nascondendola sotto il cappotto di lana. Aveva camminato a lungo per strade non segnate inoltrandosi nei fossi pietrosi e nei cespugli avvizziti.

Non era rientrato a dormire a casa. Non aveva saputo che sua sorella aveva avuto una febbre delirante già nelle prime ore di quello stesso pomeriggio e che avevano fatto chiamare sua nonna.

Il fratello aveva visto la vecchia attraversare la strada, zampettando velocemente nel suo solito abito nero come un grosso ragno inseguito da un uccello. Non aveva nemmeno provato a chiamarla.

Se avesse saputo che stava andando a casa di sua sorella e che era lei a stare male le cose sarebbero andate diversamente, ma non fu così.

Non mangiò nulla per tutto il giorno, bevve solamente. Bevve troppo, finché il proprietario del pub non lo spinse via dal bancone. Fu scaraventato per terra senza tante cerimonie. Intontito dall'alcool, non capì bene cosa gli diceva. Si scambiarono qualche parola, l'uomo fece gesti verso di lui. Il ragazzo si rimise lentamente in piedi e mentre quello ancora parlava, si voltò e se ne andò barcollando.

Uscì dalla bettola e si spinse fino all'ultima abitazione del paese. Fu lì che si sedette all'ombra di un grosso olmo e aspettò l'imbrunire, stringendosi nel cappotto di lana e rabbrividendo di freddo. Quando il cielo divenne rosa si alzò, dirigendosi verso la casa del Comandante. Ci sarebbero stati soldati di guardia, e se anche fosse riuscito a passare…

Non sapeva bene *come* fare, ma sapeva esattamente *cosa* fare.

Mentre camminava sentiva l'odore di legna bruciata che ardeva nei camini delle case più vicine, e lo sentiva ogni volta che cambiava il vento, e le raffiche lo avvicinavano e lo allontanavano, oltre il sentiero. Seguì per un lungo pezzo la cunetta che spaccava profondamente il terreno come una ferita, facendo attenzione a non camminarci troppo vicino. La terra argillosa si crepava in fossi profondi e infidi, senza radici cui appigliarsi. Si allontanò dal sentiero battuto, per scorciatoie di cui non era molto sicuro.

Di tanto in tanto si voltava a guardare indietro le nuvole rosse come tizzoni al tramonto. Quando attraversò lo steccato che lo separava dalla proprietà privata dove abitava il Comandante era appena a un centinaio di metri di distanza dalla sua villa.

Non una voce, non un latrato, nessun soldato di guardia. Quando prese coscienza del silenzio irreale tentennò, e il piede si bloccò per un istante a mezz'aria prima di poggiarsi a terra. Si voltò tutt'intorno ma niente, non c'era nessuno.

Il disimpegno con la pavimentazione in calcestruzzo e il colonnato bianco in stile classico si stagliavano come le costole di un torace nell'oscurità. Era deserto. Si avvicinò camminando adagio, i nervi del collo tesi sotto la sciarpa, pronto a reagire a qualsiasi assalto, ma non fu necessario. Non c'erano guardie all'ingresso, non un'anima viva nel giardino antistante. Gli stivali affondavano nello strato superiore del terreno morbido lasciando orme scure.

Il telaio di ferro bianco di un divano a dondolo era fissato bene in terra, sotto un gazebo circondato da rose a cespuglio che lo proteggeva da sguardi indiscreti. Sul lato destro della villa intravide due cavalli bruni legati a una balaustra di legno.

Le finestre basse del primo piano erano illuminate a giorno. Gettò un'occhiata all'interno. Nel salotto, un vaso lucido conteneva un enorme mazzo di rose rosse tardive. Alcuni petali si erano staccati e si erano posati su un elegante tavolo di legno intarsiato. Si vide riflesso in uno specchio attaccato alla parte superiore di una antica credenza e scartò da un lato. Quando capì, si portò una mano al petto e sospirò.

«Chi sei?»

La voce maschile proveniva dal gazebo, e la riconobbe subito.

Il ragazzo si voltò di scatto e indietreggiò d'istinto, inciampando in una zanzariera arrotolata e gettata da un lato. Il dondolo scricchiolò e una figura imponente avvolta in un lungo cappotto nero con i bottoni d'oro fece un passo avanti. I due cavalli scrollarono la testa e i finimenti di metallo e cuoio tintinnarono.

Il ragazzo deglutì, si raddrizzò e sollevò il mento.

«Sono io», disse.

Il comandante aggrottò le sopracciglia e piegò la fronte in avanti per guardarlo meglio. All'ultimo sospiro del vento la brace del sigaro ebbe un fremito, e poi si affievolì.

Il ragazzo si avvicinò, la mascella contratta, senza mai distogliere lo sguardo dai suoi occhi neri. Quando avvertì un formicolio al braccio sinistro si rese conto che aveva tenuto le mani strette a pugno per tutto il tempo. Aprì e chiuse la mano. Il cuore gli batteva nel petto con tanta violenza che sarebbe schizzato fuori, se avesse potuto.

L'uomo con gli alti stivali di lucido cuoio nero fece un altro passo avanti e il fascio di luce che tagliava la penombra crepuscolare ne illuminò parte del viso e del petto.

Il Comandante teneva stretto tra i denti un pezzo di sigaro molto corto e per questo le labbra erano tirate indietro sulle gengive, in un ghigno. Il sole era quasi affondato tra i monti lontani e la brace delle foglie di tabacco accese illuminava di rosso, a intermittenza, i contorni del suo volto, il naso aquilino, i capelli tirati indietro.

Si guardarono a lungo senza parlare. La mascella del ragazzo si contrasse. Il Comandante lo squadrò da capo a piedi. Con lentezza si sfilò la mano destra dalla tasca del cappotto e la sollevò all'altezza delle labbra, afferrò il sigaro e lo allontanò dalla bocca reggendolo tra il pollice e il medio. Scandì le parole con sottile scherno.

«Quale onore».

Scrutò quel volto giovane, la mascella snella e gli fece un cenno col capo.

«Che cosa vuoi?»

Il ragazzo ficcò nella tasca del cappotto le mani che tremavano, e si dondolò sui piedi un paio di volte prima di dire, con la voce più ferma di cui era capace

«Vendetta».

Il Comandante aggrottò le sopracciglia.

«Per cosa?»

«Per mia madre. Per mia sorella. E per mio padre».

Il Comandante fece una smorfia e si sollevò con un gesto secco il bavero dell'elegante cappotto nero.

«Nessun altro?»

Il ragazzo dondolò ancora di fronte a quella figura imponente e scura, immobile contro il colonnato bianco.

«Sei un pezzo di merda».

Silenzio. L'afrore del costosissimo sigaro li avvolse entrambi. Il Comandante se lo portò alle labbra senza mai distogliere lo sguardo dagli occhi del ragazzo.

«E hai fatto tutta questa strada solo per dirmi questo?»

«Lo sai cosa è successo. E lo sai meglio di chiunque altro».

Il Comandante socchiuse un occhio per proteggerlo dal fumo e sospirò

«Cosa?»

La voce del ragazzo uscì strozzata e rabbiosa

«L'hanno stuprata, mentre era incinta, e non si è potuta difendere. Nessuno di noi può, nessuno, finché ci saranno persone come te».

Un muscolo si mosse sul volto del Comandante mentre la mascella si irrigidiva. La sua voce era calma e profonda.

«Sì, ho saputo. E ho già provveduto a quella che tu chiami "vendetta"».

Il ragazzo aggrottò le sopracciglia.

«Cosa?»

Il Comandante non rispose immediatamente. Tentennò un istante prima di decidersi a parlare, irrigidendosi sulla schiena.

«In questo stesso istante i miei uomini stanno facendo "vendetta" in un campo qua vicino. I "colpevoli" pagheranno per quello che hanno fatto».

Il ragazzo scosse la testa con forza.

«Non ti credo».

«Pensa ciò che ti pare. Non è quello che fai sempre?»

«Stai mentendo!»

L'uomo allargò le narici in un profondo sospiro.

«Abbassa la voce».

«Non mi fai paura».

«Buon per te».

«Sei solo un pezzo di merda».

«Lo hai già detto».

«Tu... tu...»

Gli occhi del ragazzo si riempirono di lacrime, le labbra tremarono. Il petto si alzava e si abbassava velocemente. L'uomo lo notò.

«Io, cosa? Avanti, ragazzo. Dillo. O hai paura?»

«Tu hai stuprato mia madre e ora, ora hanno fatto lo stesso con mia sorella. Tua figlia. Tu, vigliacco, tu sei...»

Il volto del Comandante semi nascosto dalla penombra era una maschera impassibile. I suoi occhi non mostravano comprensione o dolore.

«Non ho mai stuprato tua madre. E nemmeno tua sorella. Io sono quello che ha ordinato l'uccisione di chi le ha fatto del male, andando contro ogni legge che io stesso ho formulato. Non l'ho ordinato io, quello che è successo. Io sono quello che sta infrangendo la legge per proteggervi».

L'uomo abbassò il volto sul sigaro stretto tra pollice e indice e lo osservò per un istante mentre lo arrotolava tra le dita.

«E questo non si deve sapere, mai. Nessuno dovrà saperlo mai. O ti ucciderò».

Il ragazzo fece un passo indietro, gli occhi sbarrati, le labbra strette in un bianco filo sottile. L'uomo sollevò soltanto lo sguardo verso di lui, rimanendo immobile.

«Ricordati chi sei».

Il ragazzo trattenne un singhiozzo. Lacrime calde gli inondavano le guance mentre tremava fronteggiava quell'uomo così saldo e forte.

«Non è vero. Stai bluffando. A te non te ne frega niente di quello che è successo, perché è esattamente quello che hai fatto anche tu, e non puoi condannarlo perché sarebbe come condannare te stesso».

Il Comandante scosse la testa.

«Ma cosa diavolo stai blaterando».

Il ragazzo si sbottonò il cappotto di lana, infilò una mano dietro la schiena e la tirò fuori impugnando la pistola.

«Ti faccio vedere io cosa».

Il Comandante piegò la testa da un lato.

«E sarebbe questa la tua vendetta?»

L'uomo si soffermò sull'ultima parola scandendola con sarcasmo.

«Sei ridicolo».

Senza scomporsi, protese il mento in avanti indicando l'uscita e ripeté con voce calma.

«E adesso vattene. I miei uomini saranno qui a breve ed è meglio che non ti trovino o diventeranno sospettosi. E un uomo sospettoso non è un uomo fedele».

La luce si affievoliva molto velocemente e il freddo aumentava. Il silenzio che seguì era carico di elettricità. L'uomo guardò verso i cavalli a pochi metri da loro. Il ragazzo lo notò e puntò la pistola verso di lui.

«Non ti muovere. Non fare un passo. Se ti muovi, sei morto».

L'uomo guardò di nuovo i cavalli nella penombra del crepuscolo. Il ragazzo tremava.

«Non guardarli», disse.

«Non posso guardare?»

«No, non puoi».

«Credi che io voglia fuggire?»

«Non mi fido».

«Chi non si fida degli altri non è una persona affidabile».

La voce del ragazzo tremò.

«E tu?» disse. «Tu ti fidi di qualcuno?»

«Non sono io quello che sta puntando una pistola contro qualcuno».

L'uomo gettò lontano il mozzicone umido del sigaro, e mise la mano in tasca socchiudendo gli occhi per un breve istante.

«Che cosa vuoi dimostrarmi?»

«Niente. Non ho bisogno di dimostrarti un bel niente, perché io sono già migliore di te».

«Sono contento per te. Ora, vattene. Ci rivedremo quando ti sarai calmato».

Il ragazzo non si mosse. L'uomo parlò con voce ferma e baritonale.

«Se premi quel grilletto, sai benissimo cosa succederà. Nessuno proteggerà la tua famiglia. Sei riuscito ad entrare perché i miei uomini non ci sono, ma stanno tornando. Forse sono già dietro l'angolo».

Il ragazzo deglutì e la mano tremò. Il Comandante lo vide.

«Va' a casa. E non dire a nessuno che sei stato qui».

«Non dirmi cosa devo fare».

Il Comandante non rispose. Il ragazzo, rosso per lo sforzo di trattenersi, parlava con voce strozzata:

«Non puoi far finta di niente. Non puoi più. Io, io non te lo permetterò».

Il ragazzo serrò i denti, e i muscoli della mascella si tesero sotto la pelle non rasata del viso. Alcuni uccelli ciangottavano sui rami sopra di loro, cercando riparo per la notte imminente, e sembravano riprodurre il suono confuso dei suoi pensieri che si avviluppavano. Guardò l'uomo che aveva di fronte, ma l'uomo non si scompose.

«E allora avanti, fammi vedere di cosa sei capace», disse.

Il ragazzo spalancò gli occhi. L'uomo fece un passo avanti.

«Avanti, fallo. Hai detto di non avere paura, e io ti credo. Fallo. Perché io non ho paura. Se sei davvero convinto di quello che vuoi fare, non sarò io a fermarti. Non io».

Il Comandante sfilò le mani dalle tasche e le allargò.

Il ragazzo scosse la testa. L'uomo continuò.

«Avanti, sono qui. Davanti a te. Tu, io e nessun altro».

Il ragazzo si scostò un ciuffo di capelli che gli era caduto sugli occhi con un movimento secco della testa e fece una smorfia tra le lacrime che gli attaccavano le ciglia.

«Sta' zitto!» urlò.

Il Comandante lo guardò dritto negli occhi.

«Non ce la fai. Non ce la puoi fare. Dimmi, chi è il codardo?»

Il ragazzo abbassò impercettibilmente la pistola, lo sguardo perso in un punto oltre l'uomo che aveva davanti. Il Comandante fece un passo avanti, avvicinando le mani tra di loro. Il ragazzo tornò in sé.

«Non ti muovere. Lo faccio!»

Il Comandante allargò di nuovo le braccia. Un altro passo, lento. Le mani che reggevano la pistola tremavano.

«Io ti ammazzo».

Il Comandante fece un altro passo in avanti, fronteggiandolo. Il ragazzo sollevò il mento.

«Fermati».

Il Comandante si fermò. Un metro appena li divideva, forse meno. Si guardarono negli occhi.

«Cosa, cosa vuoi fare?»

Il ragazzo deglutì e parlò, il mento tremante, la vista annebbiata da un velo di lacrime. Il Comandante continuò.

«Mettila via e vattene. Se hai qualcosa da perdere, perderai. E tu hai tutto da perdere».

A quelle parole il ragazzo sussultò. Il Comandante fece un passo verso di lui, sicuro e rapido, e afferrò la mano del ragazzo che impugnava tremante la pistola. Non la allontanò. Stringendo saldamente la mano armata del figlio contro il proprio petto, il Comandante lo guardò dritto negli occhi. Pochi centimetri li dividevano.

«Vediamo che cosa sai fare. Di cosa sei capace».

Per la prima volta, il ragazzo notò che suo padre aveva un neo sotto l'occhio destro, uguale al suo. Ebbe un moto di rabbia. Quando parlò, la sua voce era dura ma le mani tremavano visibilmente.

«Lasciami. Lasciami stare».

Lo sguardo penetrante del Comandante lo teneva inchiodato a sé, e il ragazzo avvertì distintamente che raggiungeva la propria l'anima.

«Va' a casa, figliolo».

Il ragazzo tentennò, abbassò impercettibilmente le spalle e parve sgonfiarsi. Il vento soffiava ancora, scompigliandogli i capelli ricci.

L'uomo stava per dirgli qualcosa quando un urlo agghiacciante eruppe dalla finestra aperta al primo piano.

Il ragazzo sussultò e premette il grilletto.

Lo sparo echeggiò per tutta la radura. Il sangue schizzò sulla faccia del ragazzo macchiandogli anche il cappotto. I cavalli indietreggiarono e nitrirono, gli uccelli appollaiati sui rami alti degli alberi si alzarono in volo.

Il Comandante cadde di lato, senza piegarsi, come un tronco secco.

Il ragazzo rimase in piedi, tremante e sconvolto dalla paura. La pistola gli scivolò dalla mano e si abbatté a piombo sul pavimento di cemento con un rumore secco.

La figlia del Comandante stava urlando qualcosa a squarciagola ma il ragazzo non riuscì ad afferrare nessuna parola.

Indietreggiò su gambe malsicure e il mondo gli vacillò davanti. Il Comandante giaceva per terra, gli occhi sbarrati sul viso deformato da una smorfia. Una macchia di sangue si allargava velocemente sotto di lui. Il ragazzo guardò la ragazza che urlava e piangeva e indietreggiò confuso. La ragazza fece lo stesso, nascondendosi dietro la parete senza smettere di urlare. L'immagine di suo padre disteso per terra era offuscata. Strofinò il polso sul viso imbrattato di schizzi di sangue e lacrime.

«Cristo», disse. Si passò una mano tremante sui capelli.

Guardò a destra e a sinistra per scrupolo, ma sapeva che non c'era nessuno. Infilò la pistola nella cintura dei pantaloni e si diresse verso i cavalli. Vide le selle in cuoio battuto e i finimenti di seta intrecciata e colorata, riconoscibili anche con quella luce fioca.

Ci ripensò e tornò indietro sui suoi passi.

Si gettò nella macchia camminando speditamente e poi correndo, sempre più veloce, saltando radici e cespugli, il cuore che batteva forte nel petto e i polmoni che scoppiavano. Sapeva dove andare.

Doveva correre, più veloce che poteva. Il tizio che addestrava cani da caccia, giù in fondo alla strada più vecchia del paese, una delle ultime prima dell'aperta campagna. Era lì che doveva andare e doveva sbrigarsi. Doveva correre, e non pensare. Si arrampicò su un'altura naturale seminata a grano e facendosi scudo del grosso tronco di un albero si fermò a riprendere fiato. Lontano, alla luce di torce, alcuni uomini stavano correndo verso la villa che aveva appena lasciato.

I soldati di piantone stavano rientrando, attirati dallo sparo.

Rientrando da dove? Con lo sguardo seguì la traiettoria dalla quale provenivano, fino a notare delle luci che comparivano e scomparivano poco lontano, affaccendate intorno a un alto platano. Strizzò gli occhi nell'oscurità. Tre corpi illuminati a intermittenza penzolavano da altrettanti rami. Il ragazzo si portò la mano alla bocca.

Calcolò mentalmente il percorso, si chinò e procedette quasi carponi, le mani che sfioravano la terra arata.

Aveva le fauci secche e sotto i vestiti si sentiva sudato. Fece in modo di avvicinarsi sotto vento, ma la precauzione era inutile. Il tempo che lui aveva impiegato per avvicinarsi a quell'albero era lo stesso che i soldati avevano impiegato per raggiungere la villa del Comandante.

Non c'era nessuno. Ancora una volta, era solo.

Si nascose lo stesso, malamente, dietro una fitta siepe, finché non raggiunse un cespuglio che giudicò abbastanza vicino. Cercò un varco e lo trovò a pochi centimetri da terra così si stese di fianco e poggiò la testa sul braccio per sostenerla in quella posizione scomoda.

Erano tre. Tre uomini a una quindicina di metri, che penzolavano scompostamente dai rami di quell'enorme platano.

Dei tre, uno lo vedeva bene, perché aveva la faccia rivolta nella sua direzione. Gli occhi vitrei ed esanimi erano spalancati verso di lui, le guance che fino a poco prima dovevano essere rubizze erano ora pallide come una luna piena. Le cosce larghe come tronchi erano distese sotto di lui ed evidenziavano il ventre lardoso estroflesso in avanti.

L'altro poco più lontano gli dava le spalle, e ne vedeva solamente il gilet verde chiaro. Il più lontano aveva qualcosa che spinse il ragazzo ad uscire allo scoperto. Si alzò aggrappandosi alla siepe senza badare al rumore delle foglie che muoveva e trattenne il fiato mentre gli stivali affondavano nella terra argillosa. Si avvicinò e rimase impietrito dalla paura. L'ultimo ragazzo appeso a quel maledetto albero aveva i capelli rossi che si muovevano come fiamme al soffio del vento.

In quello stesso istante una fila di alberi azzurri si dilatò davanti a lui, appena dietro il ragazzo impiccato. Il belare forsennato della sua capra trascinata a forza nella polvere di una afosa estate di siccità, requisita, morta e sepolta tanti anni prima lo assordò per un istante e poi smise, per sempre.

Il ragazzo gettò un ultimo sguardo a quei corpi dondolanti e ai visi pallidi sui quali comparivano e scomparivano delle macchie nere, mosche che banchettavano già.

In alto alla sua destra, una falce di luna crescente brillava tra migliaia di stelle. Il vento aveva portato via le nuvole e il cielo era straordinariamente pulito. Indietreggiò dapprima lentamente, poi sempre più veloce, inciampando, cadendo e rialzandosi, gettandosi lungo terreni selvatici e incolti infestati da erbacce ed evitando la strada segnata.

Non si accorse subito del pizzicore che avvertiva nell'anima, come il pungiglione che ti lascia dentro, sotto la pelle, una vespa schiacciata, ma lo avrebbe avvertito dopo, e per tutto il resto della sua vita.

Alcune cose non si dimenticano mai.

Anche se non le si è vissute.

Nella penombra fredda di quel pomeriggio tardo il viso di suo fratello sembrava quello di un adolescente. Si rivolse a lei portando le mani all'altezza del cuore.

«Mi hanno accusato, capisci? È tutta una montatura. Un incidente. Non volevo farlo».

«Ed è per questo che ci sei andato con una pistola?»

«Non volevo farlo davvero».

«Cosa volevi?»

«Non lo so nemmeno io».

«Non ci volevo credere. Non ci ho voluto credere. Sei stato tu…»

La donna si alzò in piedi stringendo i denti per il dolore che dal collo si irradiava lungo tutta la spina dorsale. La poltrona dai cuscinetti sfondati accompagnò il gesto brusco con uno stridio acuto.

«Avrei dovuto, invece. Avrei dovuto sapere chi sei. Hai ammazzato il comandante, nostro padre. Hai fatto ammazzare mio marito, assassinare la nonna. E nostra madre! ricordo ancora le accuse del tuo amico, non le ho mai dimenticate. Te ne sei fregato di tutti noi».

«Ora calmati».

«Non ti sei mai curato di quello che sarebbe potuto accadere. Mai. Hai messo in pericolo me e mio figlio. Ci hai fatti fuggire come dei ladri. Ci hai resi tuoi complici senza chiederci mai se avessimo qualcosa in contrario ed è un miracolo che ci siamo salvati».

«Che cosa dici?»

«Quello che ho detto. Sei un farabutto».

«Sei fuori di te».

«No, invece non sono mai stata tanto lucida in vita mia».

Il fratello si acciglio.

«Be', se mi reputi così pericoloso e vile, allora perché mi hai cercato?»

«Perché ancora speravo, stupidamente, che fosse tutto falso».

«Tu non sai quello che dici».

«Invece lo so benissimo. Partorirò qui, e mi fermerò finché non mi saranno tornate le forze, e non un istante di più. Non lascerò che rovini anche la vita di mio figlio».

Gli uomini si lanciarono uno sguardo furtivo, il fratello corrugò la fronte.

«Che cosa hai detto?»

«Non mi negherai questo aiuto, voglio sperare».

Il fratello si portò una mano alla fronte. Il ragazzo biondo si avvicinò all'uomo seduto e gli sussurrò qualcosa all'orecchio. La donna ebbe un capogiro e si aggrappò ai braccioli voltandosi bruscamente verso di loro.

«Volete mandarmi via».

Il ragazzo si sollevò di scatto e il fratello allungò le mani verso di lei.

«No, no. Cosa dici».

«Allora cosa c'è?»

«Quello che hai detto, poco fa. Tu…»

«Io cosa?»

«Niente. Andrà tutto bene. Vedrai che andrà tutto bene».

«Cosa, deve andare bene? Perché mi guardate così?»

Il fratello non rispose. La donna si accigliò.

«Cosa mi nascondi? Dimmelo».

Il fratello si voltò verso l'uomo seduto lì vicino. La donna lo notò.

«Voglio che tu me lo dica, ora! Sono tua sorella».

Lo sguardo che il fratello le rivolgeva era sbigottito. Si mosse a disagio sulla sedia arrugginita. La donna prese il volto del fratello tra le mani, costringendolo a guardarla negli occhi:

«Guardami. Per l'amor del cielo».

«Hai detto che vi siete salvati».

«Sì, l'ho detto».

«Come?»

«Siamo qui. Siamo salvi, vero? Siamo in pericolo?»

«No. Siete al sicuro, qui».

«E allora cosa? Cosa c'è?»

«Sei arrivata fin qui da sola».

«Sì».

«Non c'era nessuno con te».

«No, nessuno».

«Sei fuggita».

«Sì, sono fuggita».

«Perché avrebbero potuto ucciderti».

«Sì. Sì, l'avrebbero fatto».

«E cosa è successo esattamente?»

«Sono venuti. Lo hanno impiccato, davanti ai miei occhi, e poi hanno sparato a nonna. Io sono scappata dal retro».

«Da sola».

«Sì».

«Loro non ti hanno vista».

«No. Ero in casa».

Il fratello rifletté un istante prima di dire.

«Perché non sei uscita quando hanno ucciso tuo marito?»

«Ero a letto. Ho visto dopo».

«A letto. Perché?», disse.

«Stavo male».

«Perché?»

«Ho avuto la febbre. Lo sai, sei venuto a salutarmi».

Il fratello scosse la testa.

«Io non sono tornato a casa».

«Come?»

«Dopo l'incidente. Non sono tornato a casa».

«Ma io ti ho visto. Tu mi hai parlato».

«Non ero io».

«Come?»

Il fratello prese qualche istante prima di continuare.

«Hai detto che avevi la febbre alta».

«Sì».

«Deliravi?»

«Forse, non so».

«Cerca di ricordare».

La donna fece una smorfia col viso.

«Ti ho detto che non lo so. Può darsi. Non ricordo, non lo so».

La voce del fratello era bassa e calda.

«Avevi la febbre alta. Perché?»

«Nonna ha detto una infezione».

«A cosa?»

«Alle vie urinarie».

Gli occhi del fratello erano lucidi di lacrime e la sua voce divenne liquida.

«Cosa. Cosa ti faceva male?»

«La vescica. Le reni».

La voce passò allo stato solido.

«C'era sangue?»

«Forse. Sì».

Il peso della voce gravò sul cuore, e lo frantumò.

«Dove?»

La donna non rispose.

Asciugamani sporchi di sangue. Ondate crescenti di dolore. L'ingombro tra le sue gambe e un corpicino raggrinzito e gracile, sporco di una sostanza grassa e unta tra le mani di sua nonna. Guanti in lattice, dita sporche di sangue denso e bruno, odore rancido e pungente. Il corpicino bianco, rigido e immobile. Le pinze non sono pinze ma forbici di acciaio che luccicano mentre tagliano il cordone ombelicale. Il corpicino morto avvolto dolcemente in un lenzuolo e portato via, per sempre. Il buio.

Le mani intorno al volto del fratello si ghiacciarono.

Le abbassò per istinto al suo ventre gonfio, ma affondarono nel vuoto. Abbassò lo sguardo atterrito e vide che era piatto.

I palmi tastarono con ansia febbrile la pancia e i fianchi.

Il suo ventre era piatto. Piatto.

Come lampi in un cielo di piombo scoppiarono immagini nella sua testa. La donna ebbe un capogiro, e capì.

«Figlio mio», disse.

Il fratello le afferrò le mani.

«Sei al sicuro qui. Andrà tutto bene».

«No».

«Vedrai che non ti succederà più nulla di male, io non lo permetterò.

«No».

«Per niente al mondo».

«No».

«Ascoltami».

La donna si divincolò dalla presa del fratello e indietreggiò fino a toccare la sedia girevole, continuando a scuotere la testa. Lasciò che le mani si rincorressero sul suo ventre smagrito finché non avvertì un fremito. Le mani si bloccarono su quel punto esatto, come se davvero lì ci fosse ancora qualcosa di vivo. Riconosceva quel brivido che le attraversava la spina dorsale. Lo conosceva e attese di sentire i colpi che sarebbero seguiti e con essi la gioia già sperimentata innumerevoli volte in quei lunghi mesi.

Attese invano e il turbamento la paralizzò completamente. Avvertì la stoffa irrigidita dallo sporco e artigliò le mani sul giubbotto ma non riuscì a sentire nient'altro. Le mani si distesero e caddero piano sui fianchi, un istante prima che il corpo immobile crollasse sul pavimento freddo della stanza silenziosa.

Quando rinvenne erano trascorsi appena una dozzina di minuti. Suo fratello era inginocchiato accanto a lei, con le dita sul suo polso. Il ragazzo biondo le teneva sollevati i piedi reggendoli dalle caviglie.

Qualcuno le aveva aperto la cerniera del giubbotto per allentarlo sul collo e sul torace. Il fratello le chiese come si sentisse, ma lei non rispose. Era esausta e nonostante le piccole goccioline di sudore che le ricoprivano la fronte e il labbro superiore, sentiva freddo. Fissava senza interesse le assi e le lamiere raffazzonate che componevano il soffitto con sguardo assente. L'uomo era rimasto seduto. Una coperta di lana era ordinatamente sistemata sulle sue gambe. Si accorse solo in quel momento che l'uomo doveva essere paralizzato e costretto su quella sedia.

Suo fratello le scosse le spalle con delicatezza. Era stanca, le palpebre le si erano fatte di marmo e desiderava solo dormire. Si sollevò debolmente dal pavimento freddo.

«C'è un posto dove posso riposare?» disse.

Il fratello si alzò di scatto mettendosi in ginocchio e allungò le mani per sorreggerla.

«Sì, certo».

La donna le scostò con gesto pacato allontanandole da sé.

«Faccio da sola».

Se il fratello rimase male a questa affermazione non lo diede a vedere, né nella espressione né nel tono della voce.

«Come vuoi».

Attese che si fosse messa in piedi, barcollante, poi si voltò verso l'uscita.

«Vieni con me», disse.

La donna fece un passo lungo, poi si fermò e salutò senza voltarsi, cortesemente ma senza entusiasmo, i due estranei che erano lì con loro, prima di allontanarsi seguendo suo fratello. Erano a metà del freddo stanzone quando la voce stridula del ragazzo biondo li raggiunse entrambi.

«Tuo fratello ti vuole bene. Non avrebbe voluto farti del male. Voleva solo che tu vedessi come stanno realmente le cose. E, in un certo senso, ci è riuscito».

Il fratello si bloccò, e così anche lei. Ci fu un attimo di silenzio, poi la donna raddrizzò le spalle e proseguì diritta verso l'uscita.

Il fratello la fece sistemare nella sua casa. O quella che si poteva definire tale con molta fantasia. Una abitazione di fortuna, ricavata con materiali riciclati. Per lo meno, era calda. Si stese tutta vestita su un materasso sventrato e chiazzato di giallo senza sfilarsi nemmeno il giubbotto, com'era abituata nelle due ultime settimane. Come in un sogno, suo fratello la coprì con una coperta di lana grossa, sdrucita e impolverata. Il dolore al collo pulsava come se fosse vivo, ma non se ne curò. Dormì per tutto il tempo.

Suo fratello la svegliò due volte, e lei si mise a sedere solo per mangiare quello che le aveva portato in ciotole di plastica macchiate. Piluccò appena. Aveva perso l'appetito.

Suo fratello le sussurrava parole di conforto e incoraggiamento mentre lei masticava stancamente il cibo. Non aveva la forza di parlare e non rispondeva. Non le interessava nulla. Il fratello le portò una tazza di una bevanda fumante. «Starai meglio con questa», le disse, ma a lei non importava. Si accorse solo in parte del gusto amaro delle erbe che erano state messe in infusione, e che era bollente. Fissava la fievole luce ondeggiante della candela accesa sul rozzo sgabello di legno lì accanto come se non esistesse nient'altro.

Si svegliò di soprassalto a sera inoltrata, le faceva ancora male la testa e qualcosa le bruciava nello stomaco. Fece appena in tempo a rendersene conto e a uscire di corsa. Vomitò appena fuori la porta, sentendosi meglio. Sollevò lo sguardo pulendosi la bocca con la manica del giubbotto.

Fuori era buio e suo fratello non c'era. Alcuni bagliori di fuoco giungevano da quello che doveva essere il centro del villaggio. Voci allegre. Odore di carne alla brace e di grasso bruciato. Tornò dentro, si ridistese e desiderò un bicchiere d'acqua. Si guardò attorno ma la stanza era immersa nelle tenebre. Fece scorrere le mani sul suo ventre, e pianse.

Dormì, e si svegliò ancora nel cuore della notte, tendendo l'orecchio ai rumori esterni. Regnava un grande silenzio. Rimase sveglia a pensare, l'avambraccio posato sulla fronte, finché il debole chiarore dell'alba si insinuò tra le tavole sconnesse. Sapeva cosa fare.

Si addormentò di nuovo, ma questa volta profondamente.

GIORNO UNO

Si svegliò il mattino successivo intorno alle dieci. La luce del sole filtrava da sotto la porta. Si sollevò in piedi. Era ancora molto debole, ma strinse i denti. Alzò gli scuri della finestra e respirò l'aria umida e resinosa del bosco.

Trovò in un angolo delle vecchie bottiglie di plastica mezze accartocciate e finalmente bevve mezzo litro d'acqua tutto d'un fiato.

Un paio di api ronzavano intorno a un secchio pieno di uva dai piccoli chicchi viola. Le scacciò con la mano e staccò un grappolo, succhiando la polpa zuccherina e sputando le bucce spesse e dure in un piattino lì accanto.

Un pezzo di specchio era fissato alla parete di lamiera con uno spago marrone annodato in più punti. Conosceva e non conosceva quella donna che era solo un riflesso di sé stessa. La sua mente si perse dietro immagini che si accartocciavano e si distendevano qua e là, strizzate dal pugno della memoria. Le venne in mente il suo vecchio ulivo, la corteccia rugosa che le solleticava il palmo ogni volta che l'accarezzava, il fruscio delle foglie argentate al soffiare della brezza della sera, e il profumo della terra bagnata e soffice sotto i suoi piedi. Guardò l'interno di quella casupola, i mobili di recupero tutti sbreccati e scompagnati, il pavimento di terra battuta e sporca, le pareti di lamiera e legna macchiata e la puzza di muffa e di stantio.

Non era stato sempre così. Non sarebbe stato così.

Uscì nell'aria fredda. Le misere casupole erano ancora più tristi alla luce impietosa del giorno. Sentiva rumori e voci, ma non vedeva nessuno. L'accampamento era costruito in modo da assicurare intimità ai singoli alloggi attraverso la presenza di alberi e cespugli che vicariavano le spesse pareti di cemento e i cancelli dei cortili di un paese vero.

Si voltò per chiudere la porta e inciampò in qualcosa. Il suo zaino era poggiato per terra. Si chinò a controllare: c'era tutto. Tirò fuori il libro. Fu l'unico oggetto a non rimettere dentro. Risistemò il resto con grande cura e con un ordine perfino eccessivo. Quando ebbe finito afferrò lo zaino per il manico con la mano destra mentre con la sinistra teneva il libro stretto al petto e si incamminò seguendo in linea d'aria il luogo dal quale la notte precedente le era parso di sentire le voci.

Le ci volle quasi un quarto d'ora per trovare il bivacco. Vide la cenere ammucchiata dentro un cerchio di pietre. Sezioni di tronchi tagliati erano appoggiati tutt'intorno come sedili rudimentali. Si chinò tra la cenere e rovistò con l'indice finché non urtò un pezzo di carbone spento e appuntito. Lo prese e si sedette sul sedile più vicino, aprì il libro all'ultima pagina, dov'era il foglio strappato, passò il palmo della mano di taglio sulla successiva pagina ammuffita. Si chinò su di essa e cominciò a scrivere.

Era talmente concentrata che non si accorse dei due ragazzini che la spiavano da dietro un cespuglio. Li sentì ridacchiare e sollevò la fronte dal libro. Sorrise e li salutò con la mano ma quelli scapparono via.

Impiegò più di un'ora per riempire entrambe le facciate di una grafia fitta e minuta perché si interrompeva spesso a pensare. Sussurrava tra sé e sé sottovoce e si mordicchiava le labbra fissando con sguardo assente la cenere che aveva davanti. Nessuno comparve dov'era lei ma, ancora una volta, poteva udire voci umane tutt'intorno a lei. Colpi di martello, pianti di bambini, il latrato di un cane.

Quando ebbe finito gettò il mozzicone di carbone nella cenere e strappò il foglio. Lo piegò con cura e se lo infilò in tasca prima di conservare anche il libro nello zaino, poi se lo strinse al petto come un neonato e camminò a casaccio tra le tende e le case di fortuna di quel villaggio.

Come quando era arrivata, appena il giorno precedente, notò che il villaggio puzzava. Alcuni contenitori di plastica nera erano appoggiati sul retro di ogni casa ed erano completamente ripieni di immondizia. Al suo passaggio nugoli di mosche si sollevavano dalle pareti sudicie. Percorse uno stretto passaggio naturale tra due alte fila di erbacce incolte e uscì su di una stradina che doveva essere percorsa spesso a giudicare dal tratto di erba piegata e calpestata. Non c'erano sentieri fatti dall'uomo, non c'era alcuna manutenzione, nessuno aveva zappato via le radici selvatiche per segnare una strada.

Sulla strada principale non c'era immondizia ammucchiata ma per terra, tra gli arbusti calpestati e spezzati, resti di cibo si intravedevano qua e là. Frutta avvizzita e marcia, ossa di pollo con brandelli di pelle arrostita male ancora attaccati vicino.

Seguì quella che doveva essere la strada principale sbirciando all'interno delle casette improvvisate. Arredate alla bene e meglio con mobili di fortuna, sedioline di plastica sbiadite, utensili aggiustati con il nastro isolante. Gli scuri delle finestre grezze erano sollevati per permettere a qualche timido raggio di sole di asciugare l'umidità interna che si infiltrava durante la notte. Nessun camino. Accanto ai giacigli vi erano ovunque dei bracieri di rame usati per scaldare il letto e le coperte che, in quel fitto bosco, erano bagnate per l'umidità.

Tavoli traballanti e sfondati, brandine di ferro arrugginito su cui erano gettate coperte di lana grossa rattoppate con il cordino. Utensili vali, oggetti scompagnati di materiali diversi. Accanto ad ogni ingresso grosse taniche di plastica raccoglievamo acqua piovana. Gli orti e i recinti degli animali, almeno quelli, erano stati posizionati sul retro di ogni casa, a una cinquantina di metri dall'abitato. Intravedeva le palizzate di legno oltre gli alberi, attraverso lo spazio aperto che intercorreva tra una casa e l'altra. La puzza di letame dei pollai e dei porcili giungeva a zaffate portata dalle raffiche di vento.

Non c'era nemmeno una casa di mattoni, erano tutte di legno, lamiere, tende e teloni impermeabili fissati su lunghi montanti in vetroresina e picchettati a terra tra rovi secchi e foglie marce. I chiodi erano stati lasciati a vista e i rivestimenti erano stati fatti senza cura estetica, e questa trascuratezza accentuava un senso di abbandono e di miseria.

La donna si fermava a ogni passo per osservare il luogo di cui aveva sentito tanto parlare come di un paradiso di libertà.

Quando ne ebbe abbastanza si diresse spedita verso il fabbricato che sembrava una cambusa, dove il giorno precedente aveva parlato con suo fratello. Dopo un paio di tentativi trovò la radura dov'era il telone di plastica rossa e il grosso tavolo piazzato direttamente sul terreno incolto ma il vecchio non c'era e le carte sulle quali era chino il giorno prima erano sparite. Un grosso fuoco da campo era acceso al centro di quel luogo che era la cosa più vicina a una piazza che si potesse immaginare in un villaggio del genere.

Alcuni ragazzini urlavano giocando a nascondino, e una decina di uomini discutevano animatamente, in piedi, disposti in cerchio, davanti all'ingresso del fabbricato di legno e lamiera.

Era in mezzo agli uomini, di nuovo, ma nessuno sembrava fare caso a lei.

Una mezza dozzina di donne sedute su un lato della radura circolare sferruzzavano e tenevano d'occhio tre bambini poco più che neonati che gattonavano su lenzuola luride allargate con cura in mezzo a loro.

Si imbambolò a guardarli colta da un sentimento di completa solitudine.

Suo fratello era in mezzo al manipolo di persone riunite a chiacchierare. Quando la vide le fece un cenno con la mano e le andò incontro con un largo e inopportuno sorriso.

«Ciao», disse.

«Ciao».

«Hai dormito bene?»

«Sì».

«Come ti senti?»

«Bene», disse lei con un sospiro.

«Bene», il fratello assentì con la testa, pensieroso. Si strappò una pellicina dalle labbra con i denti e le parlò rivolgendo la testa verso il gruppo che aveva appena lasciato.

«Senti, io ho un po' da fare. Uno dei nostri è stato beccato e non abbiamo ancora capito cosa fare. Sai come vanno queste cose. Si stava discutendo se conveniva andarlo ad aiutare, ma è davvero troppo rischioso. Non si può salvare tutti, anche volendolo».

Si voltò verso la sorella infilando le mani nelle tasche posteriori dei pantaloni e dondolando sui talloni degli stivali.

«Ti spiace se parliamo dopo?»

Lei lo guardò ancora per un istante, soffermandosi su qualche capello bianco che si intravedeva qua e là in mezzo ai ricci neri. Riscuotendosi, infilò una mano nella tasca e gli consegnò il foglio che aveva scritto poco prima.

«Mi servono per la prossima settimana».

Era una lista. Il fratello lesse la grafia ordinata: sei corde lunghe tre metri, assi di legno piallate, sei fogli di lamiera quattro metri per tre, un mucchio di chiodi, un martello, una sega, una zappa, qualche sacco di semi. La lista riempiva il rettangolo di cartone rigido. All'ultimo rigo c'era scritto: "libri, qualsiasi". Il fratello corrugò la fronte.

«Cosa ci vuoi fare?»

«Una casa».

«Puoi vivere con me, intanto. Ci penso io a trovarti una sistemazione autonoma, non appena la nipote del vecchio idraulico si sposta da...»

«Non la voglio qui».

«Cosa?»

«La voglio fare lontano da qui, per conto mio. La voglio costruire da sola».

Il fratello spalancò gli occhi.

«E perché?»

«Perché voglio vivere come dico io».

«Qui puoi rimanere quanto vuoi».

«È proprio quello il punto. Non voglio».

Il ragazzo si irrigidì.

«Ma cosa dici? Non puoi andare via da sola nel bosco».

«Non ti ho chiesto un parere. Ti ho chiesto se puoi procurarmi quella roba per la prossima settimana».

I loro sguardi si incrociarono per un lungo istante finché il fratello non abbassò il proprio.

«Non ti piace questo posto?»

«Non è il posto, non è mai il posto. Sono le persone. Sono io».

Il fratello si avvicinò e le afferrò una mano.

«Perché mi fai questo?»

Lei si divincolò con dolcezza.

«Non ti faccio niente. Voglio solo che mi lasci in pace».

Il fratello trasalì. A pochi passi da loro dei marmocchi giocavano a nascondino, urlandosi l'un l'altro la parola "preso!". Una donna corpulenta li scacciava lontano dall'uscio della propria abitazione, dondolando le grosse braccia infagottate in un giubbotto rattoppato.

Il fratello si riempì i polmoni d'aria come se dovesse immergersi a lungo sott'acqua e poi si sgonfiò come un palloncino. Le spalle caddero impercettibilmente e tutto il suo corpo si incurvò in avanti, come quello di un vecchio.

«Avrai tutto», disse con voce atona dopo un lungo silenzio, infilandosi il foglio di carta nella tasca posteriore dei pantaloni. «Se ti dovesse servire altro, o una mano, non hai che da chiedermelo».

Pausa.

«Vuoi che ti faccia fare una mappa?»

La sorella scrollò la testa e i capelli si animarono intorno al suo viso per un istante.

«Non mi serve, non devo raggiungere nessun posto».

«Ma se dovesse capitarti qualcosa? Dove ti trovo? Come fai?»

«Me la caverò, in qualche modo». Si girò di scatto e si diresse verso il sacco con le coperte, la borraccia e i viveri che aveva già sistemato ordinatamente il giorno prima. Il fratello la vide piegarsi in avanti, così smagrita e gracile.

«Come farò senza di te?»

Lei si voltò a guardarlo e sollevò un sopracciglio. Fu sufficiente. Lui abbassò la fronte e si massaggiò la nuca con la mano destra.

«Va bene, ma se hai bisogno io sono qui, lo sai».

Lei assentì e sorrise solo con la bocca.

«Se tu ha bisogno, ci sono anche io». Agitò la mano verso un punto imprecisato davanti a sé. «Da qualche parte qua intorno, dove c'è un po' d'acqua pulita e un pezzo di terra fertile. Soprattutto, dove c'è silenzio».

Il fratello non ce la fece più, si chinò e l'abbracciò fino a farle male. La donna gli appoggiò una mano sull'avambraccio che le circondava il collo e strinse. Sulla nuca e tra i capelli di lei, la voce di lui era poco più di un sussurro strozzato.

«Stammi bene».

Fu l'ultima frase che le disse.

La donna si liberò con un sorriso, raccolse le sue cose e se le caricò addosso.

Quando si rizzò in piedi, suo fratello le dava le spalle e si dirigeva verso il centro del villaggio. Anche se non poteva vederla, la donna sollevò una mano aperta in segno di saluto e finalmente si allontanò, da sola, verso il bosco.

Il fratello era a pochi metri da lei, e già non occupava più i suoi pensieri.

Cercava un albero abbastanza grande da reggere una struttura di legno. Un platano, forse. E avrebbe piantato un ulivo.

Si voltò soltanto una volta a guardare indietro, quando era già molto lontana e aveva guadagnato una posizione dominante su tutto l'accampamento. Ne osservò per qualche secondo gli abitanti e le costruzioni di fortuna, e nella sua memoria si impresse una consapevolezza dolorosa come un marchio a fuoco e, come questo, definitiva.

Avvertì la distanza che la separava da loro come una figura fisica, che si frapponeva per sempre tra lei e tutto il resto. Un distacco incolmabile.

Ripensò al vecchio e alla sua famiglia di legno e sollevò gli occhi al cielo.

"Ed egli ci vide chiaramente e fu sanato e vedeva a distanza ogni cosa".

Si incamminò finalmente su per la breve e ripida salita che la separava dal bosco selvatico e incivile. Una ventata di aria fredda le fece tentacolare i capelli sciolti attorno al volto, portandole il canto di un gallo.

INDICE

Il Grimorio

flower-ed

Nella radice, per la quale ha vita il fiore

Stampato nel settembre 2016
Casa editrice flower-ed
www.flower-ed.it